幼馴染のS級パーティーから追放された
聖獣使い。
2
万能支援魔法と仲間を増やして
最強へ！
かなりつ
〈ill〉
転
kururi

ドモルテ
ガーゴイル
ロック
ラッキー

戦い終わって、バーベキュー
「ロックがお人よしなのは間違いない。
これだけの戦力があればいくらでも、
どんな方法でも取れるのに
それをしないんだからな」
「ただの
お人よしってわけじゃ
ないんだけどな」
パトラ
シャノン
グリズ

メロウはにこりと微笑むと岩の上に座り、
満月と帆船を背景にして歌いだした。
それはとても幻想的な風景だった。
メロウ
月と船と人魚の歌声

幼馴染のS級パーティーから追放された聖獣使い。万能支援魔法と仲間を増やして最強へ！ 2

かなりつ
〈ill〉転
kururi

口絵・本文イラスト：転
デザイン：杉本臣希

目次

01　王国騎士団《きしだん》と王都での不穏《ふおん》な事件

冒険者《ぼうけんしゃ》たちがオーガと戦っている。

「そっちへ行ったぞ！　何としても城壁《じょうへき》に近づかれる前に狩《か》るんだ！」

「ダメだ！　抜《ぬ》かれる！　逃《に》げろ！」

「もう少しだ！　今回は騎士団にも要請《ようせい》があったって話だぞ！　倒《たお》せなくても騎士団が来るまで耐《た》えられれば」

「ダメだ。あんな奴《やつ》ら来たところで手柄《てがら》を横取りされるだけだ。それよりも……」


「悪い、遅《おそ》くなったな」

「本当だぜ、遅刻《ちこく》してきたんだからしっかり働いてもらうぜ。みんなロックが来たぞ！」

「俺《おれ》たちに任せろ」

「うぉー」

冒険者たちが王都東グランドの森でオーガと呼ばれる頭から角の生えた鬼《おに》と戦っているなか、俺たちは少し遅《おく》れて合流した。

急にオーガの群れが現れたらしく、今回はギルドが出した緊急《きんきゅう》依頼《いらい》だった。

俺たちは他の依頼を受けていて、来るのが遅くなってしまったが、まだ死人は出ていないようだ。

「パトラ指揮をとれ！　こいつ等《ら》を全部狩るぞ！」

「任せてパパー」

冒険者たちは死人こそ出てはいないが、かなり苦戦していた。

「ロック遅い！　突《つ》き抜けろ火炎《かえん》の槍《やり》！」

オーガ1匹《ぴき》の足に火の槍が刺《さ》さり、崩《くず》れ落ちたところで他の冒険者が斬《き》りかかる。

唯一《ゆいいつ》善戦していたのはエミーとカラのコンビがいるグループだった。

前衛なしの2人のパーティーだが、臨時でパーティーを組み上手《うま》くオーガを捌《さば》いている。

「遅くて悪かったな。今から挽回《ばんかい》してやるよ」

俺は周りにいる味方に補助魔法《まほう》、基礎力《きそりょく》向上をかける。

「ABとCDはあっちのをお願いー。Eとガーゴイルくんはそこのをー。シャノンさんと私は一緒《いっしょ》にそっちのを行きますねー」

エミーとカラのところは2人に任せて大丈夫《だいじょうぶ》だろう。

なら俺は残った1匹を倒しに行こう。

「ラッキー」

『あいよ。思いっきりやっていいんだろ？』

「あぁ。好きに暴れてくれていいぞ」

オーガは魔物の中でもBからAランクに相当する魔物だった。

王都のこんな近くで出ること自体が珍《めずら》しいのに、5匹も同時に出てくるのは異常だった。

おっと。余計なことを考えている間にラッキーは一瞬《いっしゅん》でオーガ1匹を仕留める。

『なんだつまらん……これじゃあ運動にもならん』

「そう言うなって。他のメンバーは……？」

オレンジアントAB、CDは危なげなくオーガに善戦していた。

オレンジアントもBランクなので冒険者と協力をすれば、この結果は当たり前だろう。

シャノンとパトラのペアはもうオーガに膝《ひざ》をつかせ、まもなく止《とど》めをさすところまでいっている。

オレンジアントEとガーゴイルくんペアは……。

Eが孤軍奮闘《こぐんふんとう》していた。

ガーゴイルくんは風魔法を放っているがオーガにはちょっと強めの風程度で、まったく効いてはない。その間Eが必死に攻撃《こうげき》を受け止めヘイトを稼《かせ》いでいる。

ガーゴイルくん、何の封印《ふういん》かわからないけど、その封印解いた方がいいのでは？

「ラッキー、ガーゴイルくんのところを助けた後、様子を見ながらエミーたちのところへ行くぞ」

『あいよ』

冒険者たちにももっと活躍《かつやく》してもらいたいが、あのレベルではオーガを倒し切るところまではいかないな。

俺たちはオレンジアントEのところに助太刀《すけだち》に行く。

ラッキーがオーガの足を爪《つめ》で斬りさき片膝をつかせ、Eはその隙《すき》を逃《のが》さず、もう片足に殴《なぐ》りかかった。

オレンジアントたちはあの小さな身体《からだ》からは想像もできない程《ほど》の強い力を持っており、オーガの足が変な方向へ曲がる。

オーガが両膝をついたところで他の冒険者が火炎魔法を顔面に放った。

視界がなくなった焦《あせ》りからか大暴れしているが、みんな冷静に距離《きょり》を取りながら戦うことができている。とてもいい傾向《けいこう》だ。

「よし！　みんなロックさんの従魔に続け！　押《お》し返せるぞ！」

「おぉ！」

もう3年も冒険者をやっているとさすがに多くの冒険者とも顔馴染《かおなじ》みになってくる。

それに前回の件があったせいで俺が従魔を連れているのも自然と周知のものとなった。

俺たちは一時距離を取り、全体の戦場を把握《はあく》することにした。

従魔たちがAランク相当の魔物と戦うのも、他の冒険者と協力することも、あまり経験できることではないのでパワーバランスを見ながら調整に徹《てっ》する。

もう俺たちの勝ちは決まった。

パトラは自分の戦闘《せんとう》だけでなく、全体の把握が上手かった。

シャノンとの連係も上手く褒《ほ》めるところしかない。

あっという間にオーガ1匹を倒してシャノンがオレンジアントEの補助へ入っている。

ガーゴイルくんは……拗《す》ねてないで戦ってくれ。

それからしばらくしてオーガは全《すべ》て無事に倒すことができた。

「みんなお疲《つか》れ様、怪我《けが》とかはないかい？」

「パパー大丈夫ー。あのねーシャノンさんとの連係上手くいったんだよー」

「いえ、パトラちゃんが上手くフォローしてくれたからですよ。全体を見渡《みわた》しながらの戦闘はまだまだ見習うことが多いです」

「パトラもシャノンも危なげなく戦えていてさすがだったよ。オレンジアントたちもいい連係だったし」

オレンジアントたちは可愛《かわい》い顔をしながら戦闘を振《ふ》り返って、動きの確認《かくにん》をしていた。

小さくても戦士であることには変わりないようだ。これからまだまだ強くなることを考えると楽しみで仕方がない。

自画自賛かもしれないが、俺の仲間たちはかなり強いな。

他の冒険者たちと比べると雲泥《うんでい》の差がある。

冒険者が総出で駆《か》り出されるような、こんな異常現象はそうあることではないが、死人を出さずに乗り越《こ》えることができた。

一部怪我人が出たが、彼《かれ》らは聖女であるカラが魔法で癒《い》やして回っていた。

「聖女様ありがとうございます」

聖女らしからぬ聖女だったが心を入れ替《か》えたようだ。

「ふん。感謝じゃなくて私は新しい服が欲《ほ》しいんだけど。回復した人は顔覚えておくからね」

「えっ」

冒険者が固まっている。

そりゃそうだよね。カラの口の悪さは変わっていなかったわ。

俺も冒険者の回復を手伝い、回復が終わった頃《ころ》に王国騎士団がやって来た。

「冒険者諸君、私は王国騎士団の騎士団長マーカスだ。あなたたちの協力に感謝する。今回のオーガの暴走の原因解明のため、オーガの死体に関しては騎士団が検証させてもらうことにする。なお、異論は認めない」

この国の騎士団は有無《うむ》を言わさず俺たちの手柄を横取りしていった。

またギルド長と騎士団が揉《も》めることになりそうだ。

いくらなんでも、命をかけた冒険者たちに失礼すぎるだろ。

◆　◆　◆

クロント王国騎士団は、国内から集められた精鋭《せいえい》たちが集《つど》う集団だった。

冒険者のランクで言えばだいたいＢ上位からＡ上位までが集まっていると言われている。

Ｓランク級がいないとされているのは突出《とっしゅつ》した人間が少ないというのもあるが、戦闘などでは常に集団での行動が多く、実戦における個人での力を判断しにくいというのもある。

騎士団長などの模擬《もぎ》戦ではＳ級冒険者と対等に渡り合える実力者は存在するが、ルールなしの実戦では力を発揮する機会も少ないため、この評価になっている。

ただ、個よりも集団に特化したものであるため、当たり前と言えば当たり前なのかもしれない。

冒険者ギルドとクロント王国騎士団は犬猿《けんえん》の仲で有名だった。

特に、現騎士団長マーカスとギルド長タイタスさんがトップになってから余計に仲が悪くなった。

2人は小さな頃からライバルだったらしく、マーカス自身は冒険者にも優《やさ》しいが、ギルド長が絡《から》むと急に人が変わってしまう。

今回のオーガ討伐《とうばつ》もその1つだった。

王都へのオーガ進攻は本来協力し合うべきなのだが、騎士団は到着《とうちゃく》が遅れて戦わなかったのにもかかわらず、調査という名目でオーガをすべて回収したため、ギルドと騎士団で揉めていた。

俺とシャノン、パトラが冒険者ギルドに行くと丁度、その現場に鉢合《はちあ》わせした。

冒険者ギルドの前でマーカスとタイタスさんが口論をしている。

「なんで、冒険者が倒した魔物を騎士団が横取りするんだ」

「横取りではない。金は払《はら》うと言っているだろ。それにオーガが5匹も王都周辺に現れるなんて異常事態だ。それを調査する必要がある。お前はまた王都にオーガがやってきてもいいと言うのか？」

組織の長同士が往来でこんな怒鳴《どな》りあいをしていていいのか？　と思ってしまうほど声を張り上げているが、誰《だれ》も止められないようだ。

「そうじゃないだろ。金を払うにしてもオーガの買い取り価格が低すぎると言っているんだ。これは実質横取りじゃないか」

「横取りではない。正規の取引だ。王国騎士団をバカにするのか。それならこっちにも考えがあるぞ」

「いったいどんな考えだ？　街の人に言うのか？　オーガ討伐に間に合わず、冒険者に倒してもらったので安い金で買い叩《たた》きましたって」

「何を‼」

タイタスさんは普段《ふだん》は冷静だが、マーカスを相手にして感情むき出しで反論している。

最近、狩った魔物を騎士団が勝手に安く買い叩いているという話が冒険者の中であった。強い魔物の死体はそのまま持っていかれ、雀《すずめ》の涙《なみだ》くらいしか支払われない。

そういったこともあり、今回の件ではタイタスさんも怒《いか》りが収まらないようだった。

それからしばらく揉めていたが、リッカさんがタイタスさんを止め、王国騎士団の副団長がマーカスを止めたことで一旦《いったん》落ち着いた。

結局、リッカさんと副団長の話し合いにより、正規の値段で王国騎士団がオーガの死体を買い取ることが決定し交渉《こうしょう》は終わったようだ。

「タイタスさん大変でしたね」

「ほんとだよ。あんなことをしていたらこの国から冒険者がいなくなってしまうぞ。いったい何を考えているのか」

「騎士団には騎士団の考えがあるんでしょうけどね」

国の防衛や発展を考えた時に、冒険者は国にとっても必要な存在だった。

冒険者は魔物を狩り、住民の困りごとを解決し、ダンジョンを攻略する。

冒険者は国から国、街から街へ移動してしまうものだが、冒険者の多い街はそれだけ、魔物の被《ひ》害《がい》を減らすことができる。魔物の被害が減れば商人も多く集まり、結果的に街が発展していくのだ。

またダンジョンを攻略することで、不思議な力を持ったマジックアイテムや法具、様々な武器など人々に新しい力を授《さず》ける。俺の腕輪《うでわ》もその1つだ。

そういった力を国が買い取り、さらに国力を増していくのだ。

「そう言えばロックくん、オーガ討伐では大活躍だったらしいな」

「いえ、俺はほとんど活躍してませんよ。従魔やシャノンが頑張《がんば》ってくれただけです」

「仲良くやってくれているならよかったよ。そうだ、ちょっと時間いいかい？」

「もちろん大丈夫ですよ」

「ギルド長室へ来てくれないか。少し相談したいことがあるんだ」

普段ギルド長室へ呼ばれることはないので、ちょっとドキドキしてしまう。俺とシャノンはタイタスさんの後ろに並んで歩いていく。パトラは最近、肩車《かたぐるま》がお気に入りなのか俺の肩に乗っている。

ギルド長室には豪華《ごうか》とは言えないが武骨な武器が飾《かざ》られ、壺《つぼ》などの調度品が棚《たな》に置かれていた。

「ロックくん、どうぞそこへ座《すわ》ってくれ。それでいきなり本題で悪いんだが、最近王都内で変わった盗《ぬす》みが頻発《ひんぱつ》しているのは知っているかい？」

「変わった盗みですか？」

「あぁ」

タイタスさんの話では王都の至る所から、可燃石と呼ばれる魔石が盗まれる事案が多発しているとのことだった。

ただ不思議なのは犯行数の割に、犯人を目撃した者が誰もいないことだ。犯人は王国騎士団が買った物にも手を出したため、騎士団はメンツが潰《つぶ》れたと国中を挙げて犯人を捜《さが》しているが未《いま》だに見つかっていないということだった。

今回オーガ討伐に騎士団が遅れたのも、騎士団が躍起《やっき》になって犯人捜しをしていた結果、伝達に不備が生じ遅れたとのことだ。

「ロックくんにこの盗賊《とうぞく》を見つけて欲しいんだ。確証はないけど、姿が見えないとなると魔物の仕《し》業《わざ》か何か特別な魔道具か。どちらにせよラッキーくんが居れば見つけられる可能性が高まると思うんだよ。それに、王国騎士団が捕《つか》まえられない賊を捕まえたらギルドの株も上がるからね。もちろん見つからなくても報酬《ほうしゅう》は払うし、もし見つけられれば上乗せするよ」

ギルドからの指名依頼は普通の依頼分より報酬がかなり増える。

しかも、報酬以上にギルドからの信頼《しんらい》の証《あかし》でもあるのだ。もちろん受けない理由はない。

見つからなくても報酬が出るというのは、きっと今回のオーガ討伐で活躍をした俺たちへのご褒《ほう》美《び》も兼《か》ねてといったところだろう。

一緒に話を聞いていたパトラが俺に声をかける。

「パパーこれ受けよー。街の困ってる人助けて果物の木買うー。それでパパーと一緒に美味《おい》しいの食べるー」

パトラはバナーナを一緒に食べてから果物が大好物になっていた。

箱庭の中で育つかどうかはわからないが、欲しいなら買って試《ため》してもいいだろう。

子供のチャレンジ精神は大切にしてあげないといけない。

「そうだな。シャノンはどう思う？」

「私も受けていいと思います。街の人が困っているのを解決するのも冒険者の役割ですからね」

パトラもシャノンも優しい子に育ってくれていて嬉《うれ》しい限りだ。

自分たちがお金を稼ぐにしても、誰かに感謝をされて稼ぐお金の方がいい。

お金は使い方も稼ぎ方も幸せになるための道具なのだから。

「タイタスさん、それではその依頼受けさせて頂きます」

「助かる、頼《たの》むよ。パトラちゃんがロックくんを説得してくれたおかげで早く終わったからご褒美をあげよう。今度、ロックくんに無理難題な依頼を押し付ける時もパトラちゃん宜《よろ》しくね」

無理難題って……タイタスさんは俺に何をやらせたいのか。

パトラに言われても危ない時にはもちろん断るけどな。

「わーい！　おじさんありがとう」

「おっおじさん……」

タイタスさんの顔が少しひきつりながら、机の中からビスケットを取り出すとパトラに渡してくれた。タイタスさんも子供には甘《あま》いようだ。

シャノンはパトラが食べるビスケットをじっと見ている。

『ぐっ～』

ギルド長室に大きな音が鳴り響《ひび》く。

そう言えばまだお昼食べてなかったな。

「あっ……わっ……これは……」

シャノン、そんなに顔を真っ赤にしながらも羨《うらや》ましそうにパトラを見ないの。

意外と子供っぽいところがあるからお菓子《かし》を欲しかったようだ。

シャノンは俺の視線に気付き慌《あわ》てて視線をそらす。

「べっ別に何も見てないですよ」

「俺も何も言ってないよ。あとでお菓子買ってあげるからね」

「わっ私、こっ子供じゃないですよー！」

シャノンが慌てて否定したのを見てパトラがビスケットを３つに割ってくれる。

「パパーとシャノンさんにあげるー」

パトラは優しいいい子に育ってくれている。

「ありがとう」

「あっありがとうパトラちゃん」

なんだかんだ言いながらも、お菓子を口に入れたシャノンは幸せそうな顔をしている。

シャノンもまだまだ子供だ。

ギルド長室を出た後、俺たちは受付に戻《もど》り他の依頼も見てみる。

パトラは冒険者の依頼に興味津々《しんしん》だった。

「パパーこれはどう？　ドラゴンが西のマケイラ王国に出たってー」

「ちょっと遠いかな。俺たちが行く頃にはドラゴンが立ち去っているか討伐し終わっているかもよ」

「そうかー。じゃあこれは？　動く骸骨《がいこつ》の目撃情報の真偽《しんぎ》確認ってやつー。動く骸骨が目撃されたってーパトラ見てみたい！　どんなのだろうねー」

「真偽って言っても確認のしようがないからね。出ませんって報告した後に出たら調査失敗ってなるから、ちょっと難しいかもね。でも骸骨の魔物もいるから、そのうち見せてあげるよ」

「わーい！　いろんな魔物見てみたいなー」

その後、俺たちはいつも通りオークの討伐と肉の納品依頼を受けて、今度は武器屋へ行くことにした。オレンジアントたちに武器を買ってやることにしたのだ。

◆　◆　◆

「うーん。パトラちゃん美味しいねー」

「本当に美味しいねーお肉好きー」

武器屋へ行く途中《とちゅう》にシャノンのお腹《なか》が減っていそうだったのでオークの串焼《くしや》きを買って、食べながら向かうことにした。

オークの串焼きはこの国ではメジャーな食べ物で、脂《あぶら》が乗っていて口の中に入れるととろっとしていて、口の中で旨味《うまみ》がじゅわっと広がる。安価の割に腹持ちもよく、流通量も多いので人気の食べ物だった。

ただ、味付けが塩コショウしかないのが少し味気ない。もう少し何か美味しい食べ方があれば、もっと売れるのではないかと密《ひそ》かに思っている。

ついでに甘いサツマイモシューっていうお菓子も買って、これはあとでみんなで食べようと思う。

サツマイモシューを見た時のシャノンの目の輝《かがや》きは女の子の可愛い目というよりも、獲物《えもの》を狩る狩人《かりゆうど》のような目をしていてちょっと怖《こわ》かったのは内緒《ないしよ》だ。

よっぽど甘い物に飢《う》えていたようだ。

他の従魔たちは、箱庭の中でガーゴイルくんが腕によりをかけて料理をしてくれている。

オレンジアントを始め、ラッキーにもガーゴイルくんの料理はなかなか好評だ。風魔法を使っての火加減はもはや熟練の技《わざ》だ。

俺たちは歩きながら、どんな武器を買いたいのか相談しながら行く。

「パトラはどんな武器が欲しいんだ？」

「うーん。考え中ー。絶対に持たなければいけないとは考えてなくてー合わなければ素手《すで》でもいいかなとは思ってるー」

「そうか。ここの武器屋は色々な武器も防具もあるから見てみるといいぞ」

「うん。楽しみー」

王都の武器屋『オーメン』は王都の中でも有数の武器屋だった。

前パーティーにいた頃からお世話になっており、武器だけでなく防具などの調整や、オーダーメイドでの製造もしてくれる。

パトラたちの防具などもできれば特注でお願いしたいと思っている。動きにくくなってしまっては困るが、強いからといって油断することはできない。あって困るものではないのだ。

「こんにちはー」

「おっ！　ロック大変だったな。パーティー内で揉めたんだって。カラが来て嘆《なげ》いてたぞ」

「いやー本当に大変でした」

お店の中にはいつも数人お客さんがいるのだが、今日は誰もおらず、店主のマッテオが剣《けん》を磨《みが》きながら声をかけてきた。

「ずいぶん、派手にやったらしいじゃねぇか。昔の仲間相手に本気出して潰しにいったんだろ？　まぁロックの支援《しえん》魔法を舐《な》めていたからな。あいつらもちょうどいい経験になっただろ」

「本気じゃないですよ。ちょっと退職金を多めにもらっただけです。それより、俺が加護を与《あた》えていたの知っていたんですか？」

「はぁ？　当たり前だろ？　S級パーティーになる奴らがあんな装備なわけないじゃないか。何年ここで武器屋をやってると思ってるんだよ？　ロックとあいつらは幼馴染《おさななじ》みって聞いたから口は出さなかったが、早めに教えてやれば良かったと思ってるよ。それで今日はどうした？」

「あっこの子たちに合う武器と防具を見繕《みつくろ》って欲しくて」

「おめぇ、それはもしかしてオレンジアントの女王じゃねぇか？　滅火《めっか》のダンジョンの5階層から連れてきたのか」

「よくわかりましたね！　ちょうど卵から孵《かえ》って……タイミングよくですね」

「そりゃ俺だってダンジョンの情報くらいは仕入れるからな。いやー見るのは初めてだけど、特徴《とくちょう》的な触角《しょっかく》といいきれいなオレンジ色していいるな」

「初めまして、パトラといいます」

　パトラはマッテオに丁寧《ていねい》に挨拶《あいさつ》をする。

「武器屋のマッテオだ。よろしくな嬢《じょう》ちゃん。武器や防具で困ったことがあればいつでも声をかけてくれよな」

「ありがとうございますー」

「他にも作ってもらいたいオレンジアントたちがいるんだけど、ここに喚《よ》んでもいいですか？」

「あぁいいぞ。実際に見てみないと防具はわからないしな」

　腕輪を触《さわ》りオレンジアントたちを召喚《しょうかん》する。

　次々に出てくるオレンジアントたち。そして最後になぜかガーゴイルくんも出てきた。

「ほう。可愛いな……ってなんでガーゴイルまでいるんだ？」

「ガーゴイルくんも仲間になったんだ。ガーゴイルくんも武器や防具を使うのか？」

「僕《ぼく》は、王都の武器屋を見てみたかったんですが、一緒に大丈夫ですか？」

マッテオの方を見ると大丈夫だと頷《うなず》いている。

「この子たちに好きな武器持たせてもいいですか？」

「あぁ好きなだけ試せ。それにしてもオレンジアントにもビックリしたけど、ガーゴイルは魔王軍の精鋭《せいえい》部隊だっていうのにそんな奴まで仲間にしたんだな」

俺とガーゴイルくんはお互《たが》いに顔を見合わせ、複雑な表情をする。

うちのガーゴイルくんは料理や家事全般《ぜんぱん》が得意なんで……とか余計なことは言わず、否定も肯定《こうてい》もせずに愛想《あいそ》笑いだけ浮《う》かべておいた。

オレンジアントたちはそれぞれ剣や槍、弓、杖《つえ》などを触って見ているが、１人ヌンチャクをカッコよく振り回そうとしたのか思いっきり頭をぶつけていたものがいた。

しゃがみこんで頭を自分で押さえている。

オレンジアントＥだ。

チャレンジ精神旺盛《おうせい》なのはいいが、ヌンチャクは訓練が必要だろう。

回復薬は必要ではなさそうなので、軽く頭を撫《な》でてやる。

「武器は自分を守るのにも使えるけど、使い慣れないものは危険だからね」

オレンジアントＥはコクリと頷くと俺に一度抱《だ》き着いてから、また武器を探しにいった。

他のオレンジアントたちは、一瞬俺の方を見て何かモジモジしたあと武器探しに集中しだした。

こう見るとなかなか個性がある。

杖を持っている奴もいるが……オレンジアントは魔法を使えるのか？

少なくとも魔法を使っているのは見たことがないんだが。

うん。素振りしているところをみると、魔法というよりは鈍器《どんき》として使うためだったらしい。

しばらくして、オレンジアントたちは、それぞれ自分で選んだ武器を持つことになった。

Ａが剣、Ｂが槍、Ｃがトンファー、Ｄが弓、Ｅがヌンチャク。

ＣとＥの武器……なかなか扱《あつか》いが難しそうだけど、好きこそ物の上手なれって言葉もある。小さい時から親の勝手で方向性を決めてしまうのはもったいない。危ない時には助けてやればいいし、できるだけ色々な経験をした方がいい。

聖獣《せいじゅう》を仲間にできなかった頃の俺がそうだったように、失敗や回り道から学ぶことは沢山《たくさん》あるのだ。

事実、あの頃回り道だと思っていた道は俺の可能性の幅《はば》を広げ、仲間を守る力をつけてくれた。

「みんな決まったか？」

俺が声をかけると、パトラだけはまだ決まっていなかった。

色々な武器を並べて、振ったり、かかげてみたりしながら悩《なや》んでいる。

「パトラはなかなか気に入るのが見つからないみたいだね。何と何で悩んでいるんだい？」

「パパー私ね、パパーみたいになりたいの。魔法を使ってみんなを助けたいの。だけど……パトラも魔法使えるかなー？」

「やってみたらいいよ。パトラにも魔力があるから一緒に練習しよう」

「パパーありがとうー！　じゃあ杖にするねー！」

パトラには指揮のスキルもあるし、補助魔法を使えるようになったらバランス的にも良いかもしれない。でも、まずは自分の身を守れるようにならないといけない。

過保護に思えるかもしれないが、防御《ぼうぎょ》魔法から覚えさせよう。

何より優先されるのは自分の命を守ることだ。

勝てない相手に遭遇《そうぐう》した時には逃げたっていい。

命を張ってまで無理をする必要はないのだから。

頑張ることと無謀《むぼう》なチャレンジをすることは決して同じではない。

ガーゴイルくんは本当に見に来ただけで、特に何も欲しいものはないということだった。

なんだかんだ言っても、魔法も使えるし万能型であるのは間違《まちが》いはない。

シャノンも色々と武器や防具を見ていたが、今使っているものの方が手に馴染《なじ》んでいるといった理由で特に必要ないようだ。

「マッテオさん、これで」

「まいど。そう言えばロック、可燃石が盗まれているって話聞いたか？」

「ええ、丁度依頼を受けたところです」

「なら良かった。俺のところや、パン屋、串屋とか至る所で少しずつ盗まれているんだよ。別に俺らのところは騎士団のところみたいに大量じゃないから、被害は少ないんだけどよー。どうしても、武器を鍛《きた》えたりするのに使うものだからな、なくなると困るんだよ。丁度昨日も盗まれてな。ロックが来るちょっと前に街の兵士に報告してきたところなんだよ」

なるほど。いつも人が多いのに今日いなかったのは、店を開けたばかりだったからなのだろう。

可燃石は1個で、ほぼ1日分の料理などを賄《まかな》う火力や熱を発してくれる。

使い方によっては色々なエネルギーの代用になる。

それほど高い物ではないが、騎士団でまとめて盗まれた話が街中に広まっていては、そりゃ騎士団も必死になって犯人を捜すに決まっている。

そこへ新しい客が店内に入ってきた。

「いらっしゃい」

マッテオが声をかけたので振り向くと、そのお客は……どうやら王国騎士団のようだ。

騎士団は胸に羽の紋章《もんしょう》を飾っており、一目で一般《いっぱん》的な兵士と見分けがつくようになっている。

俺たちがカウンターの前で商品を待っていると、男はいきなりパトラを蹴《け》り飛ばした。

「魔物使いが調子に乗って、女と魔物連れて武器なんて買いに来てんじゃねぇよ。お前らは魔物だけ消費して戦ってればいいんだよ」

男は俺に対してそう言い放った。

なんだこいつ。

◆　◆　◆

「お兄さーん。そんなことしたら怪我するからダメだよー」

パトラは腕を十字にクロスして騎士団の男の蹴りをガードし、自分から後ろへ跳《と》んでいた。

「お前！　うちの子に何するんだ！　大丈夫かパトラ？」

「パパー全然大丈夫だよー。不意打ち訓練ー？　もう少し早くてもいいかも」

パトラは気にもとめていないような感じだった。腕も怪我はなさそうだ。

むしろナチュラルに挑発《ちょうはつ》している。

でもいきなり蹴りつけるなんて、騎士団とはいえやっていいことと悪いことがある。

「はぁ？　こんなところに魔物を連れてきてるのが悪いんだろ。ここは武器屋だぞ。こいつら殺す物を買うための場所だ。ここにいるってことは試し切り用じゃないのか？」

「お前ふざけるなよ。そんな横暴が許されるわけがないだろ！」

「はぁ？　お前ら俺を誰だと思ってるんだ？」

その男は胸を張り、あたかも俺を知らない奴はいないとばかりに自信満々に聞いてくるが見たことない。オーガ討伐にも来ていたか？

「さぁ？」

「知りません」

「暴漢ですかー？」

「幼女を蹴ることに快感を覚える変態ですね」

「なっ……!?」

俺たち４人ともそれぞれ感想を言っただけだが、なぜかそいつは固まってしまった。

騎士団の恰好《かっこう》をしてはいるが、先日会った団長でも、副団長でもないその他大勢だろう。さすがに絡んだことがあれば覚えているが、騎士団だという理由だけでは全員を把握することは難しい。

その男は急に顔を真っ赤にしだしたかと思うと、いきなり騒《さわ》ぎだした。

「お前ら俺をバカにするのもいい加減にしろよ。次期王国騎士団の団長に一番近いと言われているミサエルだ。覚えておけ！」

「騎士団だか、団長に近いだか知らないけど、人の仲間をいきなり蹴り飛ばしていいわけないだろ。常識ってものを知らないのか。団長に近いんじゃなくてクビに一番近い男の間違いじゃないのか？」

「うっせぇ。うっせぇ。うっせぇわ。店主はわかってくれるよな？　こんな魔物がウロウロしてたら、王都の武器屋としての質を下げるだろ。なぁ？」

マッテオはいきなり自分に振られてビックリしたのか、慌てて首を横に振る。

「いやいや、ロックは王都に来てからずっとうちの常連で、それに魔物にも人にも優しい方ですよ。あなたこそなんですか？　いきなり入って来て。騎士団の人とはいえ横暴は困ります。そもそも本当に騎士団の人なんですか？　私の知っている騎士団の人でそんなことする人は一人もいませんよ。もしかして……その鎧《よろい》とか盗んだわけじゃないですよね？」

マッテオは俺を庇《かば》ってくれたが彼には言葉が通じていないようだ。

自分が不利になるとわかると、急に無視をして今度はシャノンに話しかけはじめた。

「おい！　そこの女、お前奴隷《どれい》だろ？　そんな男の言いなりになってるくらいなら、王国騎士団である俺が守ってやるよ。お前だってそんな魔物男より、俺の方がいいだろ？　エルフは長生きだっていうからな。多少ババアでもちゃんと相手してやるよ」

「今……なんて……言いました？」

シャノンがゆっくりとつぶやくように、それでいてしっかりと言葉を吐《は》きだした。よっぽどババアと言われたことが癪《しゃく》に障《さわ》ったようだ。

俺だって年齢《ねんれい》のことは触《ふ》れていないのに……あいつ終わったな。

「あぁ？　ババアが気に障ったのか？　エルフなんて外に出てくるのはババアに決まってるだろ。細かいこと気にするババアだな。これだから年寄りは嫌《いや》なんだよ」

「違う！　エルフを馬鹿《ばか》にされたのも万死《ばんし》に値《あたい》するけど、それ以上にロックさんを魔物男って言って馬鹿にしたでしょ！　表へ出なさい。言葉の通じない魔物以下の男には私が躾《しつけ》してあげるから覚《かく》悟《ご》しなさい」

まさかの俺への悪口に怒《おこ》ってくれていた。

慌ててシャノンの前に手を出し、外へ出ようとするのを引きとめる。

「シャノン、そんなことで怒らなくていい。俺もうちの可愛いシャノンをババア呼ばわりしたことに腹は立っているが……相手にするだけ時間の無駄《むだ》だ。異文化コミュニケーションというのはなかなか難しいんだ。特に共通言語をもたない常識の違う相手にはな」

「お前！　俺を舐めているだろ。冒険者風情《ふぜい》がふざけやがって！　俺様の剣の錆《さび》にしてやる」

ミサエルが剣を抜こうと手にかけたところで、もう1人店に騎士団の男が入ってきた。

新手か。めんどくさいことになるのは嫌だな。

でも、少なくともパトラのやられた分はやり返してやるしかない。

俺も戦闘になるのを覚悟して、剣に手をかけようとすると……。

「この馬鹿もんが！　可燃石の窃盗《せっとう》の情報聴取《ちょうしゅ》一つできないのか！」

拳骨《げんこつ》がミサエルの後頭部に直撃し、顔面から地面に倒れ込《こ》んでいった。

一瞬で意識を刈《か》り取られたのか完全にピクピクしている。

後ろからの不意打ちというのもあっただろうが、拳骨が容赦《ようしゃ》なかった。

普通に頭から地面に直撃するような拳骨はもはや凶器《きょうき》といって間違いではない。

あれでは反省する時間すらなかっただろう。

「いやー、すまなかった。こいつアホの貴族の御曹司《おんぞうし》でな。騎士団の中でも特例で入団して問題ばかり起こすんだよ。すまなかったなロックくん。こいつの処分はきつくしておくから許してくれないだろうか？」

ミサエルを殴ったのは騎士団長のマーカスだった。

マーカスは俺のことを知っているようだった。直接話をしたことはなかったと思うが……。

「自分の名前を知っているんですね」

「そりゃそうだよ！　Ｓ級冒険者のロックくんを知らないのはモグリだよ」

「うちのパトラがいきなり蹴られたりしましたが……騎士団では仲間に対してそういう対応が普通なんでしょうか？」

「パパーパトラは大丈夫だよ。全然弱かったからきっと加減してくれたんだよー」

「いや、本当に申し訳ない。この通りだ、許して欲しい」

マーカスはタイタスさんの時のように突っかかってくることはなく、腰《こし》を折って謝罪してくれた。

本当にタイタスさんが絡まなければいい人のようだ。

「パトラが大丈夫って言ってますので、今回は貸しにしておきますが、それよりもマーカスさん、騎士団が何用で武器屋に？」

「ロックくんに私の名前を覚えて貰《もら》えているなんて光栄だよ。他の子たちもすまなかったね。今回は可燃石の調査で来たんだけど……店主、可燃石はどれくらいの頻度《ひんど》でなくなっているんだい？」

マーカスは俺やみんなに謝罪をして再度頭を下げてくれた。

本当に冒険者が嫌《きら》いというわけではなく、ギルド長と合わないだけらしい。

危《あや》うく騎士団を嫌いになるところだった。

「週に1～2個って頻度ですね」

「今日もなくなっていると連絡《れんらく》があったが、今日はいくつなくなったんだい？」

「今日は1個ですね」

マーカスたちは可燃石の調査でこの店を訪《おとず》れたらしいが、それにしても調査でこんなことをやっていたら騎士団の評判が段々と落ちていくに決まっている。

「犯人の目星はついているんですか？」

「いやー恥《は》ずかしいがまったくわからないんだ。街の中では2～3日に1個だけど、騎士団ではまとめてかなり大量に盗まれたからね。みんなピリピリしているんだ。しかも秘密にしていたはずの情報もどこからか漏《も》れて街中に広まっていたから余計に質《たち》が悪い」

それからマーカスはマッテオに色々話を聞いていったが、特に新しい情報はなかったようだ。

騎士団長が武器屋から出ていくと、マッテオは深いため息をつく。

「騎士団があぁやって回っては来るが、毎回たいした情報もつかめずに帰っていくんだよ。どちらかと言うと問題は起こしていくんだけどな。本当に犯人を見つける気があるのかどうか」

彼らが出ていった扉《とびら》を見つめるマッテオの目に不安の色が漂《ただよ》った。

あんな変なのが騎士団にいたのでは、情報を集めるためにやっているのか、騒ぎを大きくするためにやっているのかわからない。

解決するのにはまだまだ時間がかかりそうだ。


「マッテオさん、盗まれた部屋って見せてもらえます？　俺も冒険者ギルドから可燃石を盗んだ犯人を捜すように依頼を受けているんで」

「いいよ。こっちの部屋だ」

武器屋の奥《おく》へ入っていくと武器や防具を製造している鍛冶場《かじば》があった。

鍛冶場の中には製造途中の剣などが、ところ狭《せま》しと飾られている。

「ここに可燃石を置いていたんだ」

そこは鍛冶場の中でも奥まったところにあり、作業用の机が１つ置いてあった。

机の上には、鍛冶の道具が散乱しており、整理整頓《せいとん》がされているとは到底《とうてい》言えない感じだ。

盗まれたと言われればそうだが……他の場所に置き忘れていてもおかしくはない管理の仕方だ。

「どこかに置き忘れたってことはないんですよね？」

「それはないな。最近盗まれることが多いから、必ずどこに置いたかは確認するようにしてたんだ。でもちょっと目を離《はな》した隙にやられてしまってね」

入り口は2箇所《かしよ》あるため、店主に見つからずに盗みに入ることは可能だと思う。

ただ、いったい何を目的にしているのだろうか？

可燃石1個を盗むためにわざわざ泥棒《どろぼう》に入る？

それは、あまりにリスクが高すぎる。

だけど、お金目当てならここには沢山の剣や防具が置いてある。あきらかにこっちを盗んだ方がお金には変えやすいし簡単だ。

『オーメン』は武器屋だが、かなり腕のいい鍛冶屋でもある。

そこら辺に転がっている剣であっても、他の場所で買った剣より切れ味は長持ちするし高価だ。武器を盗んで売ったお金で可燃石も大量に買うことができる。

何か可燃石が必要な理由があるのか？

マッテオのところだけで盗まれているわけではないのでマッテオの可燃石が特別というわけではないだろう。

「他の可燃石はどこにあるんですか？」

「あぁそれはこっちにあるぞ」

そこは鍛冶場から1つ奥に入った納戸《なんど》でしっかりと鍵《かぎ》がかけられていた。

鍵は壊《こわ》された形跡《けいせき》もなく、こっちの在庫は盗まれたことがないという。

念のために中を確認させてもらうと、納戸の中で可燃石は青い光を放っていた。

大きさは大人の拳《こぶし》くらいだ。

うーん。これだけでは何とも言えない。

「マッテオさん、ここに俺の従魔召喚したいんだけどいい？　ちょっと大きいんだけど」

「あぁ、いいぞ。存分に調査してくれ。騎士団なんて調査はするって言っても、こっちまで入って来ないからな。口だけで困ったものだよ」

「ビックリしないでくださいね。ラッキー！」

ラッキーが腕輪から出てくる。

「こりゃまた驚《おどろ》いた……噂《うわさ》では聞いてたが……まさか本当にフェンリルを仲間にするなんてな」

マッテオはラッキーを見ながら少し後ずさりする。

「マッテオさん紹介《しょうかい》するよ。うちの従魔のラッキーです。人を襲《おそ》ったりはしないから大丈夫ですよ。とっても可愛い奴です」

ラッキーは褒められて嬉しいのか、狭い店内で遠慮《えんりょ》がちに尻尾《しっぽ》をブンブンと振っている。

「あぁ。ちょっとビックリしただけだ。よろしくな」

『ずいぶん狭いところに喚んだな』

「悪いな。ラッキーここから可燃石が盗まれたみたいなんだ。匂《にお》いで追えるか？」

俺が可燃石が置かれていた場所を指差すとラッキーが鼻を近づかせる。

『んっーここでは難しいな。匂いが混ざってしまっていて、どれがその匂いかわからない』

「わかった。ありがとうラッキー」

『箱庭の中も好きだけど、一番はロックの側《そば》がいいんだから、いつでも喚んでくれていいぞ？』

「ありがとう、いつも頼《たよ》りにしてるよ」

ラッキーの胸元《むなもと》をガシガシと撫でてやると、ラッキーは嬉しそうにしながら腕輪の中に消えていった。

本当に可愛い奴だ。

「すごいな。その腕輪の中に従魔が入っているのか？」

「そうなんですよ。中に庭が広がっていて」

俺がマッテオに腕輪を見せると興味津々に見ている。

滅火のダンジョンの10階層で見つかった物なので、普通に世界に流通している物ではない。

「なんか……感慨《かんがい》深いな。ロックも一流の冒険者になって。俺のところに来た時なんか、まだ身長も小さくて、冒険者だなんて言っても不安になるくらいだったのにな」

マッテオはなぜか目をウルウルさせている。駆け出しの頃から、ずっと世話になっていたからな。

親戚《しんせき》の子供の成長を目の当《ま》たりにするおじさんのような気分なんだろう。

「マッテオさん……やめい！」

「うるさい！　別に泣いてなんかないわ！」

別に泣いているなんて言っていないが、あえて突っ込まない。

マッテオは少し慌てたように袖《そで》で涙を拭《ふ》き、話題を変えた。

「そう言えば、さっきはそこのオレンジアントの嬢ちゃんに悪いことをしたな。うちに来た客がいきなり蹴り飛ばして」

「おじさん大丈夫だよー。怪我なくて良かったー」

「いや、そういうわけにもいかない。なにか嬢ちゃんに謝罪をさせて欲しい。あっそうだ！　嬢ちゃん、これちょっと着てみてくれるか？」

マッテオが持って来たのは子供用の鎧だった。

「これは貴族の子供用に作れって言われて作ったんだが、完成間近にその子が重い病気を患《わずら》って寝《ね》たきりになっちまったんだ。別に死んだわけじゃないんだが、貴族からはその鎧を見ると辛《つら》くなるから処分をしてくれって言われててな。かなり気合いをいれて作ったから壊すのも忍《しの》びないし……金はもうその貴族から貰ってるから、もし良ければ嬢ちゃん使ってもらえないか？」

「パパー？」

パトラは俺の方を見てくる。

「いいのか？　見た感じかなり高そうな素材を使っていそうだけど」

「あぁ、大丈夫だ。素材はミスリルを使っているから、かなり軽くて丈夫だ。嬢ちゃんの動きを邪《じゃ》魔《ま》することはないはずだ」

「ミスリルだって？」

ミスリルは希少な金属で王族や貴族でも上位の人しか持っていないと言われる高価な金属だった。世の中に出回らないわけではないが、一から作りあげるとしたら半年から1年は素材を集めないといけないくらい貴重で金がかかるものだ。

「あぁ。まぁミスリルと言ってもこれくらいでは再利用してもたいした量にならないし、それに自信作を壊すのは、俺の職人としてのプライドが許さない。だから、ぜひ使って欲しいんだ」

「そうは言われてもな。そんな貴重な物は……」

パトラは確かに蹴り飛ばされていたが、怪我もなく無事だった。

それでミスリルの防具を貰うにはあまりに釣《つ》り合いが取れない。

「大丈夫だ。もし使われなければ一生壁《かべ》に飾っておくしかない。他の貴族たちだとしがらみがあって売ることもできないんだ。それなら使って貰った方がいい。それにロックの従魔が使ってくれれば、うちの店の宣伝にもなる。うちは武器屋としては通っているが防具だって作れるんだってアピールになれば、売り上げは倍増するから損はしない」

「あぁ、わかった。じゃあこの店の宣伝として使わせて貰うよ。もし返して欲しいって時には言ってくれ」

「返せなんて言わないから大丈夫だ。その代わり、貴族のモンセラットさんが金を出してくれているから、もし何か縁《えん》があれば助けてやってくれ。さっきのクソ貴族と違ってとてもいい人だから。

そうと決まれば嬢ちゃん用に調整しないといけないな」

マッテオがパトラに防具をつけると少し大きさが合わないようだった。

「ちょっと調整に数日かかるから、また後で顔出してくれ」

俺たちはマッテオに依頼をして武器屋を後にした。

この後は……調査もだが、まずはオレンジアントたち用に買った武器の試し切りをしに行こう。

オーク肉の納品依頼があったのでオーク狙《ねら》いだな。

02　聖獣《せいじゅう》ワイバーンと夜空の遊泳

武器屋から出てすぐに、近くの森にオークを狩《か》りにきた。

武器の性能を試《ため》そうと思ったのだが……俺《おれ》の目の前で予想外のことが起こっていた。

集団でいるオークが、オレンジアントたちに一発でどんどん狩られていったのだ。

もちろん、倒《たお》すこと自体は予想外でも何でもなかった。

オレンジアントはオークよりも強い魔物《まもの》で、俺の補助魔法もかかっているから当たり前と言えば当たり前なのだが、それ以上に驚《おどろ》いたのが武器を持ったオレンジアントたちの強さだった。

今まで普通《ふつう》の戦闘《せんとう》でも、可愛《かわい》い見かけとは裏腹にそれなりの強さを誇《ほこ》っていたが、武器を持ってから動きが格段に違《ちが》っていた。

しかも、簡単に教えただけで武器をなんなく使いこなしていたのだ。

剣《けん》や弓を使った戦い方では熟練した動きを見せ、オレンジアントCのトンファーとEのヌンチャクは最初こそ戸惑《とまど》っていたが、オーク相手にもしっかりとその成果をあげていった。

特にEのヌンチャクは、その不規則な動きからオークも反応ができていなかった。

見慣れない武器は下手な者が使えば足手まといだが、熟練した者が使うとその効果は絶大だ。

オレンジアントたちの武器の順応性には驚くばかりだ。さっき、武器屋で頭をぶつけていたのがまるで嘘《うそ》のようだった。彼《かれ》らには武器を使いこなす天性の才能があるのだろう。

それに加えて、オレンジアントたちには息の合ったチームワークがある。

俺が終始感心しながら見ていると、あっという間に戦闘が終わってしまった。

「みんなお疲《つか》れ様、すごかったな……あっ」

最後のオークをEが仕留め、カッコ良く決めようとしたのか、ヌンチャクを盛大《せいだい》に振《ふ》り回した結果、Cの頭に直撃《ちょくげき》し、軌道《きどう》が変わったせいで自分の頭にも思いっきりヌンチャクを当ててしまった。

オークの攻撃《こうげき》よりも痛かったのかCとEが蹲《うずくま》って頭を押《お》さえている。

もう、調子に乗るから……可哀想《かわいそう》になり頭を撫《な》でながら2匹《ひき》に回復薬を渡《わた》してやった。今回はイチゴ味だ。

剣を持っているオレンジアントAが俺のところへ来てゆっくりと服を引っ張る。

「どうした？　回復薬が欲《ほ》しいのか？」

オレンジアントAは首を横に振る。

なんだろう？

パトラの方を見るとパトラが自分の頭の上を指さした。

ん？　頭を撫でて欲しいのか？

俺が優《やさ》しく撫でてあげると嬉《うれ》しそうに抱《だ》き着いてきて、オレンジアントBとDがAの後ろに並び、なぜかさっき撫でてあげたCとEも並びだした。

みんな褒《ほ》めて欲しいようなので、全員が飽《あ》きるまで頭を撫でてやった。

さっき武器屋で一瞬《いっしゅん》こっちを見てきたのは、Eだけ頭を撫でられたのを気にしていたのか。

「すごいなみんな。まさか武器を持っただけで、こんなに強くなるとは思ってなかったよ」

オレンジアントたちは褒められて嬉しいのかハイタッチをして、その後腕《うで》をぶつけ合っている。喜び方まで進化しているようだ。

オークたちを回収し、街へ戻《もど》ろうとしたところで頭の中に声が流れた。

【聖獣ワイバーンがまもなく生まれます。仲間にしますか?】

聖獣ワイバーン?

そう言えば、ワイバーンの卵を後で何かに使おうと思って箱庭の中に入れていた。

あの後……スカイバードくんが必死に温めていたっけ。

「みんな、箱庭の中でワイバーンの子供が生まれるみたいだから、ちょっと箱庭に入るよ」

「わかったー」

「わかりました」

全員で箱庭に入ると、スカイバードくんが俺の方に飛んでくる。

なにか一生懸命《けんめい》俺に訴《うった》えかけている。

かなり慌《あわ》てているようだ。

「ワイバーンの卵が孵《かえ》りそうなんだろ。ありがとな」

大きく頷《うなず》くとすぐにワイバーンの卵のところへ案内してくれた。

俺が着くと、すでに卵にヒビが入り嘴《くちばし》が出てきている1匹がいた。

「頑張《がんば》れ、あと少しだぞ」

俺の声に反応するように徐々《じょじょ》に卵が割れていく。

感動的な瞬間だった。

卵から出る小さな嘴が、徐々に殻《から》を破り、そして……。

かなりの苦戦をしながら自分だけの力でワイバーンが殻を破って出てきた。

全身が濡《ぬ》れていて、上手《うま》く立ち上がることもできないが生きようとする力強さがあった。

ワイバーンの卵は全部で10個あったが、１匹が生まれると続いて２個の卵が孵った。

他はまだ孵っていない。

殻に少しヒビが入っているものもあるし、まったく反応していないものもあるため、またしばらくは様子を見るしかない。

「パトラ、オレンジアントたちにワイバーンの世話を任せても大丈夫《だいじょうぶ》？」

「パパー任せて！　仲良くみんなで世話するからー」

俺がワイバーンたちを仲間にすると頭の中で答えると、また声が流れる。

【聖獣ワイバーンが仲間になりました。場所、設備を３つまで選択《せんたく》することができます】
◆池（中）
◆川（中）
◆海（小）
◆小屋（拡大）

◆箱庭拡張
◆畑（拡大）
◆果樹（バナーナ）
◆鉱山（小）
◆山
◆温泉

今回は何を増やすか。そう考えていると一番最後に温泉があった。

温泉は非常に魅力《みりょく》的だ。身体《からだ》をきれいにする魔法は覚えているが、やはりお風呂《ふろ》以上にさっぱりするものはない。

俺は温泉と鉱山（小）、あとはパトラの好きな果樹（バナーナ）を選択する。

箱庭を見渡せる高台に一瞬で温泉ができ、畑の端《はし》には果樹が植えられ、少し離《はな》れた場所で地面が隆起《りゅうき》し洞窟《どうくつ》ができた。

あの洞窟が鉱山なのだろう。なにが採掘《さいくつ》できるのか楽しみだ。

「ラッキーあそこの洞窟へ行ってみたいんだけど」

『あいよ』

家からは少し離れているが、ラッキーに乗ればすぐの洞窟へ行ってみる。

中に入ってみると鉄鉱石のような石があちこちに転がっていた。

さすがに小というだけのことはあり、奥行《おくゆ》きも狭《せま》いが、拡大していけばもっといいものが採れるようになるかもしれない。

この箱庭は従魔が増えるほど発展するので、ゆくゆくはここで武器の製造などできたら楽しいと思う。

自分たちの武器を自分でカスタマイズしたり、個性にあった防具を作る。

うーん。夢が広がる。

ただ、だからといってどんな魔物でも従魔にしていくというつもりはない。

魔物との相性《あいしょう》もあるだろうし、何よりもみんなと楽しくできるのが一番重要だ。

洞窟や温泉などの見回りが終わり戻ると、生まれたばかりのワイバーンたちをガーゴイルくんやパトラたちが、色々と世話してくれていた。

俺の従魔たちは本当に面倒見《めんどうみ》がいい子たちが集まっている。

ワイバーンの子供たちは暖かい布に包《くる》まれてスヤスヤと眠《ねむ》っていた。

卵から出てくるのに疲れたんだろう。

俺はその間に早速《さっそく》温泉に入りたいが……他の従魔たちが働いているのに、それは申し訳ない気分になる。

手の空いていたオレンジアントたちにオーク肉の解体をお願いしておく。ギルドで解体をすると解体料を取られてしまうが、オレンジアントたちがやってくれれば、その分の料金を取られなくて済むからかなりお得だ。

あと鉱山の中もさっとしか見ていないので、オレンジアントたちに調べられるならついでにお願いしておいた。鉱山で採れるものによっては売りに行ってもいいし、オレンジアントたちに使い道があるなら使ってもらって構わない。

俺はあとを仲間たちにお願いすると、そのままラッキーとシャノンと一緒《いっしょ》に森の中に戻った。

箱庭は俺が入った場所からしか出ることはできないようになっている。

仲間はどこから入っても、俺がいる場所からしか出られない。

つまり、移動する時には俺は絶対に外にいなければいけないってことだ。

俺が森に戻ると日が傾《かたむ》き、すでにあたりは暗くなってきていた。

まぁ夜になろうとラッキーがいれば怖《こわ》い物はないいんだけど。

「それじゃあラッキー、シャノン、帰ろうか」

森を抜《ぬ》け王都に近づいてきた時、急にラッキーから声がかかった。

『ロック、あれなんだ？』

「どれ？」

ラッキーが見ていたのは王都の共同墓地の辺りだった。

身寄りのない人たちが納められている墓地で、誰《だれ》でも訪《おとず》れられるように王都の外れに建てられている。

中央からは少し離れた場所のため、夜はあまり人が近づいているという話を聞いたことがない。

だけど……共同墓地の中には青い光が上下にフワフワと飛んでいた。

『なんだろうな？』

「ちょっと行ってみるか？」

『幽霊《ゆうれい》かな』

ラッキーはなぜかワクワクしているような嬉しそうな顔をして、尻尾《しっぽ》をブンブンと振っている。

「私……実は幽霊苦手なんです」

「シャノン大丈夫？　箱庭に戻っていてもいいよ？」

「いえ、アンデッドに私の剣が通用するのか試すのも大事なので。それに何かあったらロックさんが守ってくれますからね」

シャノンからの信頼《しんらい》が厚いが、俺だって幽霊なんて見たことないからな。

そう言いながらもシャノンは少し怖いのか俺の腕に手を絡《から》ませてきた。

幽霊以上に俺の方がドキドキしてしまう。

墓地などは整備がしっかりされていないと、亡《な》くなった人がゾンビや動く骸骨《がいこつ》になっていたりすることがある。

だけど、王都の墓地はかなりきれいにされている。

そういえば……確かギルドの依頼《いらい》で動く骸骨のものがあったはずだ。

行方《ゆくえ》不明や危ない記載《きさい》はなかったはずだが、帰るついでにちょっとだけ調査しておこう。

俺たちが墓地へ着くとすでに青い光はなくなっていた。

ちょうど青い光が消えていったのは大賢者《だいけんじゃ》ドモルテの墓石があるところだった。

大賢者ドモルテはこの国の発展に大きく寄与《きよ》した女性だった。

彼女《かのじょ》は頭がいいだけでなく、肌《はだ》は透《す》き通るように白くて、その容姿は絶世の美女だったと言われ色々な意味で伝説的な女性とされている。

そして性格も優しく、お淑《しと》やかでこの国のために生涯《しょうがい》を通じて貢献《こうけん》したとのことだ。

大賢者と呼ぶ人もいれば、彼女の性格から聖女様と呼んでいるファンもいるらしい。カラとは大違いだ。

彼女が紡《つむ》いだ伝説は数多くあるが、その中でも有名なのが魔王城での魔王との交渉《こうしょう》だった。

大賢者ドモルテは仲間の危険を察知して魔王城に単身で乗り込《こ》み、その当時いざこざが絶えなかった魔王軍との休戦を魔王に約束させてきた。それが今の平和へと繋《つな》がっている。

どうやって休戦にさせたのか、その方法や交渉内容については秘匿《ひとく》とされ生涯明かされることはなかった。魔王軍側からも何の情報も漏《も》れて来ないことから、壮絶《そうぜつ》な戦いの末、魔王を屈服《くっぷく》させたのではないかという話もあるが真実は闇《やみ》の中だ。

今ではその話を吟遊《ぎんゆう》詩人が歌にするほど有名になっていた。

それから、しばらく墓のまわりを捜《さが》してみたが、青い光が現れることはなかった。

シャノンのメンタルが限界をむかえたので一度、街へ戻ってギルドへ報告することにした。

俺たちがギルドに着くと内からは怒鳴《どな》り声が聞こえてくる。

いったい何があったんだ？

あまりいい予感はしない。それにこの声は……。

◆　◆　◆

「俺がわざわざ依頼をしに来てやっているのに何でできないんだ」

「先ほどから何度もお伝えしていますが、できないとは言ってません。ただ、この価格では冒険者《ぼうけんしゃ》が受けてくれるかわかりませんと言っているんです」

冒険者ギルド内でミサエルとリッカさんがカウンターを挟《はさ》んで口論していた。

また、こいつか。問題を起こすのが趣味《しゅみ》なのだろうか？

女性が揉《も》めているのをただ見ているわけにはいかず、余計なお世話だと思うが声をかける。

「リッカさん、どうしたんですか？」

「なんだ……さっきの魔物使いじゃねぇか。部外者が口を挟むな！　お前には関係ないだろ……いや、待てよ。最下層の魔物使いならどうせ暇《ひま》だろ？　ありがたく思え。仕事のないお前に俺様が金を払《はら》ってやるからこの依頼を受けろ」

ミサエルが渡して来た依頼書は、王都の下水道で可燃石を使い終わった後にできるクズ石が見つかったため、下水道をきれいに掃除《そうじ》し他に何か痕跡《こんせき》がないか調査をしろという内容だった。

報酬《ほうしゅう》の金額は……なんだこれは！

ほぼボランティアと言ってもいい金額だった。子供だろうと下水道の掃除するのにこの金額で受ける奴《やつ》はいない。

どうやら、本当に常識というものがないらしい。

人を一人働かせるためには、ある程度お金が必要なのは子供でもわかる。

こんな金額ではギルドから指摘《してき》されない方がおかしい。

ミサエルが調査しろと依頼することはできるが、受ける人間が来ないような内容ならギルドとしては、依頼を受けてくれる冒険者がいない可能性があると説明するのは当たり前だ。

「これは無理だろ」

俺が依頼書を突《つ》き返すと、なぜ突き返されたのか本当にわかっていないのかキョトンとしている。

「何がダメなんだ。騎士団《きしだん》で貴族様の俺のために働ければ、今後何かおこぼれを貰《もら》えるかもしれないだろ。損して得を取れって言葉を知らないのか」

どうやったらここまで自己中心的に考えられるのだろうか。

貴族だからといって誰もが言うことを聞くと思っているあたりも、世間知らずなのだろう。

きっとこいつのまわりにはイエスマンしかいなかったに違いない。

「ここでは貴族様のご機嫌《きげん》をとらなくても生活できている奴が多いからな。貴族様をありがたがって媚《こ》びへつらう奴にこの依頼は持って行ったほうがいいぞ」

「ん？　お前はなんでそんな生意気なんだ。ギルドなんて騎士団の雑用係だろ。俺は知ってるんだぞ！　そう聞いたんだ。それを俺がわざわざ出向いてやって使ってやるって言ってるんだから、ゴチャゴチャ言わずに依頼を受けやがれ」

ミサエルが大きな声で騒《さわ》いでいたせいで、ギルドの奥からタイタスさんがやってきた。

あの顔は……いつも爽《さわ》やかな笑顔《えがお》だが、今日は相当イライラしているのだろう。

にこやかフェイスは崩《くず》していないが目が笑っていない。

「ギルド長のタイタスだ。悪いがあんたが貴族であろうと、騎士団であろうと関係ない。冒険者ギルドは完全に独立した組織だ。誰が君にギルドは雑用係だと言ったかは知らないが、騒ぐのはやめてもらおうか。みんなの迷惑《めいわく》だ」

「ギルド長だと？　別に俺は騒いでいないだろ。そっちが言いがかりをつけて来たんだろ。そんなに言われるのが嫌《いや》なら、このブスを下がらせてお前の権力で依頼を受けさせればいいだろ」

「ブッ……ブス？　誰に向かってブスって言ったのかしら？　これは私に対する挑戦《ちょうせん》だわ。いや、ギルドに対する宣戦布告と受け取ってもいいわね……それならあれを……こうやって……それから……フッフフ」

リッカさんが下を向きながらブツブツと聞こえるか聞こえないかくらいで呪詛《じゅそ》を唱えていたが、タイタスさんが素早《すばや》く判断をくだす。

「あぁ、わかった。リッカ、掲示《けいじ》だけしてやれ、ただそれを冒険者が受けるかどうかは別だ。実践《じっせん》から学ぶんだな」

「わかりました」

リッカさんは顔を上げると笑みを浮《う》かべ、書類を受け取ると淡々《たんたん》と処理をおこなった。

さすがプロだ。切り替《か》えが早い。

「ふん、最初から言われた通りやればいいんだ。まったく手間かけさせやがって」

依頼を受け付けてもらったのに満足したのか、ミサエルはそのままギルドから出ていった。

多分、誰もあんな依頼受けないだろうに。本当にあいつは何なんだろうか？

騎士団が調べているってことは、今回の可燃石が盗《ぬす》まれた事件に絡んでいる可能性が高い。

もし重要なものなら、依頼を受ける必要はないが様子を見に行ってきてもいいだろう。

もう一度依頼書を見てみる。

騎士団が見つけた下水道になにか手がかりがあるかもしれない。

多少臭《くさ》かったりはするかもしれないが……行かない選択肢《せんたくし》はない。

俺とシャノンは2人で下水道へ行くことにした。


下水道は街の地下に張り巡《めぐ》らされていて、入り口は鉄の柵《さく》で覆《おお》われていた。

鉄の柵は拳《こぶし》より少し大きめで、格子状になっていた。可燃石は通りそうだが、こんなところを通り抜けられる者はいない。

「可燃石のクズが流れて来たというが……」

クリーンの魔法でドブの水を一瞬だけきれいにすると、確かに可燃石の使い終わった後にできるクズ石のようなものが落ちている。

でも、これだけでは何とも言えない。

「ラッキー」

ラッキーが腕輪から出てくるが開口一番、

『この臭《にお》いはきついな。鼻が曲がる。どうしたんだ？』

「臭い以外で何かわからないか？」

『ここも無理だな。ドブの臭いが強すぎる』

「そうか」

『役に立てずに悪いな』

「いや、いつも助かってるよ。ありがとう」

ラッキーは一瞬でまた箱庭の中に戻って行く。

よっぽど臭かったのだろう。

「これだけ汚《きたな》いと、手掛《てが》かりがあってもわからないですね」

「そうだな。それに使い終わった可燃石だけじゃなんの手掛かりにもなりそうにないしな。ラッキーもわからないようだし」

足元がヌメヌメしていて非常に滑《すべ》りやすい。

シャノンも色々探してくれているが、滑る床《ゆか》に慣れていないのか見ているとかなり危なっかしい。

「シャノン、気をつけろ。足元が滑りやすいぞ」

「大丈夫ですよ。こう見えてバランス感覚いいんですから」

シャノンが目の前でくるっと一回転する。バランス感覚がいいのはわかるが……。

「キャッ！」

言わんこっちゃない。見事に足を滑らし転倒《てんとう》しそうになったため、俺は咄嗟《とっさ》にシャノンの手を取りそのまま抱きかかえる。

「ほら、自分の力を信じるのはいいことだけど、過信するのは良くないぞ」

「テヘヘ。失敗しちゃいました」

シャノンと顔の位置が近い。

「ロックさん……」

シャノンの顔が段々と赤くなっていく。

こんな場所じゃなければ色っぽい展開だと思うんだが、場所が悪い。

足元はヌルヌルのヘドロが溜《た》まり、鼻をつく悪臭《あくしゅう》がただよっている。

改めて周りを見渡してみると、とても色っぽい展開ができる場所ではない。

「気をつけてくれよ。汚《よご》れてもきれいにしてあげられるけど、汚れないのが一番だ」

「ありがとうございます」

シャノンを下ろし、立たせる。

ちょっとだけ気まずい空気が流れる。

そう言えば、いつも従魔たちがいるので二人っきりになるのは久しぶりだ。

シャノンと目が合う。改めて見るとやっぱり肌がきれいで可愛い。

「そろそろ戻るか」

「そうですね」

俺たちはもう一度街の方へ向かう。下水道は武器屋の近くだった。

そう言えば、可燃石が盗まれた店は同じ辺りに固まっている。

王国騎士団の場所だけはまったく別のところだが……。

もう暗くなっていたので、俺たちは買い物をして箱庭に戻ることにした。

温泉ができたのでタオルや桶《おけ》、石鹸《せっけん》などを買っていった。

今日はもう箱庭でゆっくりするか。

◆　◆　◆

箱庭の中に入ると、ワイバーンの子供たちがヨチヨチ歩きで俺の方へかけてきた。

そして、パタパタと羽ばたき、１ｍくらい手前から飛びついてきた。

「すごいな。もう飛べるのか」

「えぇ元気いっぱいで困ってしまいますよ。一応、早く飛べた方がいいと思ったので、今スカイバードくんと僕《ぼく》とで飛び方教えているんです」

「えっ？　ガーゴイルくんって飛べるの？」

「もちろん飛べますよ。背中にある翼《つばさ》は飾《かざ》りじゃないので」

ガーゴイルくんは俺の目の前でパタパタと翼を羽ばたかせ飛んで見せてくれる。

まさか飛べるとは思っていなかった。今までずっと歩いているだけだったし。

「俺を乗せても飛べるのか？」

「はい。できますよ。さすがにラッキーさんを乗せては難しいですが、ロックさんとシャノンさんくらいならいけますよ」

「本当か？　ちょっと飛んでみてくれ」

俺とシャノンはガーゴイルくんの背中に乗る。

今まで空を飛んでいる魔物を見たことは何度もあるが、実際に自分が飛ぶのは初めてだ。

ガーゴイルくんが思いっきり翼を動かすと、バフッと空中に浮かび上がる。

「おぉ！　すごいな！」

「ちょっとだけ怖いですね」

シャノンが俺に身体を寄せてくる。

「大丈夫だよ。ちょっとだけ空の散歩だ。ガーゴイルくん外に出られるか？」

「もちろんです」

俺たちはガーゴイルくんに乗ったまま箱庭の外に出る。

そのまま王都上空まで一気に飛び上がった。

シャノンがさらに身体を近づけてくるので、肩《かた》を抱いて落ちないように支える。

「すごい。王都の光がキラキラ輝《かがや》いて光の絨毯《じゅうたん》みたいですよ」

「本当だな。シャノン、空もすごいぞ」

下は王都の夜景が広がり、空には満天の星が広がっていた。

「お月様に手が届きそう」

「本当に。ガーゴイルくんありがとうな。まさかこんな空の遊泳を楽しめるとは思わなかったよ」

「いえいえ、お役に立てて光栄です。戦闘では、やっぱりお役に立てそうにないので」

「ガーゴイルくん、戦闘のことは気にしなくていいよ。こうやって空を飛べるのだって立派な特技なんだから。それに、ガーゴイルくんは封印《ふういん》を解けばもっと強くなる可能性もあるんだし」

ガーゴイルくんは戦闘で戦えないことを、どうも気にしているようだった。

「ありがとうございます。封印を解いてしまったら、自分が自分ではなくなってしまいそうで怖いので……でも、ワイバーンたちが大きくなれば、みんなで空の散歩などもできそうですよね。今から楽しみですね」

「そうだな。ラッキーを乗せて飛べるくらいの大きさの仲間もいればいいんだけど」

「それなら、ちょうどいい魔物がいるのを知ってますよ。僕の親友なんですが、彼ならラッキーさんを乗せて飛べると思います」

「へぇーどんな魔物なんだ？」

「グリフォンくんって言うんですけど、彼なら身体も大きいのでラッキーさんも乗せて飛べますよ」

「そうか。それなら今の王都での依頼が解決したら、そのグリフォンくんに会いにいくか」

「ぜひ行きましょう。彼は優しいのできっと僕たちの仲間になってくれますよ。よく彼とも夜の散歩を楽しんだものです」

ガーゴイルくんは懐《なつ》かしそうにそう語っていた。

「少し寒くなってきたから、そろそろ戻るか」

「わかりました」

「ガーゴイルさんありがとう。とっても楽しかったわ」

ガーゴイルくんは地面に降り、箱庭の中に戻った。

箱庭の中ではみんなが食事の準備をしていた。

「パパーご飯にしよー」

「そうだな。ご飯にしようか」

今日はキャベッツたっぷりの回鍋肉《ホイコーロー》だった。

お肉も野菜もカットが大きめで食べごたえもしっかりしている。

魔物肉は、脂《あぶら》の旨味《うまみ》満点で濃厚《のうこう》な甘辛《あまから》さが食欲をそそる。甘みを帯びた人参《にんじん》、水分豊富なキャベツも甘辛く濃《こ》いめなタレと相性抜群《ばつぐん》だった。

これはご飯が進んでしまう。

みんな幸せそうな顔をしてご飯を食べている。

ワイバーンたちは生まれたばかりなのにガッツリお肉を食べていた。

ミルクとかじゃなくて大丈夫なんだな。

パトラが世話を焼いているので多分大丈夫だろう。

オレンジアントたちは横一列に並んで食べている。

パトラ以外言葉を発したりはしないが、お互《たが》いには身振り手振りで話をしているようなので、それはそれで楽しそうだった。

食事が終わると、みんなそれぞれ働いたり、休んだりしている。

俺はいよいよ楽しみだった温泉に入ることにする。

温泉は白く濁《にご》った湯で、箱庭の中を一望できるように、ちょっとだけ高くなった丘《おか》の上に作られていた。

見られて困るのはシャノンくらいだが、これなら下から見上げても見られることはない。

それに、俺も間違って見てしまうようなハプニングが起きないので安心だ。

身体を洗ってからゆっくりお湯に浸《つ》かる。

お湯の効能が効いているのか、ポカポカとして気持ちいい。少ししか入っていないが肌も気持ちサラサラになっている気がする。

俺が一人で温泉を堪能《たんのう》しているとラッキーがやってきた。

『珍《めずら》しいな。一人で入ってるのか？』

「あぁ、たまにはゆっくりするのもいいと思ってな。ラッキーは風呂が嫌《きら》いじゃないのか？」

『いや、水に濡れるのは好きではないが温泉は好きだぞ。それに水に慣れる練習もしてたからな』

「そうか、なら一緒に入ろうぜ。気持ちがいいぞ」

『あぁ。楽しみだ』

ラッキーが入る前にある程度汚れを落としてやる。

いつも助けてもらっているからな。念入りにきれいにしてやろう。

それから俺たちはタオルを頭の上に載《の》せてお湯の中に入る。

『ぷはぁ〜。ここは魔物の楽園だな。ロック……連れ出してくれてありがとうな』

ラッキーがおっさんのような声を出しながら、俺に改まってそんなことを言ってきた。

むしろ助けてもらっているのは俺の方だ。

「いや、俺の方こそ一緒に来てくれてありがとう。ラッキーのおかげで俺はこの箱庭も手に入れることができたし、仲間を増やすことができた。ラッキーがいなければ俺はあそこの階層で死んでたかもしれないし、幼馴染《おさななじみ》を見返すこともできなかった」

『偶然《ぐうぜん》か……必然か……。きっとロックなら私と会わなくても何とかしてたと思うぞ。でも、私はロックと出会えて嬉しいぞ』

「俺もだ。ラッキーと出会えて幸せだ」

箱庭の空がどこまで続いているのかわからないが、外と同じように星が描《えが》かれており、俺たちを淡《あわ》い光が照らしていた。

俺たちは自然と空を見上げ、そしてラッキーの出した前足に拳をぶつける。

こんな幸せな日がずっと続くように、俺も頑張らなければ。

その後、しんみりした空気はシャノンがパトラたちを連れて来たせいで一変した。

わちゃわちゃとみんな騒いでいるし、シャノンは水着姿で入ってくるし、ガーゴイルくんが飛び込みながら入ったら水が半分くらいなくなるしで大騒ぎだった。

03　大賢者《だいけんじゃ》ドモルテの秘密と魔石泥棒《ませきどろぼう》の犯人

数日後、俺《おれ》とシャノン、パトラは武器屋にパトラの防具を取りにきていた。

「うん。ちょうどいいな。くるっと回ってくれるか？」

マッテオはわざわざパトラ用にオレンジの色をつけた鎧《よろい》を作ってくれた。

身体《からだ》の上部をしっかり守ってくれるが、動きやすさを優先してくれたようだ。

しかも、パトラの可愛《かわい》さを増してくれるオシャレな鎧だった。

「マッテオさん、ありがとうございます」

「いいんだよ。それと、こないだの子供たちにもこれを使ってくれ」

マッテオはオレンジアントたちの分の鎧も作ってくれたようで持ってきてくれた。

「そんな、悪いですよ」

「いや受け取ってくれ。子供用の鎧を作る機会なんてほとんどないからな。ちょっと楽しくて作っちまったんだ。それに、動きやすさを重視したから、ほとんど素材は使ってないんだ」

「ありがとうございます。でも、せっかくですからこれは受け取ってください」

俺はオレンジアントたちを喚《よ》び出してから防具には十分な料金を店主に渡《わた》す。

「いや、受け取れないよ」

「オレンジアントたちは鎧を着てみてくれ。マッテオさん、このお金は防具のお金ではないですよ。

感謝の気持ちと、もし誰《だれ》か新米でお金のない冒険者《ぼうけんしゃ》やなんらかの理由で子供が買いに来た時にプレゼントしてあげてください」

「なんか逆に気を遣《つか》わせたみたいで悪いな」

「大丈夫《だいじょうぶ》ですよ。最近、とあるＳ級パーティーから退職金をたっぷりもらって余裕《よゆう》がありますので」

「そうか。それならこの金は別にしておいておこう」

オレンジアントたちの防具のサイズを確認《かくにん》すると、マッテオはお金を持ち店の奥《おく》に行ったが、すぐに慌《あわ》てて戻《もど》ってきた。

「もう、片付けてきたんですか？」

「違《ちが》う！　ロック、今ちょうど可燃石が盗《ぬす》まれた！　青い光が飛んで行くのを見たんだ」

「なんだって⁉　ラッキー！」

『あいよ』

「マッテオさん、店の奥に入りますよ」

「ああ、頼《たの》む」

店の中は前回と同様に変わった様子はないが、ラッキーの鼻はしっかりとその存在を認識していた。

『今日はわかるぞ。こっちだ』

ラッキーが表に出たと同時に俺はラッキーの背中に飛び乗る。

「シャノンとパトラたちは一度箱庭に入っててくれ、必要な時は声をかけるから」

「わかりました」

「パパーわかったよー」

ラッキーはそのまま街の中を走り出した。

人を避《さ》けながら上手《うま》く進んでいくと、たどり着いたのは前回俺たちが入った下水道だった。

『これ以上は匂《にお》いが消えてしまっているな。ただ、この匂いを私は前に嗅《か》いだことがある……確か……あそこだ。賢者の墓のところ』

「よし！　そこへ行こう」

俺たちはそのまま街から出て急いで賢者の墓のある墓地へ移動した。

確かにここでも青い光が上下に飛んでいるのを見たことがある。あの時は幽霊《ゆうれい》だなんて話をしていたが、結局原因はわからなかった。

「ラッキー、匂いはどの辺りからするんだ？」

『うーん。ここの大賢者ドモルテの墓の裏側からだな。ここで匂いがプツリと途切《とぎ》れてる。まるでどこかに消えてしまったみたいだ。やっぱり……幽霊なのか？』

「ゴースト系の魔物ってことだろうか？　でも、なぜ可燃石を？」

大賢者ドモルテの墓は大きな一枚岩でできており、切れ目なども見つからず、特にこれといった不審《ふしん》なところはなかった。

直接触《さわ》ってみるが……異常は見つからない。

せっかく謎《なぞ》が解けそうだったのに……ここで終わりなのか？

「墓石を壊《こわ》すわけにもいかないし……」

俺が悩《なや》んでいるとスカイバードくんが箱庭から飛び出してきた。

嘴《くちばし》には赤い花が咥《くわ》えられている。

「スカイバードくん、その花は？」

スカイバードくんが俺たちの頭の上を何度か回り、赤い花を墓石の裏側に落とすと、いきなり目の前に入り口が現れた。

「もしかして幻影《げんえい》魔法なのか？　それにしても、こんな強い魔法は見たことがない。手触りまで石のようだったぞ。スカイバードくんありがとう」

スカイバードくんは俺の肩《かた》に乗ると頬《ほお》に顔をすり寄せ、そのまま箱庭の中に戻っていった。

ワイバーンの卵を孵化《ふか》させてくれたり地味に優秀《ゆうしゅう》すぎる。

そろそろ名前でもつけてやるべきか。

でも、それよりもまずは……今はこの穴を調べるのが先か。

墓石の裏側は地下に続く階段があった。

最近も誰かが出入りしているのか、階段に埃《ほこり》は溜《た》まっていなかった。

「よし、行こう」

『ロック……』

残念ながら、その階段はラッキーが入れる大きさではなかった。

『どうする？　私は入れないぞ』

「あぁ、大丈夫だ。どんな奴《やつ》がいるかわからないからな。俺一人で行ってくる」

『気をつけろ。もし危険ならすぐに助けを呼べ。狭《せま》くても私がなんとかしてやる』

「あぁ信じてるよ」

ラッキーは尻尾《しっぽ》を地面に垂らしたまま箱庭の中に戻っていった。

墓石の裏に現れた階段は昼間だというのに薄暗《うすぐら》く、カビの臭《にお》いと下水の臭いがしてくる。

「ライト」

ダンジョンとは違い、中は暗くなっているので光魔法で辺りを照らし出す。

久しぶりに1人での探索《たんさく》だ。

俺は慎重《しんちょう》に1歩1歩階段を下りて行く。

下まで下りて行くと、そこは1つの大きな部屋になっていた。

「おや？　お客さんかい？　ここを見つけられるなんて高位魔法使いだねぇ」

「誰だ!?」

「美白の秘密かい？　それはカルシウムをよく摂《と》ることだよ」

そこには動く骸骨《がいこつ》、リッチが黒くくぼんだ瞳《ひとみ》でこっちを見ていた。

俺はとっさに剣《けん》を抜《ぬ》き構える。

美白というより骨だからな。

「何者だ？」

「ん？　上の墓石を見なかったのかい？　私の墓の下にいるのは私しかいないだろ」

「大賢者ドモルテ……なのか？」

「よく知ってるじゃないか。私もそこそこ有名だったようだね」

大賢者ドモルテはもう数百年前に亡《な》くなったはずだ。

「こんなところで何をしている？」

「なにを？　さてね。運命の気まぐれってところだ」

「おっおい！　ドッドモルテ様から離《はな》れろ！　はっ離れないと私の魔法が火を噴《ふ》いてお前をここで焼き尽《つ》くすぞ」

どこからか声が聞こえる。

でも姿が見えない。

「姿を現せ！」

俺は警戒《けいかい》しながら大声で叫《さけ》ぶ。

「しっ失敬な！　目の前にいるわよ！」

ん？　目の前に？

よく見てみると俺の目の前に上下に動いている妖精《ようせい》がいた。

羽根の一部が欠けているのか、飛ぶのが安定していない。

「やれやれ、ララやめなさい。あなたが出てくると話がややこしくなるから」

ララと呼ばれた妖精はドモルテの横まで飛んで行き肩のところへ止まる。

「冒険者、命拾いしたな。ドモルテ様の寛大《かんだい》なお心に感謝しろよ」

ララは肩を小刻みに揺《ゆ》らし震《ふる》えていた。

盛大《せいだい》に俺のことを挑発《ちょうはつ》してきたが、かなりビビっていたようだ。

「はぁ、それで話を戻そうか、私は賢者ドモルテ。あなたと戦うつもりはないわ。どうしてもやると言うなら相手になるけど。怪我《けが》しても知らないわよ」

「随分《ずいぶん》と自信があるんだな。これでも俺は元Ｓ級のパーティーにいたんだぞ」

荷物持ちで前線要員ではなかったが間違ってはいない。

「もちろんよ。ララは弱いから間違いなく怪我するわ。こんな可愛い妖精を痛めつけるなんて良心が耐《た》えられるかしら？」

「えっ私⁉」

ララは口をパクパクして悲愴《ひそう》な顔をしている。

さっきまでの威勢《いせい》は、もはやどこにもなかった。

「そっちかよ！　なんかどっと疲《つか》れたわ。俺の名前はロック。今街中で可燃石が盗まれる事件が発生していて、その件を調査している冒険者だ。可燃石を盗んでいる奴の匂いを俺の従魔が追って来たらここにたどり着いたんだが、何か知らないか？」

「ギクッ！」

ララはあきらかに可燃石という言葉に反応している。

「あらら、この子が可燃石を持って来てくれていたから、どこかの鉱山や地下ダンジョンからかと思っていたら、人から盗んでいたのね。ごめんなさいね。もうそんなことはさせないわ」

「ドモルテ様！　ダメです。そんなことをしたらドモルテ様が……」

「何か理由があるようだな」

「たいした理由じゃないわ。可燃石がなければ私の命が燃えつきてしまうってだけのことよ」

ドモルテはそう言い、彼女《かのじょ》の過去について話し始めた。

◆　◆　◆

あれからどれだけの時間がたったのだろうか……当時、私は最強の称号《しょうごう》を2つ持っていた。

1つは賢者として、そしてもう1つは酒豪《しゅごう》として。

酒場でドモルテといえば賢者よりも大酒豪という方が有名だった。

若い頃《ころ》には、魔王とも一度飲み比べをして勝ったことがある。

どういった経緯《けいい》だったかは忘れてしまったが、彼《かれ》は酒が弱すぎて話のネタにもならなかったので誰にも話すことはなかった。

でも、確か……酔《よ》っぱらって絡《から》んできたのが魔王だったとかしょうもない感じだった気がする。

酒の席で、もう人間との戦争を止《や》めないかと言ったところ、俺に酒飲みで勝てたら戦争を止めてやると言うので見事に完勝して2日連続で潰《つぶ》してやった。異様に弱いくせに見栄《みえ》だけは一人前だった覚えがある。

それから私たちの距離《きより》は近づき、魔王がポツリポツリと悩み事や弱音を吐《は》き出してきた。

魔王城はその当時、食糧難《しょくりょうなん》に陥《おちい》っていた。

別に戦争をしたいわけではなく、ただ生きるために食糧を奪《うば》いに行くということを繰《く》り返していたら戦争へと発展していたらしい。

あの頃の魔王城には、陽気でアホな奴ばかりで食糧を作るという考えがなかった。

生き方が刹那《せつな》的すぎだったが、かつては豊かな森が彼らを支えていた。だが、それを人間たちが切り開いてしまった結果の戦争だというのはなんとも皮肉なものだった。

だから私は王都の近くで、個人的に大量に育てていたキャベッツを魔王に渡してやった。

そして、育て方も教えてやった。

戦うことよりも食糧を作ることの方が生活を豊かにする。

そのおかげで戦争は終了《しゅうりょう》し、私はこの経験から賢者として食糧問題を研究するようになった。

私は当時、１人の弟子《でし》をとっていた。

その子はリディアと言い、とても気が利《き》いて、優《やさ》しくて、笑顔《えがお》が絶えない子だった。

私はどちらかというと、人づきあいより研究に没頭《ぼっとう》し、酒を飲まないとまともにコミュニケーションがとれないタイプだった。リディアのコミュニケーション能力に私は憧《あこが》れていたと思う。

リディアは魔法の才能はそれほどでもなかった。しかし、コミュニケーションに優《すぐ》れていることで、彼女はその能力を実力以上に発揮していた。

誰からも信頼《しんらい》され、必要とされ、そして人気者だった。

魔王との戦いが終わってから（主に飲み比べだったが）、私の魔力は年齢《ねんれい》と共に、徐々《じょじょ》に低下していった。

若作りのために、ずっと自分に幻影魔法をかけていたが、それも徐々に力が弱くなっていく。そんな私をいつも励《はげ》ましてくれたのはリディアだった。

私は何とかして生きている間に、食料に困る人を減らしたかった。

その研究の中で一番可能性が高かったのが、アンデッドの使役《しえき》だった。

アンデッドは食料を与《あた》える必要もなく、文句も言わず働かせることができる。

もちろん、倫理《りんり》的な問題はあるかもしれないが。

私はアンデッドを使役する為《ため》、アンデッドの秘宝の研究を必死に続けた。

アンデッドの秘宝とは、アンデッドを自由に作り、使役するためのマジックアイテムだ。

お墓や魔力が淀《よど》んだ場所に死体があった場合、時々リッチや骸骨剣士などの魔物になって生き返ることがある。それを人為《じんい》的に起こし、使役するのだ。

別に戦争などで使うことは考えていなかった。

だけど、リディアは違っていた。

彼女はアンデッドの秘宝を戦争に利用するべきだと言った。

戦争にそんなものを使用すれば、軍事バランスは大きく変わってしまう。

魔王との戦争が終わり、みんなが手を取り合って発展させていくべきだという考えを理解してはくれなかった。

私たちの研究があと少しで完成というところで、リディアは私の魔道具や研究結果を持ってどこかへ消えてしまった。

もう、新しく何かを作ることも研究するだけの時間も残されてはいなかった。

私は失意の中でそのまま亡くなった。

私の死体は火葬《かそう》されることなく墓の中に入れられた。そして長い時間をかけて、持っていた魔力とお墓の淀んだ魔力が混ざり合い、気が付けば私は骨の化け物リッチへと生まれ変わった。

白く透《す》き通った肌《はだ》はなくなり、白い骨だけになっていた。

私はリッチになったが、生前の魔力には到底及《とうていおよ》ばなかった。

それでも、少ない魔力の中で少しずつ、地下を改造し広げていった。永遠とも思える時間の中で、疲れたら魔力が回復するまで休み、改造を繰り返していた。

何でもできていたあの頃よりも、何もできない今の方が充実感《じゅうじつ》があったのは不思議な感じだった。

それから、どれくらいの時間がたっただろうか。

地下室は広がり、墓の裏側には入り口を作った。

たまに、月夜のきれいな夜には散歩をしたりもした。

でも、ある日、人間に目撃《もくげき》されて危《あや》うく殺されかけた。

「化け物だ！　殺せ！」

私が討伐《とうばつ》対象の魔物になっているというのを改めて感じる出来事だった。

それ以来、外に出る時には細心の注意を払《はら》うことにした。

たまに目撃されることもあったけど、私は上手く逃《に》げた。

地下室の入り口に厳重な隠蔽《いんぺい》魔法をかけたおかげで、姿を見られても地下室の場所まで見つかることはなかった。

自分がリッチになって永遠に研究ができる身体になったのにもかかわらず、私の魔力は入り口を隠蔽し地下室で生活するだけで消費していってしまった。

長い年月の間に、私の魔力は少しずつ減っていった。

そして、入り口の幻影魔法を常時張れなくなってきた頃、生前研究をしていた魔石を代用として魔力を補うことを思いついた。

それからは、地下室を広げていく時に出てきた魔石を使って足りない分の魔力を補っていった。

しかし、その魔石も段々と少なくなっていった。

このあとどうするべきか。

このまま骨に戻るのか、それとも外に飛び出すのか。

そして魔石が底をつきそうになった時、目の前にララが現れた。

どこから来たのかと聞くと、下水道を通って来たという。

私の地下室はいつのまにか下水へと繋《つな》がる穴ができていたが、鼻のない私は気が付かなかった。

「こんなところで何をしてるの？」

「あなたこそ、どうしてここへ？」

「私はね、妖精の仲間からいじめられて逃げてきたの」

ララは街に住む妖精でピクシーと呼ばれる魔物だった。

ララの背中についている羽根は一部が曲がってしまっており、飛ぶ時に上下に不規則に動く。

その動きが仲間のピクシーからは醜《みにく》いと言われ、追い出されたとのことだった。

「もう、私はそう長くはない。だからここの部屋は君が使うといい」

「お姉さん死んじゃうの？」

「あぁそうだ。私の名前はドモルテだ」

「私はララだよ。ドモルテって偉大《いだい》な賢者さんと同じ名前なんてすごいね」

「賢者を知っているのか？」

「知ってるよ。吟遊詩人《ぎんゆうしじん》がよく歌ってる。魔王を倒《たお》して平和にしたって」

私は思わず笑ってしまった。

魔王を倒してなんていない。ただ飲んだくれていただけなのに。

伝説なんて不思議なものだ。

それから私とララは色々なことを話した。

ララはとても優しかった。私が死ぬ理由を伝えると魔石を探してくると言ってくれた。

まさか私も盗んでくるとは思わなかったが。

ドモルテは全《すべ》てを話し終えると俺に、

「というわけで、私が可燃石泥棒の犯人だ。どうか処分は私だけにして欲《ほ》しい」

そう伝えてきた。

04　王都へアンデッドの襲来《しゅうらい》とパトラの危機！

ドモルテが話し終えると、今度はララがドモルテの前に飛び出して俺《おれ》に訴《うった》えてきた。

「違《ちが》う！　ドモルテ様は悪くない。私が勝手に盗《ぬす》んできただけだから。私を捕《つか》まえて欲《ほ》しい」

「何を言ってるんだ。ララは悪くない。私を守るためにやったんだから余計なことを言うな。それに私はもうそんなに長くない。だから私を犯人として連れていってくれ」

「違う。こんな骸骨《がいこつ》ババアなんて知らない。私は冬を越《こ》すのに可燃石を集めてただけ。盗んできたのをこいつが勝手に使ってただけで、あげるつもりはなかったの。私が犯人なんだから、私が処罰《しょばつ》を受けるべきなんだよ！」

「誰《だれ》が骸骨ババアだ！　えぇい！　ただの羽虫がうるさい！　私に逆らうんじゃない。こいつは私に命令されてやったんだよ。だから黙《だま》っていればいいんだ。黙っていないと私の獄炎《ごくえん》の館《やかた》に閉じ込《こ》めるぞ」

「じゃあやればいいだろ！　その死体をもって犯人としてつきだしてくれ。さぁ殺せ！」

2人はお互《たが》いに罵《ののし》りあっていたが、ララの目からは涙《なみだ》がこぼれ落ちていた。

「ララ……ダメだろ。どうしてお前はそんな意地っ張りなんだ。私はずっと独りぼっちでここにいたんだから。こんな私のために命をはらないでくれよ」

「私だって、初めてできた友達なんだから、そんな簡単に死ぬなんて言わないでよ」

この国では窃盗《せっとう》は厳しい処罰を下されることが多い。

特にピクシーなど魔物《まもの》が犯人だった場合、一生牢獄《ろうごく》で働かされ死ぬまで外に出ることはできない。

ドモルテも賢者《けんじゃ》なんだから俺を倒《たお》して逃《に》げるとか、そういう選択肢《せんたくし》もあると思うのだが、お互いがお互いをかばいあってどっちが出頭するかで揉《も》めている。

本当に仲がいいのだろう。

「それで一応確認《かくにん》なんだけど、2人が武器屋とか商店とか、王国騎士《きし》団から可燃石を盗んできたってことでいいんだよな？」

「えっ私はお店からは盗んだけど……王国騎士団？　それは知らないよ」

ララは予想外だったようで驚《おどろ》いている。

本当か？

でも、これだけ出頭すると言っていて嘘《うそ》をつく理由もない。

「王国騎士団で可燃石1袋《ふくろ》が盗まれたっていうのを知らないか？」

「1袋がどれくらいの大きさか知らないけど、ララが持てるのは可燃石1個くらいだぞ。私も使うのは2～3日に1個くらいだから、それほど頻繁《ひんぱん》に必要なわけではないし」

どういうことだ？

王国騎士団の可燃石を盗んだのは別に犯人がいるということになる。

でも、そんな大量の可燃石を盗んでいったい……？

その時、地下室の天井《てんじょう》が揺《ゆ》れる大きな地震《じしん》が発生した。

「なんだ？」

「ちょっと外を見て来る」

「私も行く」

全員が墓の地下から出る。

王都の方から身を裂《さ》くような悲鳴が聞こえてきた。

「なんだあれは⁉」

王都の中でオーガが暴れているのが見えた。

頭にはうっすらと光る魔石が見える。

あのオーガは……俺たちが倒したオーガか⁉

よく見ると、オーガ以外にも、ここ最近冒険者《ぼうけんしゃ》が倒して騎士団が持って行ったという噂《うわさ》の魔物たちが暴れている。

「おいっ！　ドモルテ！　お前があの魔物の死体を操《あやつ》っているのか⁉」

「違う……でも、あの魔力には見覚えがある。あの魔力はリディアだ。アンデッドの秘宝を完成させたんだ。そうか。可燃石を……リディアも可燃石を魔物の核《かく》に使ったんだ」

ドモルテは少し考え、答えを導き出した。

リディアはドモルテの弟子《でし》だったはずだ。

「そんなことが可能なのか？」

「あの子に魔法の才能はない。だけど、私が死んでかなりの時間が経《た》っている。どうやって生きながらえて来たかはわからないが、あの子なら可能だ。あの子には人をたらしこむ才能があるんだ」

「なら急いで止めにいかないといけない。お前たちの処分についてはまた後でだ」

「冒険者！　なら私を連れていけ！　王都であんなのを暴れさせる一因を作ったのは私だ。アンデッド対策なら、こんな私でも少しは役に立つはずだ。だから連れていってくれ」

「私も行く！　ドモルテ様を一人でなんか行かせられない」

「わかった。あと俺の名前はロックだ。急いで向かうから振《ふ》り落とされないようにしてくれよ。ラッキー！」

俺の呼びかけにラッキーが箱庭から飛び出してくる。

『オーガ討伐《とうばつ》だな。さすがに今回は余裕《よゆう》ぶってるのは難しそうだ。さっさとやっつけるぞ』

「フェンリルだって⁉　古《いにしえ》の魔物じゃないか。そんなのを使役《しえき》できるなんて！　ロックは一体何者なんだい？」

「詳《くわ》しい話はあとだ！　いいから乗って！　いくよ」

俺たちが街の中に着くと、すでにそこでは冒険者たちが魔物と戦っていた。

住民たちの避難《ひなん》がまだすんでいないせいで、守りながらの戦闘《せんとう》はかなり苦戦をしいられている。

それに……冒険者の数が……少なくないか？

「ワイバーンたち以外全員出てこい！」

目の前に従魔とシャノンたちが現れる。

「今から街の人たちを守りながら魔物を討伐する。ただし、誰一人死ぬんじゃないぞ。ダメそうなら俺を呼べ！　あとここにいるリッチと妖精《ようせい》は味方だから攻撃《こうげき》しないようにな。指揮はいつも通りパトラ頼《たの》む」

「パパーわかったよー」

「わかりました」

「精一杯頑張《せいいっぱいがんば》ります」

パトラが全員に指示を出している中、ドモルテが魔法を唱え鳥の魔物を1匹《ぴき》始末した。

他の冒険者が苦戦をしている中で一発で仕留めるだなんてなかなかやるじゃないか。

「さすが、大賢者の名前は伊達《だて》じゃないな」

「……ロック、悪い。今ので魔力が尽《つ》きた。魔石持ってないか？」

「お前、何しに来たんだよ！」

「いや、私は魔力はないが知識はある。それに魔石さえあれば、アンデッドだが聖大魔法を放つことができるんだ」

「ドモルテ様を馬鹿《ばか》にするな！　魔石さえあればお前にだって、あの犬コロにだって勝てるんだからな」

ララが騒《さわ》いでいるが……それよりもアンデッドが聖魔法を？

普通《ふつう》なら自分も消滅《しょうめつ》してしまうはずだが……賢者クラスになると何か秘策があるのかもしれない。

ラッキーが一瞬《いっしゅん》ムッとしたように尻尾《しっぽ》で地面を叩《たた》いたことで、ララはドモルテの後ろに隠《かく》れる。

「ラッキー」

『ロックをお前呼ばわりしているのに、ついイラっときてしまった』

ラッキーが怒《おこ》ってくれたことに思わず頬《ほお》が緩《ゆる》むが、あとでしっかりモフモフしてやろう。

「ラッキーありがとうな。ドモルテ、魔石なら確かあるぞ」

パトラが箱庭の地下をダンジョンにした時に魔石を発見していたはずだ。

「そうか。なら魔石を私に譲《ゆず》ってくれ。そうすればこのアンデッドたちを一掃《いっそう》できる」

パトラとオレンジアントたちが一瞬で箱庭に戻《もど》り、魔石を持って戻ってきた。

まだ何も言っていないのに、よく気が利《き》く子供たちだ。

「パパーこれでいい？」

「ありがとう、みんな。ほらこれだけあれば十分か？」

「あぁ……十分……なんだこの魔石は⁉　可燃石なんて比にならない程《ほど》の力を秘《ひ》めているじゃないか。こんな魔石使っていいのか？　売ればエール1年分くらいにはなるぞ」

「なんで通貨の単位が酒基準なんだよ！　あぁいいよ。それよりゆっくりしている時間はもうない。それじゃあ頼んだぞ」

「これだけあれば王都中に聖結界を張って、全滅させてやる」

俺たちは、前回と同じように分かれる。ガーゴイルくんは少し不安だが、あまり離《はな》れすぎなければ大丈夫《だいじょうぶ》だろう。

そこへ重装備のリッカさんがやってきた。

リッカさんは片手斧《おの》を装備していて、戦闘後なのか返り血で濡《ぬ》れている。

戦う受付嬢《じょう》はかなり勇ましくもあり美しいが、冒険者たちが無駄《むだ》にまわりを固めていた。

「ロックさん！　来てくれたのね！」

「リッカさん！　これはいったいどうしたの？　ラッキー、先に魔物を蹴散《けち》らしてきてくれ」

『あいよ』

「それがいきなり、騎士団で保管してあった魔物の死体がアンデッドになって暴れだしたんです」

やっぱり。魔物たちは騎士団が保管してあったものだったのか。

でも、普通はそう簡単にアンデッドになんてならない。

ドモルテが言っていたようにリディアがアンデッドにしたのか。

だけど、どうやって騎士団に近づいたというのだろう。

それに……。

「冒険者の数が異様に少なくないか？」

「そうなんです。騎士団が冒険者の狩《か》った魔物を横取りしていたせいで、近隣《きんりん》の街へ移ってしまったんです」

「そりゃそうだろ」

冒険者は常に自由を愛する。保証がない代わりに一攫千金《いっかくせんきん》だって夢じゃない。

だけど、それを奪《うば》われてしまったら生活していくことすらできないのだ。

「今、ギルド長が応援《おうえん》の要請《ようせい》を出していますが、応援が来るまでまだまだ時間がかかります。ロックさん、何とかお願いします」

「なんとかね……できる範囲《はんい》で頑張るよ」

全部を助けることなんてできない。

だけど、できないと嘆《なげ》いている時間がもったいない。精一杯やるだけだ。

そこへ1人の冒険者が駆《か》け寄ってきた。

「リッカさん！　ダメだ。切れば切るほどアンデッドが増えていく！　魔法使いじゃないと倒せない」

どうやら、なかなか一筋縄《ひとすじなわ》ではいかないようだ。

「剣《けん》で斬《き》り落としただけだと、またそこからアンデッドとして増えていってしまうんだ。それに冒険者の数も圧倒《あっとう》的に足りない」

「それなら、魔法使いを中心に編成を組み直して……」

「それがダメなんだ。魔法使いの数も絶対的に足りない。このままだと冒険者は全滅してしまうぞ」

「わかったわ。冒険者は全員、住民の避難誘導《ゆうどう》にまわって！　人が生きていれば復興はできます。ロックさんも逃げてください」

「いや、その必要はなさそうだ」

俺の見つめる先で従魔たちが、アンデッドたちを倒し骨に還《かえ》していた。

「えっ⁉　……まさか……ロックさんの職業の影響《えいきよう》で……⁉」

俺の従魔たちはアンデッドをどんどん倒していた。

もちろん一撃でというわけではないが、かなり善戦をしている。

聖獣使《せいじゅう》いのスキル聖獣化のおかげか、従魔たちの物理攻撃がアンデッドたちに効いているのだ。

「これなら……冒険者のみなさんにロックさんの従魔をサポートするように伝えてください。無理に倒す必要はありません。できる限り従魔たちが長く戦えるように、囲まれて孤立《こりつ》しないようにしてください」

リッカさんの指示を受けた先ほどの冒険者が戦場に戻っていく。

「リッカさん、俺も行ってくるよ」

「ロックさん、ご武運を」

ラッキーはラッキーで戦ってくれているようなので俺もオーガへと向かっていく。

どれくらい魔物の数がいるのかわからないが……もともと死体置き場にまとまっていた魔物ばかりなので、王都全体に被害《ひがい》があるわけではないようだ。

冒険者が戦ったことでゾンビの魔物が増えているが、ここで封《ふう》じ込められれば何とかなりそうだ。

剣を抜《ぬ》き、俺と従魔たち全部に重ね掛《が》けで補助魔法を発動する。

俺の身体《からだ》から光が出たことに驚いたのか、目の前に1匹のゴブリンが飛び出してくる。

こんなところにゴブリンが？

どうやら、集めていたのは強い魔物だけではなく雑魚《ざこ》も集めていたようだ。

いいだろう。全部俺たちが倒してやる。

ゴブリンを斬り付けると、その一撃で骨に還っていった。

今まで敵認定されていなかったが、1匹倒したことで他の魔物たちから正式に敵と認定されたようだ。ゴブリン、オーク、オーガ……なかなかな数を集めたらしい。

これだけいれば王都を転覆《てんぷく》させることもできただろう。

ただし、俺たちがいなければな。

俺たちが魔物を狩り、冒険者がサポートと住民を避難させる。

形勢が逆転した頃《ころ》、王国騎士団たちがやってきた。

「遅《おそ》すぎるだろ！　お前ら騎士団が一番最初に王都を守らなきゃいけない……えっ？」

騎士団は何も言わず、俺たちに向けて矢を放ってきた。

「みんな矢が飛んでくるぞ！　逃げろ！」

不意打ちを受けた冒険者たちは避《よ》けきれず矢に倒れる者もいたが、従魔たちは大丈夫なようだ。

途中《とちゅう》からガーゴイルくんが風魔法で防いでくれている。

「いったい何をする‼　俺たちは味方だぞ」

王国騎士団の奴《やつ》らの様子がおかしい。

完全に正気を失っているし、目が赤い光を放っている。

だが、その中で騎士団長のマーカスだけは騎士団に指示を出していた。

「騎士団の敵は目の前にいるぞ！　仲間たちよ！　今こそ王国騎士団の力を見せるんだ」

「パパーどうする？」

「全員殺さずに気絶させろ」

「それなら僕《ぼく》に任せてよ」

ガーゴイルくんが風魔法で騎士団を空中に持ち上げ、背中から落下させる。

鎧《よろい》を着ているが、かなりの衝撃《しょうげき》のはずだ。

「やった……のか？」

ガーゴイルくんが不安げにそう呟《つぶや》く。

騎士団たちはそのまま起き上がり、また襲《おそ》い掛かってくる。

なんかそんな気はしてた。

「気絶は無理か」

住民たちの避難はすでにある程度すんでいる。

俺たちも一旦《いったん》避難をするべきか。

魔物と騎士団を相手にしていては数的にもかなり不利だ。

オーク相手に思いっきり斬り付け、骨に還す。

倒してはいるが、騎士団が来たことで多方向からの攻撃が増えている。

撤退《てったい》するなら早めに決断をしないといけない。

「パパー！　危ない！」

パトラが俺を庇《かば》い、２人して横に転げる。

考え事をしていて背中側を油断をしていた。

「パトラありがとう」

「パパーぼっーとしないの」

パトラはお姉さんのような口調で俺に言ってくる。成長が早いもんだ。

俺に斬りかかって来たのは、ミサエルだった。

ミサエルの目も焦点《しょうてん》が合っておらず、どこを見ているのかわからない。

ミサエルは転がったパトラに狙《ねら》いを定め、思いっきり蹴りつけた。

「痛いっ！」

「だからー前に怪我《けが》するって言ったのにー」

パトラはまったく平気な顔をしている。

蹴りつけたミサエルの方が足を押《お》さえながら転げまわってしまった。

「何をするんだ。この蟻《あり》め！　あれ？　ここはどこだ？」

「ミサエル、俺たちがわかるのか？」

「あぁ魔物使いだろ。それよりこれはどういうことだ！　王都が襲われているじゃないか！」

なぜだ？

ガーゴイルくんの魔法は効かなかったのに、パトラを蹴りつけたミサエルは元に戻った。

両方痛みは与《あた》えたが……もしかして接触《せっしょく》か⁉

聖魔法で洗脳を解けるかもしれない。

「従魔たち！　怪我をしないように、王国騎士団を直接殴《なぐ》れ！　近接が苦手な者はアンデッドたちに攻撃をするんだ！」

俺は従魔たちに指示を出す。

「おい魔物使い、説明しろ！」

「王都をアンデッドが襲い、騎士団の連中が混乱して味方を攻撃しているんだ。お前に構っている暇《ひま》はないから。後の詳しいことは避難して住民に聞いてくれ」

「誰が避難なんてするか。俺は王国騎士団の一員だぞ。この国を守るんだ。雑魚はお前に任せるからな。俺は大物を倒しにいく」

ミサエルは剣を抜き、オークやゴブリンの間をすり抜け、オーガに向かって走り出し斬り付ける！

ミサエルの剣によって薄皮《うすかわ》一枚切れただけだったが、オーガはミサエルを蹴飛《けと》ばし、転がったところを踏《ふ》みつぶそうとする。

なるほど、アンデッドは攻撃を受けるとオートで敵と認識するようになっている。

自分たちで自滅するように仕組まれているなんて、作った奴の性格は相当悪そうだ。

「弱いんだからー逃げてなよー」

パトラはミサエルを庇うように腕《うで》を十字に組み、オーガの攻撃を受けた。

「ダメだパトラ！」

パトラの足が地面に食い込む。

なんとか一撃は耐《た》えられたが、オーガはもう一度足を上げ、再度踏み潰《つぶ》そうとする。

十字に組まれていたパトラの両手がだらっと下がる。

助けなければ、だが、敵意むき出しのアンデッドたちがどんどん襲ってくる。

急いで斬り付け、オークやゴブリンを骨に還す。

ダメだ！

あっ……間に合わない。

「誰か！　パトラを助けるんだ」

俺の声が響《ひび》き渡《わた》る中、ラッキーが、オレンジアントたちが、シャノンが、ガーゴイルくんがパトラの元に急ぐが誰も間に合わない。

盛大《せいだい》な音と共にオーガの足はパトラのいた場所へと踏み下ろされた。

先ほどのようにパトラが耐えている様子はなかった。

オーガが足を上げた後には……パトラとミサエルの姿はなくなっていた。

「パトラー！」

俺の声はただ虚《むな》しく木霊《こだま》するだけだった。

◆　◆　◆

「あっ……パトラが……」

『立てロック！　まだ戦いは終わってない』

俺の頬を涙が伝い落ちる。

「ラッキーだって……パトラが……」

『しっかりしろ！　パトラは大丈夫だ！』

ラッキーは俺を励《はげ》ましながらオークを咥《くわ》え、振り回し弾《はじ》き飛ばす。

「何が大丈夫なんだよ！　だってパトラが……」

俺の目からはもう涙が止まらず溢《あふ》れ続ける。

もう……目の前が何も見えない。

身体に力を入れてパトラを助けなければ。今ならまだ回復薬を使えば間に合うかもしれないのに。

わかっているはずなのに身体に力が入らない。

冷静に行動しなきゃいけないと頭ではわかっているのに、身体はまったく言うことを聞いてはくれなかった。

どれだけ俺がパトラを大事に思っていたのか、大切だったのかを改めて思い知る。

あっ……。

「パパー！」

どこからか声が聞こえる？　でもどこにも姿は見えない。空耳……まで聞こえる。

「パパー‼」

「えっ……？」

空耳じゃない。確かに聞こえる。

でも辺りを見回してもパトラの姿はない。

「パパー、上だよー」

パトラを乗せたワイバーンが空からゆっくりと降りてくる。

ワイバーンの足元にはミサエルが掴《つか》まえられていた。

「ワイバーンがパトラを助けてくれたのか」

降りてくる途中で耐えられなくなったのか、ワイバーンは高さ２ｍくらいからミサエルを地面に落とし、そしてミサエルの上に着地した。

「ふげっ」

ミサエルは気絶をしてそのまま動かないが、命は大丈夫そうだ。

「パパーごめんなさいー死んじゃいそうになったーワイバーンくんが助けてくれたの。パパー泣いてるのー？」

俺はパトラを強く抱《だ》きしめる。

「パトラ、俺の方こそ悪かった。危《あや》うくお前を死なせてしまうところだった。生きててくれて良かった。ワイバーン、ありがとうな」

ワイバーンはいつのまにか箱庭から飛び出してきたらしい。

ワイバーンが生まれた時からパトラたちが世話をしていたから、パトラを守るために飛び出してくれたのだろう。俺の誰かと叫《さけ》んだ声にこのワイバーンが反応してくれていたようだ。

「パトラこれを飲め。腕は大丈夫か？」

「パパー腕が痛いからー飲ませてー」

パトラはそう言いながら俺に抱き着いてくる。

痛いと言いながらもいつも通り手を動かせているからな。

でも、俺は気が付かないフリをしてパトラを抱きかかえて回復薬を飲ませてやる。

今日のは特別甘《あま》い梨《なし》で作った上級回復薬だ。

それに、補助魔法もたっぷり重ねがけしておこう。

「パトラはここで待ってるんだよ。俺がパトラをいじめた奴ら全員倒してくるから」

「パパー大丈夫だよーそれより、他のワイバーンも出してあげて」

「他のも？　いいけど。ワイバーン出てこい」

ワイバーンたちが続々と出てくる。

どうするつもりなのかと思っていると、オレンジアントたちがワイバーンの上に乗る。

「パパーの魔法だとワイバーンたちも高速で飛べるのーみんな行くよー」

パトラが指揮を執《と》ると、オレンジアントたちは3匹のワイバーンを操り空に飛び上がる。

ワイバーンたちは上空からアンデッドたちを斬り付け、アントたちが弓矢を放つ。

アンデッドは近くの者に襲い掛かるようになっているのか、上空に向かって手を伸《の》ばしている。

オレンジアントとワイバーンのその姿はまるで小さな竜騎士《りゅうきし》だった。

オレンジアントEだけはワイバーンではなく、ガーゴイルくんに乗り攻撃をしている。

『ロック、私たちも片付けよう』

「あぁ、俺たちは騎士団を相手するか」

『あいよ』

アンデッドの魔物たちはパトラたちに任せておけばいいだろう。

ワイバーンに乗ったオレンジアントたちの高速での攻撃は、もはやアンデッドたちが追いつけるスピードではなかった。

俺とラッキーは騎士団を片《かた》っ端《ぱし》から殴りつけていく。

ラッキーの攻撃はかなり強いけど……大丈夫だよね？

ラッキーが足で騎士団を弾く度《たび》に、鎧が弾けて二度と使い物にならなくなっている。

あとで弁償《べんしょう》とかって言われたら困るけど……消耗品《しょうもうひん》だから仕方がないよね。

騎士団を正気に戻していくと、団長が俺たちの前に立ちはだかってきた。

「君たちは何で僕の邪魔《じゃま》をするのかな？　僕はこの国を強くしたいんだよ。騎士団は冒険者よりも必要なんだ。冒険者なんて必要ない。だからね。君たちに邪魔されちゃ困るんだよ」

騎士団長はブツブツと何か話をしているが、誰に向かって話しているのかわからない。

「いい加減にやめよう。もう終わりにしなくちゃいけない。だってそうだろ？　僕はタイタスより優秀《ゆうしゅう》なんだ。そうだろ。タイタスなんてただの冒険者の長じゃないか。それに比べて僕は王国騎士団の団長だ。だから負けてなんていない。なのになんであいつは、みんなに慕《した》われているんだ。うん、うん。そうだよね。あいつがいなくなれば僕が一番だ」

騎士団長は剣を抜き、近場にいた冒険者へと斬りかかる。

意識が混乱しているとは思えないほど、しっかりとした剣筋だった。

俺は冒険者を守るために団長の剣を受ける。

「邪魔をするならお前から殺してやる」

「そうか。俺も怒っているんだ。パトラを怖《こわ》がらせたことも、街中でこんなに暴れていることも。正気を取り戻させてやる」

　騎士団長の顔面に俺は思いっきり拳《こぶし》を放つ。

　拳が当たる瞬間、ラッキーが勢い余って騎士団長へ突《つ》っ込んでいった。

　思いっきり空を切る拳。

　この拳……どこにぶつければいいんだ‼

　俺の見せ場！

『悪い！　わざとじゃない』

「ラッキー狙っただろ」

『断じて違う。別に誰が倒してもいいだろ？　そうかっかするなよ』

「別に誰が倒してもいいけどさ」

　ラッキーにふっ飛ばされた騎士団長は操り人形のように立ち上がる。

「ラッキーの当たり所悪かったから動きが変だよ」

『何を言ってるんだ。あれは元からだ。ギルドの時もあんな動きしてただろ』

「いや、絶対にしてない」

「……フハハハ！　私の操り人形に攻撃が当たったのを感知して音声を繋《つな》いでみたら、アンデッドの集団を前にふざけていられるなんて、あなたたち冒険者って相当頭が悪いのね」

その声は騎士団長から発せられているものの、騎士団長の声ではなく若い女性の声だった。

「誰だ！　お前が今回の事件の黒幕なのか!?」

「えぇそうよ。聞いて驚きなさい。私の名前はリディア。あの伝説の大賢者ドモルテの一番弟子であり遺志を継《つ》ぐものよ」

騎士団長を操っていたのはドモルテの弟子を名乗るものだったが、ドモルテに会って事情を聞いているせいで驚きも半減だった。

それにしても自分で裏切っておいて、師匠《ししょう》の名前を騙《かた》るなんて、太々《ふてぶて》しい奴だ。

◆　◆　◆

「驚いて声も出ないようね」

騎士団長が女の声で話をしているのにも違和《いわ》感があるが、遺志を継ぐものと言われても研究を盗んだと聞いている以上、信用もできない。

「お前の目的はなんなんだ」

「いいわ。冥途《めいど》の土産《みやげ》に教えてあげる。私の目的はここでアンデッドの秘宝の効果を他国に見せること。そのために、この国には生贄《いけにえ》になってもらうのよ。だからあなたたちにも死んでもらうわ。でも大丈夫よ。安心して殺されなさい。死んでも私がちゃんとアンデッドとして使ってあげるから」

「お前は本当に大賢者ドモルテの弟子なのか？　賢者はアンデッドの秘宝を完成させられなかった

んじゃないのか？」

「あら？　良く知っているじゃない。大賢者様は最後にアンデッドの秘宝の研究をされていたが、完成間近で亡《な》くなられてしまったの。それを私、大賢者様の最高の一番弟子が後を継ぎ、ついに完成させたのよ」

団長が女っぽい感じで話しているせいで、騎士団の面々がざわざわとしている。

そりゃそうだろ。

操られているとはいえ、騎士団長が女っぽいしぐさをしながら、女の声で話をしているのだ。誰だって驚きたくもなる。

「賢者が死んでからずいぶんかかったんだな。お前もアンデッドなのか？」

「ハハハ！　アンデッドなんかと一緒《いっしょ》にしないでもらえる。私は独自の研究の結果、永遠の命を手に入れたのよ。アンデッドのように意思も持たない役立たずとはまったく別よ」

「アンデッドたちに魔石が使われていたが、騎士団とかから魔石を盗んだのもお前だな⁉」

俺はみんなに聞こえるようにわざと大声で確認をする。

「ええそうよ。このアホの騎士団長を操って盗んでやったのよ。面白《おもしろ》いでしょ。自分で盗んで、自分で捜《さが》しているのよ。犯人なんて見つかりっこないじゃない。本当に笑えたわ」

「お前が魔石を盗んだ犯人だったなんて。俺が絶対に捕まえてやるからな。隠れてないで出てこい！」

俺はわざと、可燃石の犯人はこのリディアという女だということを強調して周りにいる騎士団の奴らにアピールする。

ララがやったことは本来なら許されることではないが……俺たちが知らなかったフリをすればいいだけの話だ。

「出ていくわけないでしょ。馬鹿じゃないの。あなたたちが見つけてみなさい。まぁ、無理でしょうけどね。私のアンデッド軍団はあなたたちのような脳筋には絶対に倒せないわ。どんどん増えていくアンデッドに恐怖《きょうふ》しながら死んでいきなさい。私は王都が沈《しず》んでからゆっくりとあなたたち馬鹿な冒険者をアンデッドにしてあげる。さぁ騎士たちよ。この国に仇《あだ》なす者たちを殺しなさい」

騎士団長は力なく倒れてしまった。操られている方もなかなか力を使うようだ。

他の騎士団はもう半分以上正気に戻っている。

俺たちをアンデッドにしたいということは、まだ王都かその周辺にいるということだろう。

それにしても、余程《よほど》勝つ自信があるようだ。

俺たちの姿も見ていないようだし、アンデッドをはなってから街の様子すら確認をしていない。

騎士団長が攻撃を受けたから、念のため音声だけ繋いだみたいだけど、何の意味があったのかわからない。多分、誰にも研究を発表できなかったので、自慢《じまん》をしたかったのだろう。

今の現状が見えていたら、きっとあんな余裕ぶって話なんてできない。

俺もわざわざこっちの情報を与えてやることはないから、余計なことは言わなかったけど。

「ラッキーさっさと終わらせてしまおう」

『あいよ』

彼女は自分がもう追い詰《つ》められているなんてまったく考えていないようだ。

騎士団で意識を戻した奴らも無理矢理《むりやり》にでも協力させ、あっという間に形勢は逆転した。

騎士団は幸いにもアンデッドにはなっていなかった。

どうやら冒険者と操られた騎士団で殺し合いをさせたかったみたいだが、そんなことにはならなかった。

アンデッドたちも……うちの小竜騎士たちはヒットアンドアウェイを繰《く》り返し、もうほとんどが骨に還っていた。

もう、一方的な戦いになっている。ほとんど終わりだ。

可哀想《かわいそう》というか……無理矢理起こされてしまったアンデッドたちはゆっくり寝《ね》かせてやろう。

骨と共に魔石が転がっている。魔石の回収は騎士団にお願いしておく。

俺たちはリディアをこのまま放置しておくことはできない。

「ラッキー、さっきのあの女の魔力を追えるか？」

『んーちょっと難しいな。こっちに直接来ているわけではないからな』

「私なら追えるわよ！」

そこにいたのはドモルテだった。

「ドモルテ様、今度こそ見せ場ですよ」

ララはドモルテの肩《かた》に乗ったまま応援している。

「こんなところでどうしたんだよ？　広域の聖魔法はどうしたんだ？」

「はぁ？　それをあんたが言うの？　見てみなさいよ！　この現状！」

周りを見渡すとアンデッドたちは、もうすでに1匹も動いてはいなかった。

騎士団も全員正気に戻っている。

「もう……必要ないってことか？」

「ええそうよ。わかる？　私が一生懸命《けんめい》魔法を唱えて、この国を守るのに魔法陣《じん》を作っているのに、どんどんアンデッドは死んでいくし、騎士団は正気に戻っていくのよ。しかも、私を見てくれてたのはララだけ！　ララの応援でさえ段々悲しい気分になってきて。もう目がないのに泣きそうになったわよ！　こういうのって普通私が活躍《かつやく》して解決して、伝説の大賢者が死んでからも人々を助けて新しい伝説を作るとかの流れじゃないの？」

ドモルテは相当不満が溜《た》まっていたらしく、俺に詰め寄ってくる。

「そんな伝説知らんわ！　それより魔力を追えるのか？」

「いけるわよ。リディアの魔力は独特だし、それにまだあそこで眠《ねむ》ってる騎士団長さんと魔力が繋がっているから、それを追っていけば問題ないはずよ」

「よし、じゃあ行くか。ラッキー」

「私も行きます！　まったく活躍していないので」

「パパー私とこの子もいくよー」

他の従魔たちもやる気になっているが……そんなに数はいらない。

「じゃあシャノンとパトラコンビは一緒に行こう。他はアンデッドがいないかと、逃げ遅《おく》れて瓦礫《がれき》の下敷《したじ》きになっている人間がいないかを確認してくれ。ガーゴイルくん、残りのメンバーを頼めるか？」

「任せてください。全員僕が守ってみせます」

ガーゴイルくんの背中に乗っているオレンジアントEが、無理をするなと肩をポンポン叩いている。

状況《じようきよう》によってはオレンジアントの方が強い時があるので、なんとも言えない。

「怪我だけはしないように気をつけてくれ。最悪このメンバーなら全員空に逃げれば大丈夫だからな。よろしく頼む」

オレンジアントたちが敬礼のポーズを取る。さすが、統率《とうそつ》が取れている。

「それじゃあドモルテ、案内してくれ。決着をつけに行こう」

「私に付いて来て」

「ドモルテ様、今度こそ大活躍ですよ！」

ララの応援を聞きながらドモルテが先頭になって歩いていく。

街の中はもう人々が逃げ出し誰もいない。そのおかげでリッチが歩いていても騒がれることはなかった。

しばらく歩いて行き着いた場所は、街が一望できる大きな展望台だった。

この展望台は、遠くからの魔物の襲撃《しゆうげき》や他国の軍隊などをいち早く見つけるためのものであり、王都の内外を一望できるほど高い。

「ここにいるのか？」

「ええ、ここの中からリディアの魔力を感じるわ」

展望台の扉《とびら》にゆっくりと手をかける。鍵《かぎ》は掛けられていないようだ。

「ラッキーは……入れないいな。必要なら喚《よ》ぶから箱庭で待機しててくれ」

『あいよ』

展望台の1階には部屋がいくつかあり、奥《おく》には展望室へ進む階段があった。

俺が、階段へ進もうとすると、

「そっちじゃないわよ。リディアは地下にいるわ。まさか、展望台の地下に研究室があるなんて誰も考えないでしょうね」

確かに、俺も展望台というだけで上に上ろうとしてしまった。

まさか王都で一番高い塔《とう》に秘密の地下室を作っているとは、想像もしなかった。

「その地下室への入り口はどこにあるんだ？」

「あそこの部屋よ」

そこは階段の横の部屋で、本や書類などが保管されていた。

床《ゆか》も石畳《いしだたみ》が広がり特に異常はないように見えるが。

「今結界を解くわ」

ドモルテが呪文《じゅもん》を唱えると地下室への入り口が開かれる。

リディアも相当な腕があるらしい。

いよいよ。魔石泥棒《どろぼう》との対決だ。

◆　◆　◆

「ここの下にリディアがいるのか。俺が先に下りて行くから、シャノン、パトラ大丈夫か？　無理なら箱庭に入っててもいいぞ」

扉を開けた地下室からは腐臭《ふしゅう》がしてくる。

「大丈夫です」

「パパー！　もうしっかり回復したよー」

ドモルテの方を見ると、ドモルテは黙って頷《うなず》く。

俺は剣を抜き慎重《しんちょう》に進んで行く。

ドモルテの時よりもかなり深い地下室のようだ。

これなら、どんな実験をしていても外に音が漏《も》れることはないだろう。

下に下りるにつれて段々と腐臭がきつくなっていく。

階段を下りきると、そこは大きな1つの部屋になっており、部屋の真ん中には美しい女性が杖《つえ》を構え1人立っていた。

見かけは美しいが……どうやら腐臭の原因は彼女《かのじょ》のようだった。

きっと彼女は幻影《げんえい》魔法を使って姿や声を誤魔化しているのだろう。

「まさかここがバレるとは思いませんでしたよ。あなたがたを舐《な》めていたようです。どうも初めまして、私はリディア。かの有名な大賢者ドモルテの一番弟子にして最大の理解者。命乞《いのちご》いをするなら今ですよ。私を倒したところで、外のアンデッドは死にませんし、あなた方は大賢者の弟子である私には勝てません」

彼女は自信満々にそう言うが、大賢者の弟子を連呼するあたりきっと、本当は自分に自信がないのだろう。まるで、虎《とら》の威《い》を借《か》る狐《きつね》のようだ。

「さっき死なないって言っていた外のアンデッドたちは全部倒したぞ」

「フフフ……冗談《じょうだん》はよしなさい。私を動揺《どうよう》させようとしても無駄よ。あれだけのアンデッドを準備するのにどれくらいかかったと思っているの？　今頃王都は阿鼻叫喚《あびきょうかん》の地獄絵図になっているはずよ。全部を倒すなら全域に聖魔法で結界でも張らなければ、この短時間では無理。それにもし、聖魔法を使っているなら、そこにリッチがいるわけがない。はい、論破。……なんでリッチなんているのよ。私はそんな魔物作ってないわよ」

俺の後ろにいるドモルテに気が付いたようで急に慌《あわ》てだす。

まぁそりゃそうか。自分だけがアンデッドを操れると思っていたところに、アンデッドが現れたらそりゃ驚きもする。

「あらら、私を忘れてしまうなんて寂《さび》しいかぎりじゃない」

「誰よ！　あんたみたいな骸骨お化け知らないわよ」

「これでも思い出せないかしら？　獄炎の館」

ドモルテは魔石を握《にぎ》りながら杖を構え、いきなり呪文を唱える。

リディアの足元から炎《ほのお》の小さな家が現れ、挟《はさ》むように呑《の》み込んでいく。

「ぐあぁぁぁぁ」

リディアは苦痛の叫び声をあげるが、次の瞬間、杖を振り呪文を唱えると、リディアの身体のまわりに水が現れ一瞬で消火していく。

「やりやがったわね。こんな古代魔法を使うなんて……まさかドモルテなの⁉　リッチになってもまだ私を邪魔する気⁉」

「誰が一番の理解者だって？　私の研究を盗んでおいて。しかも、あの研究を完成させるのに何百年かかっているのさ。相変わらず魔法の才能はなかったのねー」

「うるさい！　うるさい！　うるさい！　あんたがいたから私はいつまで経《た》っても一番になれなかったんだ。歴史にも名前を残せずに。だから、あんたの悪名が世界に轟《とどろ》くようにしてやっているのに。何でまた邪魔をするんだよ！」

「その器《うつわ》の小ささがなければ、もっと大成しただろうに。大人しく土へ還りな。魔力ドレイン」

「あんたが死んでから、私がどれだけ修業《しゅぎょう》したと思っているのさ。今ならあんたにだって負けないわ！　魔力ドレイン」

リディアとドモルテの間で魔力の綱引《つなひ》きが始まる。

お互い力はほぼ互角《ごかく》のようだ。

ただ、俺の魔石を大量に持っているドモルテの方が力としてはやや上か。

俺たちの目の前で、魔力を目に見える形で引っ張りあっている。

完全に２人だけの世界でやっているが、そこへパトラが空気を読まずワイバーンと共に突っ込んだ。

「いっくよー」

パトラはワイバーンに乗りながら手に持った杖をリディアの顔面にフルスイングする。

まだ魔法が使えないから、使い方が完全に打撃系の武器になってる……まぁ仕方がないか。

「クソッ。ずるいぞ。１人相手に多人数で攻《せ》めるなんて卑怯《ひきょう》だと思わないのか」

リディアはそんなことを言っているが、自分だって大量にアンデッドを作っておいて、そんなことを言われる筋合いはない。

「悪いがさっさと終わらせてもらうよ。やることは沢山《たくさん》あるんだ」

「ふん。そう簡単に終わりにできるかな？」

「幻影魔法。陽炎《かげろう》。さて、どれが私かわかるかな？」

リディアの身体が複数に増える。普通だったらどれが本体かわからないほど精巧《せいこう》につくられているが……シャノンが本体に斬り付ける。

別になんてことはない。

通常であれば、どれが本体なんだ⁉　とかって展開があったかもしれないが、わざわざ相手のために付き合ってやる必要はない。

本当に残念なのだが……本体の腐臭が強すぎて一発でわかってしまう。

「そこの女はよほど強い幻覚破りの魔法が使えるようだな」

「見たか、私の仲間は非常に優秀なんだ。前の時のように、ボッチ賢者とかバカにさせないからな」

リディアとドモルテはシャノンに対してかなり感心しているようだが……。

きっと、こんな暗いところでずっと1人で魔法を研究し続けてきたのだろう。

根本的な欠陥《けっかん》に気が付いていない。

なんだか弱い者いじめをしている気分になってくる。

「ロック、ここは私に任せて欲しい。二度とこの国にアンデッドが生まれないように私がこの女を倒してやる」

「あぁ、色々思う所があるだろうから任せるよ。でも、やばそうなら手を出すからな」

ドモルテはリディアを見つめたまま俺の方に手を上げ、その後詠唱《えいしょう》に入った。

「光の精霊《せいれい》よ。我は命じる。そなたらの力を貸し、この悪《あ》しきものを滅する力を。光の鎖《くさり》」

ドモルテの杖から聖なる光が発する。

リディアの足元には光の鎖が現れ、地面にリディアを引きずり込もうとしている。

「バカな……なんでリッチになったお前が聖魔法を使えるんだ」

「この国を守るためなら、仮令《たとえ》この身が滅《ほろ》んでもお前を道連れにしてやる。お前をこの国に残したのは私の責任だからな。最後は私の手で始末してやる」

だが、そう言うドモルテの身体も少しずつ消えていく。

聖魔法の影響なのか、身体がどんどんボロボロになっていった。

「ドモルテ様！　ダメ！　死んで土に還ってしまうよ！　消えちゃダメだよー！」

「ララ、大丈夫。私はずっとあなたの側《そば》にいるわ」

アンデッドのドモルテは自分が死ぬ覚悟《かくご》をして聖魔法を使ったらしい。

でも、そんなことは俺がさせないけど。

「ドモルテ、お前の覚悟はすごいけど、助けられる奴を黙って死なせてやるわけにはいかないんだ。リディアを狩るのにお前の命は必要ない」

俺はリディアに向かって魔法を放つ。

その魔法は光の矢となってリディアの身体を貫《つらぬ》いていく。

「無詠唱だと……こんな強大な力を持つ魔法使いが、ドモルテ以外にもいるなんて。私はどうやら長く引きこもり続けてしまったようだ。だけど、私はまだ死ぬわけにはいかない。覚えていろ。次会う時はもっと大きな力を得て貴様らの前に現れるからな」

リディアの身体から魔力が抜け、その魔力は四方に散らばっていく。

「逃げるのか⁉」

「逃げるわけじゃない。戦略的撤退だ。私はどんな時でも有利でなければ戦わないんだ」

リディアの魔力が霧散《むさん》すると、そこに残ったのは干からびた女性の身体だけだった。

「待て！　お前は私が倒さなければ……」

ドモルテは自分で放った聖魔法の浸食《しんしょく》を受け徐々《じょじょ》に身体が崩《くず》れていく。

「ロック、どうして最後まで私にやらせてくれなかったんだ。あの子は私が倒さなければいけなかったのに逃げられてしまった。私はもう……魔石がなければ生きていけない身体になった以上、これが最後のチャンスだったのに」

「魔石があれば生きていけるんだろ？　なら最後まで生きればいいよ」

「そんな魔石がどこにあるって言うんだ。私はララに盗みを働かせて生きていたような、何の力もないただの骸骨だぞ。お前たちと別れたらまた、あの地下室へ逆戻りだ。私はララが盗んだ魔石なんてもう使うつもりはない」

「じゃあ俺たちと一緒にいればいいよ。パトラ、まだ魔石は箱庭にあるんだろ？」

「あるよー。掘《ほ》ればまだまだ沢山あると思う。ドモルテさんが生きていくだけなら、今の在庫だけでもあと数百年は生きていけるだけの魔石があるかなー」

「なっ？　もちろん俺たちに危害を加えたり、危険な研究をしないって約束してくれるならだけどな」

「いいのか？　私のようなリッチを仲間にしても？」

「1つ問題があるとしたらそこなんだよ。俺は聖獣使いって職業でリッチとは相性《あいしょう》が最悪なんだよ。箱庭に入れるかもわからないし、もしかしたら死んでしまうかもしれないんだよね。まぁでも最悪は箱庭に入らなくてもいいか。魔石だけ渡しておけば隠蔽《いんぺい》魔法で外見替《か》えれるわけだし」

せっかく賢者までのぼりつめたリッチがいるのに、このまま土に還すのはもったいない。賢者として、やってもらいたいことは沢山あるのだ。

「ドモルテ様……生きてください。もう魔石盗まなくていいなら、私はずっと一緒に生きていきたいです」

ララは目に沢山の涙を浮《う》かべ、ドモルテの服を引っ張る。

「わかった。ぜひお前たちの仲間にして欲しい。もう一度この広い世界に飛び出せる可能性があるなら、それで死んでも私は後悔《こうかい》をしない」

【常闇《とこやみ》の王リッチが仲間になりたがっています。聖獣化することで闇属性のパワーがダウンしますが仲間にしますか？】

「おっ仲間になれるみたいだぞ。闇属性のパワーがダウンするってなってるけど、どうする？　死にはしなさそうだ」

「闇属性ならダウンしても問題ない。よろしく頼む」

「わかった」


【聖獣常闇の王リッチが仲間になりました。場所、設備を1つまで選択《せんたく》することができます】

◆池（中）
◆川（中）
◆海（小）
◆小屋（拡大）
◆箱庭拡張

◆畑（拡大）
◆果樹（バナーナ）
◆果樹（リンゴ）
◆鉱山（中）
◆山
◆温泉

今回は保存食を作成するために海を選択する。

海があれば塩をとることができるし、魚なども飼うことができるかもしれない。

旅を続ける中で魚をすぐに手に入れられる環境《かんきょう》というのはかなり貴重だ。

ついでに、従魔も増えてきたのでちょっと箱庭の方も開拓《かいたく》を進めようと思う。

「ちょっと！　私は？」

ララが俺に訴えかけてくるが、ララは頭の中に音声が流れてこない。

「ララは聖獣にはなれないみたいだな。なんでなんだろう？」

【妖精ピクシーはすでに常闇の王リッチの従魔になっています。リッチが従魔になった時点で妖精ピクシーにもその影響が及《およ》ぼされます】

珍《めずら》しく頭の中の声が答えてくれる。

「ララはすでに、ドモルテの従魔扱《あつか》いになってたみたいだな。だからドモルテが仲間になった時点

でララも仲間になってるみたいだ

「良かったなララ」

「これでずっとドモルテ様と一緒にいられるんですね。生きてくれてありがとうございます」

「まぁリッチだから、どちらかというと死んではいるんだけどな」

「もう、いいの！　どんな形でも一緒にいられることに意味があるんだから！」

ララの目から小さな雫《しずく》が落ちていたが、誰も笑う奴はいなかった。

それから少し試《ため》したところ、ララは１人では箱庭への出入りができないということがわかった。

誰かが一緒にいることで出入りできるようなので問題ないだろう。

さて、あまりゆっくりとしていないで後片付けをするために地上へ戻るとするか。

◆　◆　◆

塔の地下から戻ると、騎士団の人たちが率先《そっせん》して片付けなどをしていた。

もう、新しいアンデッドなどは出ていないようだった。これで一安心だ。

とりあえず、俺の仕事はこれで終わりだろう。

あとは……シャノンとパトラに他の仲間たちの手伝いをするようにと伝え、一度報告のために冒険者ギルドへ行く。

いつも通り受付に行くと、装備を着込んだままのリッカさんがいた。

「リッカさん、今回の事件について報告したいことがあってきました」

「ロックさん！　ちょうどいいところに！　急いでギルド長室へ来て下さい！」

俺はリッカさんに腕を引っ張られ、半ば連行されるようにギルド長室へ連れていかれた。

そこには騎士団長のマーカスとギルド長のタイタスさんが、静かにテーブルを挟んで座《すわ》っていた。

いつもは顔を合わせただけで喧嘩《けんか》が始まる2人なのに……その静けさが余計異様に感じてしまう。

はたして俺が入っていいものなのか。

そう思いリッカさんの顔を見た。リッカさんは俺に片目でウインクをしたあと、背中を押《お》しギルド長室へ入れて扉を閉めてしまった。

可愛《かわい》くウインクしていったが、俺に押し付けて逃げたな。

「よく来たなロックくん。忙《いそが》しいところ悪かったね」

「先ほどはすまなかった。見苦しい姿を見せた」

2人して同時に話しかけてくるので対応に一瞬困る。

どうやら話すきっかけを探していたようだ。

とりあえず、適当に流して今回のことの顛末《てんまつ》を報告しておく。

騎士団長は俺にボコボコにされたのでもっと怒っているかと思ったが、そうでもなかったので一安心だ。

操られていた時の記憶《きおく》を聞くと、うっすらと覚えているらしい。まるで他人の人生を見ているような、いまいちはっきりとしない感覚だったそうだ。

騎士団長が自《みずか》ら操られていた理由についても確認をしてみたが、今の現状では明らかな理由はわからないという。

操られたのは仕方がないとはいっても、騎士団全員が操られていたのは問題がある。

もし、操られていたのが国の大臣だったら……この国は完全に乗っ取られていた。

なんとしても、原因の究明と対策をとらなければいけない。

それからマーカスは、リディアとの出会いを話してくれた。

ことの発端《ほったん》は1ヶ月以上前に遡《さかのぼ》るとのことだった。

全体の訓練が終わり、マーカスが1人で訓練をしている時にその女が現れた。初めて見たはずなのに、なぜか昔から知っている友人のような気になってしまったという。

それから、何度か訓練場で会っていたが、マーカスは知らない女が訓練場に入っていることにすら違和感を抱《いだ》かなかったそうだ。

そして、時々自分が記憶をなくしているのではないかという症状《しょうじょう》が出始めたそうだ。その頃から、なぜかタイタスを見るだけで感情を抑《おさ》えられない程のイライラを感じるようになっていた。

元からライバルのような意識はあったので好きではなかったそうだが、それ以上に怒《いか》りが込み上げてくるようになった。

そのうち、リディアから強い魔物の死体を集めるように言われ、それが国を発展させるために必要だと説明を受けたそうだ。

今までも強い魔物の素材は、武器にしたり売り払《はら》ったりするのに買い取りや討伐をして得ていたことはあったが、リディアに言われてからより強い魔物へ執着《しゅうちゃく》するようになった。

魔物を買い集めるのに、騎士団にあてがわれた予算を使い切ったため、今度は冒険者から奪うという暴挙に走ったという。

今ならそれがどんなにおかしいことかわかるが、その当時はまったくわからなかったそうだ。

マーカスは俺とタイタスさんに頭を下げ謝罪をしてきた。

タイタスさんは本当に予想外だったようだが、その謝罪を受け入れ、詳しい調査は今後騎士団と冒険者も協力していくことを約束した。

リディアについては、冒険者ギルドで国中に情報を共有して捜すということだった。だが、あのような感じでは見つけるのは難しいかもしれない。

ドモルテでさえ、リディアが本気で逃走《とうそう》した際の魔力の追跡《ついせき》はできないとのことだった。

マーカスは最後にもう一度俺たちに謝罪をすると、席を立ち出ていった。

瓦礫の撤去《てっきょ》などをしているので、その指揮に戻るとのことだった。

彼《かれ》も何かしらの責任は取らされるかもしれないが、今はやるべきことが山積みだ。

マーカスが出るのと入れ替わるようにリッカさんが慌ててやってきた。

「大変です。元勇者のキッドが脱走《だっそう》しました。奴隷《どれい》の首輪をつけたままですので、そう遠くへは逃げられないとは思うんですが」

「なんだって。いつ逃げたんだ？」

「アンデッド騒ぎのどさくさに紛《まぎ》れたみたいなんです」

俺たちはそれから、並行してキッドの捜索《そうさく》をしたが、街の復興で手一杯の中で大規模な捜索もできず、途中で川に入ったのかラッキーの鼻でも追いかけることはできなかった。

キッドの逃亡《とうぼう》は偶然《ぐうぜん》なのか、あるいは……。

それからしばらくは、街の復興を手伝うことになった。

05　みんなと海で楽しいバーベキューになるはずが……

アンデッドたちとの戦いから数日後、俺《おれ》は箱庭の中の整備をすることにした。

現在の状況《じょうきょう》の把握《はあく》と、今後も従魔《じゅうま》が増えることを想定して中の確認《かくにん》をしていく必要がある。

必要なものがあればどんどん作っていきたい。

まず、今あるのは畑、小屋、川、池、海、温泉、鉱山、それに果実の木バナーナとリンゴだ。リンゴは最初の時植えたのがリンゴの木に成長していた。

リンゴの木の上にはスカイバードくんが巣を作っている。

こう見ると、なかなか箱庭の中も充実《じゅうじつ》してきている。

小屋の地下にはオレンジアントたちが作成したダンジョンがある。

現在ダンジョンは1階層を横に広げていっていた。

保存食や毛皮を乾燥《かんそう》させる部屋に、スカイバードくんを除く各従魔の部屋などが作られている。

そのうち、ドモルテとララの部屋もオレンジアントが作ってくれるとのことだった。

研究室にするから広めになんて言っていたので、危なくないように壁《かべ》は厚めに作ってもらおう。

一応危険なことはしないように再度釘《くぎ》はさしておいたけど。

これからさらに地下室は増やしていくとの話だが、オレンジアントたちは本当に優秀《ゆうしゅう》すぎる。

ただ、俺としては、できれば地上にもう一軒《いっけん》家を建てたい。

最初の時には小屋を選択《せんたく》したが、自分たちでできるものは自分たちで建てていった方がいい。

それに、やっぱり日の光が当たる部屋でゴロゴロできるのは最高だと思う。

「ガーゴイルくん、パトラ、小屋の横に家を建てたいんだけどできる？」

「パパーできるよー」

「家ですか。材料があればなんとかなると思います」

建築作業に関してはこの2人に任せておけば大丈夫《だいじようぶ》だろう。

「何が必要だ？」

「まずはチヨウシノ村から王都へ行く途中《とちゆう》で刈《か》り取った木が欲《ほ》しいですね。材木はここでは得られないので。オール石という選択もできますが。パトラちゃんは？」

「うーんとねー。土台の石は作れるけどー窓の材料が欲しいかなー。あとは私も木があれば作っていけるかなー」

「わかった。必要なものを一覧にしてくれればそれを手にいれてくるから、よろしく頼《たの》むよ」

それからガーゴイルくんとパトラが一緒《いつしよ》に家を作る相談をしてくれている。

小屋の横にきちんとした家を建てて、そこで寝泊《ねと》まりできるようにしよう。

あとは……耕されて畑になっている部分に野菜の種を植えていく。

今回植えるのは大豆、小豆《あずき》、それにじゃがいも、キャベッツ、人参《にんじん》、にんにくだ。

大豆を使って味噌《みそ》と醤油《しようゆ》という東国にある調味料を作ろうと思っている。

今ある調味料でも十分美味《おい》しいのは美味しいが、自家製で色々な調味料を作れるようになると、さらに料理の幅《はば》が広がる。

食べる物は身体《からだ》を作る基本だからな。みんなにも身体にいい物を食べさせてあげたい。

俺が畑で野菜の種を植えているとスカイバードくんが水の瓶《びん》を持って飛んできて、俺の頬《ほお》に瓶を押《お》し当てた。かなり冷たい。

「ありがとう」

そう言えば、スカイバードくんに名前をつけてあげようと思ってそのままだった。

「スカイバードくん、名前は何がいいだろうね？」

頭の中に一瞬《いっしゅん》でてきたのは、焼き鳥だった。

いや、焼いちゃダメだな。

それか……ササミ……ボンジリとか……美味しそうだけど……可哀想《かわいそう》か。

1回食べ物から離《はな》れよう。

俺の考えを読んだかのように、スカイバードくんの目が怖《こわ》い。

ちょうどそよ風が頬にあたる。ブリーゼとかどうだろうか？　それかソニック。うーん可愛《かわい》くアネモイちゃんとか？

スカイバードくんが空を見上げる。

その時、頭の中に閃《ひらめ》く。

そうだな……シエルとかどうだろうか？

うん。それがいい。

「スカイバードくん、シエルっていうのはどう？」

スカイバードくんは嬉《うれ》しそうに大きく頷《うなず》いている。

「よし、今日からシエルだ。改めてよろしくな」

シエルが俺の肩《かた》に止まり、頬をすり寄せて巣の方へ飛んでいった。

うん。可愛いな。

『何か手伝うか？』

シエルと入れ替《か》わるようにラッキーがやってくる。

「そうだな。せっかく海ができたから魚を養殖《ようしょく》したいんだけど、ラッキー、海は入れるのか？」

『舟《ふね》なら乗れるぞ。お風呂《ふろ》以外では水に入るのは好きじゃないな』

「そうか。じゃあ畑を作り終わったら一緒に海に行って釣《つ》りでもするか？」

『あいよ』

それからラッキーは、俺が畑に種を植えるのを見ながら大きなあくびをして横になっている。

途中でオレンジアントたちが鉄鉱石を持って小屋の横に行き、早速《さっそく》土台を作り出していた。

「パパーＤくんが畑手伝いたいって言ってるんだけどいい？」

「あぁいいぞ！」

いまだにオレンジアントくんたちの見分けがつかない。武器を持ってくれると区別つくんだけどな。

オレンジアントＤが俺のところに来て一緒に種を植えてくれる。

いやー戦闘《せんとう》中とは違《ちが》ってチョコチョコ動く姿が可愛いな。

「パパー！　あとねー。鉱山から鉄鉱石が採れるから、Cが武器屋で見た鍛冶《かじ》をやってみたいんだってー。家を作るついでに鍛冶場も作っていいー？」

「あぁもちろんいいぞー！　好きなものを作るといい」

「ありがとーパパー」

オレンジアントくんたちも、かなり個性がでてきている。

できる限りやりたいって思っていることはやらせてあげたい。

俺とオレンジアントDは一緒に野菜の種を植え、他のみんなもそれぞれ作業をしてくれた。

俺が途中で休憩《きゅうけい》をしていると、今度はドモルテがやってきた。

「本当にここは驚《おどろ》くな。空があってきれいな水があって……」

「すごいだろ」

「あぁ本当に。長生きはするもんだと思ったよ。ここに座《すわ》ってもいいか？」

ドモルテは座ってもいいかと聞いておきながらそのまま座ってしまう。

「いいって言う前に座ってるじゃないか」

「細かいことは気にするな。私のようなものを受け入れてくれる器量があるんだから。それより私も何か働きたいんだが、何かないか？」

「それなら、海水を沸騰《ふっとう》させて塩を作ってくれると助かる。保存食も作っておきたいんだ。あと、時間ができた時にでもパトラに魔法を教えてやって欲しいんだけどできるか？」

「あぁ、もちろんだ。パトラは優秀だからな。魔法が使えればもっと戦力になる。ただし、私の教えは厳しいぞ」

「あぁ、パトラなら大丈夫だろう」

「ドモルテ様から直々に魔法を教えてもらえるなんて光栄なんだから感謝しなきゃダメよ?」

「うん。ありがとー。ドモルテさんよろしくお願いします」

パトラが頭を下げると、ドモルテはリディアに向かって使った獄炎《ごくえん》の館《やかた》という魔法を使って塩を作る方法を早速教えだした。

塩を作るにしても過剰《かじょう》な火力の気がするが……まぁ本人が疲《つか》れないならそれでいいだろう。

そのうち箱庭の中で釣りをしたり、みんなが遊べる施設《しせつ》も充実させていきたい。

これからがどんどん楽しみになるな。

◆◆◆

俺とラッキー、シャノンは箱庭を出て材木を回収した後、近くの海に向かった。

材木は箱庭の中でガーゴイルくんに渡《わた》しておいた。

早速家の準備をしてくれている。

本当に箱庭は便利だ。大荷物を持って運ぶのも楽だし、中で仲間が作業をしてくれている間に俺たちは別の所へ移動もできる。

いずれは箱庭内だけで生活ができそうだ。

ラッキーの背中に乗っているとモフモフ効果ですごく癒《い》やされる。早く着いてもらいたい。でもラッキーのモフモフも堪能《たんのう》したい。実に悩《なや》ましいところだ。

そんなことを考えていたら、海へはあっという間に着いた。

「海きれいですね」

「本当だな。キラキラ光ってて」

『それでどうするんだ？』

ラッキーはピクニックへ来た子供のように目をキラキラさせ尻尾《しっぽ》をブンブンと振《ふ》っている。

俺たちの目の前には白い浜辺《はまべ》と青い海が広がっている。

水が透《す》き通っていて、小さな小魚が沢山《たくさん》泳いでいるのも見える。

最近色々忙《いそが》しかったのでリフレッシュを兼《か》ねて、みんなでバーベキューをしようと思っていた。

そのあとは魚釣《さかなつ》りをして、釣れた魚は箱庭の中に放流するつもりだ。

「みんな、海でバーベキューするよー。ひとまず仕事止めて出ておいで」

俺が声をかけると、みんな箱庭から浜辺に出てくる。

「今からバーベキューするから」

「パパーバーベキューってなに？」

「バーベキューっていうのは外でお肉や野菜を焼いてみんなで食べることだよ。ここに石を積み上げられる？」

「できるよー」

パトラに石を積み上げてもらい、そこの上に鉄板をのせる。

「さて、いっぱいお肉や野菜焼くからいっぱい食べるんだよ」

「はーい」

ガーゴイルくんが料理の材料を切り分けてくれて、ドモルテが火の調節をしてくれる。

スカイバードのシエルが木の実などを運んで来てくれた。

この木の実は……カカの実という調味料に使う実だった。

これはお肉に入れても野菜に入れても非常に合う。

「シエルありがとうな！」

シエルはそれからも色々な木の実を運んで来てくれた。

海の近くだけど、周辺には色々あるようだ。

それから俺はひたすら、肉や野菜を焼いていく。

『肉、肉、肉』

ラッキーは焼いた肉を次々に頬張る。

かなり大きな鉄板なので、ラッキーだけじゃなくみんなにも行き渡るくらい余裕《よゆう》がある。

ドモルテも肉を食べられているのかと探してみると、今まで見たことのないきれいな女性がいた。

誰《だれ》だあれ？

その女性の方を見ていると俺に話しかけてきた。

「ロック、この肉は柔《やわ》らかくて美味しいな」

「ごめんなさい。どちら様ですか？」

「はは、分かんないか。ドモルテだよ」

その美しい女性は一瞬で骸骨《がいこつ》に戻《もど》り、また美しい女性に変わる。

「ビックリしたな。幻影《げんえい》魔法か」

「そうだよ。この姿だと味覚があるような感じがするんだよ」

ドモルテは嬉しそうに肉を食べている。

野菜とかドモルテに必要かわからないけど、焼いた人参をよそってやろうとすると、皿をどかされてしまった。

「人参は大丈夫だ。キャベッツをくれ」

人参は嫌《きら》いのようだが、焼いた人参は甘《あま》くて美味しいのに残念だ。

「パパー！　お肉美味しい！」

オレンジアントたちも嬉しそうにお肉を食べてくれている。

「ちゃんと野菜も食べるんだよ」

「わかったよー」

「ねぇ、このタレなんなの？　今まで食べたことないタレなんだけど」

肉を焼いているとララが俺の方に詰《つ》め寄って来た。

「このタレは俺の秘伝のタレだよ。玉ねぎすり下ろして、あと隠《かく》し味にリンゴも入ってる」

「こんな美味しいタレがあるなんて……これは仲間になって正解だったわ」

ララは食事が美味しければいいのか。

みんながある程度、食事が終わったので今度は自分の分の肉を焼いて食べる。

「うん。美味しい」

「パパー！　海で遊んできていい？」

「いいぞ。あまり遠くへ行かないようにな」

「シャノンー行こー！」

「えっ？」

いつの間に着替えたのかシャノンとドモルテが水着を着用していた。

温泉の時とは違って、まばゆい太陽の下での水着にはドキドキしてしまう。

「ちょっと海に行ってきますね！」

「ロック、鼻の下が伸《の》びているぞ」

ドモルテが俺の横にやってくる。

「そんなことはない」

「どうだ。私もなかなかいい身体してるだろ？」

「あぁ、骸骨だって知っていなければな」

ドモルテは確かにナイスバディには見えるが、幻影魔法だからな。

「私もパトラたちと遊んでくるぞ。いくぞララ！」

遠目に何をするのかと思っていると、ドモルテが水を操《あやつ》り、大きな滑《すべ》り台を作りだした。

そして、一気に水魔法で一番上まで登っていく。あれはすごく楽しそうだ。

シャノンやパトラがキャッキャッと騒《さわ》ぎながら遊んでいる。

『ロックー！　私も遊びたい！』

ラッキーが鍋《なべ》の蓋《ふた》を咥《くわ》えて俺のところへ持ってきた。ブンブンと振っている尻尾のせいで砂煙《すなけむり》があがっている。

「よし、いいぞ！」

以前はアイザックの胸当てを投げて遊んでやったが、あれがずいぶん前だったように感じる。

「ほらいくぞー！」

ラッキーは大きな尻尾をブンブンと振り回し、そして一気に走り出した。

普段《ふだん》はラッキーに乗っていることが多いので、その速さを改めて実感する。

ビックリするくらい高速で、俺が投げてしばらくしてから動いても余裕でとってくる。

『楽しいな。前にやった時はダンジョンだったから少し狭《せま》くて暗かったけど。きれいな砂浜《すなはま》で思いっきり遊ぶのはいいな』

「良かったな。最近は色々問題が起こってばっかりだったからな」

海の方を見ると、ワイバーンたちとガーゴイルくんが高速で空から海に突入《とつにゅう》していった。

みんな楽しそうに笑顔《えがお》が溢《あふ》れている。

みんなの笑顔を見ているだけで、自然と俺の頬も緩《ゆる》んでしまう。俺も嬉しい限りだ。

ラッキーが飽《あ》きるまでつきあったあとで、俺たちは釣りをすることにする。

「ラッキー、ゆっくり釣りでもしようぜ」

『いいなぁ。のんびりとする時間も大切だからな』

他のみんなはまだ、ドモルテの魔法で遊んでいるようだ。

俺たちは海へ突《つ》き出し少し高くなっている丘《おか》から釣り糸を投げ入れた。

ラッキーは自分の尻尾を海の中に垂らしている。

それで釣れるのかわからないが、魚を捕《と》るだけなら釣りよりも効率的な方法がある。でも、こうしてラッキーとゆっくりした時間を過ごすのがいいのだ。

まったりとした静かな時間が流れる。俺はラッキーに寄りかかりながら首筋を撫《な》でモフモフする。

「ロックーそこ気持ちいいぞ。もっと撫でて……おっなにかロックの釣り竿《ざお》にきたみたいだぞ！」

俺の釣り竿が大きく引っ張られ、危《あや》うく海の中に持っていかれるところだった。かなり引きが強い。

俺たちはゆっくりとその魚との戦いを楽しみ、しばらくしてから大きなタイを釣り上げた。

そのままみんなで食べることも考えたが、箱庭の中に持っていって放流することにした。

魔物ではないので聖獣《せいじゅう》になどならずに無事に海に放つことができた。

小魚とかも、持ってきて放流しておけば豊かな海になってくれるかな？

俺が海に戻るとラッキーが一生懸命《けんめい》尻尾を引っ張っていた。

「まさか、ラッキーの尻尾で何か釣れそうなのか？」

『当たり前だ！　私の尻尾は魅力《みりょく》的だからな。釣りだろうと余裕だ』

そう言いながら勢いよく尻尾を引き上げた。

すごい大物だ！

きれいな尻尾に……上半身は人間!?

あれ？　これってもしかして人魚なのか？

ラッキーの尻尾につかまり宙を舞《ま》った人魚の鱗《うろこ》が太陽の光に反射してキラキラと輝《かがや》いていた。

◆　◆　◆

釣り上げられたのは、上半身が人で下半身が魚の人魚だった。

明るいピンク色の髪《かみ》の毛が特徴《とくちょう》的で人間にしたら15歳《さい》前後だろうか？

「くっ……まさか。こんなところで、こんな素敵《すてき》なモフモフに出会うなんて。しかも、私を釣り上げるなんて地上に置いておくのがもったいないわね。いいわ。今日から私の家来にしてあげる。存分にモフらせなさい」

初対面だけど一瞬でかかわってはいけないとわかる人魚が現れた。

釣り上げたラッキーも困惑《こんわく》している。

「ラッキー、可哀想だから海に帰してあげなさい」

『あいよ』

ラッキーが優《やさ》しく尻尾を海の中に沈《しず》めるも、人魚はラッキーの尻尾を離そうとしなかった。

軽く振ってみるが効果はなくむしろ喜んでいる。

「キャッー楽しい。もっと激しく振って！　激しいの好きー。やっぱり丘の上はいいわね」

ラッキーが徐々《じょじょ》に激しく尻尾を振るが、離れるどころかむしろ喜ばせているようだ。

懐《なつ》かれたらいろいろ面倒《めんどう》なことになりそうな気がする。

「ラッキー」

『あいよ』

尻尾を振っても離れないのでラッキーが問答無用で風魔法を放ち、そのまま人魚を水平線まで吹《ふ》き飛ばした。

これで解決した。

俺たちを心配したパトラが声をかけてくる。

「パパー大丈夫？　ラッキーがすごい魔法使ったみたいだけど」

「あぁ、大丈夫だよ。そっちで楽しんでなー」

「なにかあったらいつでも言うんだよー。パトラ頑張《がんば》るからー」

俺はパトラに手を挙げて答える。

パトラは安心したのか、またドモルテたちと遊ぶのに戻っていった。

砂浜で遊ぶのはいいけど、リアルな城を浜辺に作るのはやめようね。

見た人ビックリしちゃうから。

ガーゴイルくんもリアルな設計図とか書いてなくていいから。

職人気質の従魔たちが向こうの砂浜で本格的な可愛いお城を作ろうとしていた。

大きさは決して可愛くないけど。子供が楽しみながら休憩時間に作る城の域ではなかった。

「ラッキーさっきのって人魚だよな？」

『そうだね。私も見たの初めてだったけど。だいぶ個性的な人魚だったな』

「あぁ。さすがラッキーだな。あんなの釣ろうと思ってもなかなか釣れないよ」

『ロックーそれどういう意味!? 私だってちゃんとしたの釣ろうと思えば釣れるわよ！ 見てなさい』

「よし、今度こそちゃんと釣りをするか。俺も箱庭に放流する魚を捕《つか》まえないと」

俺とラッキーはまた同じように釣りを始める。

先ほど騒いでしまったせいか、俺の方には全然当たりがない。どうやら、魚も逃《に》げてしまったようだ。

「うーん。ダメだな。場所を変えるか」

『ロックちょっと待って！ すごい引きだ！ これは大物の予感がする』

「おっいいぞ！ ひ……け……」

ラッキーが見事釣り上げたのは、先ほどの人魚だった。

「あなたたち！ どれだけの力出せば、あんな遠くに飛ばせるのよ。ビックリしたわ。久しぶりに本気になって泳いだじゃない」

「ラッキー」

『あいよ』

ラッキーが先ほどよりも、かなり強めの風魔法を人魚へと放つ。

魔法が強すぎたせいか、先ほどまで広がっていた青空が暗い雲へと変わっていく。

天候にまで影響《えいきょう》を与《あた》える魔法なら、きっと戻ってくることはないだろう。

人魚はものすごい勢いで水の上を飛んでいった。

危ない、危ない。絶対に絡《から》んではいけない奴《やつ》だ。

「コラ！　ロックにラッキー！　パトラたちが一生懸命作った城が壊《こわ》れるから、魔法使うにしても弱くしなさい！　しかも天候まで変えるとか、魔王を相手にしてるんじゃないんだから。ほんとに！加減を覚えなさいよ」

「そうだ、そうだ！　空気を読め」

ドモルテとララが大きな声で俺たちに注意をしてくる。

そしてそのまま、ドモルテが杖《つえ》を上にかかげると、空にかかった雲を一瞬で払《はら》ってしまった。

「悪い！　気をつける！」

ドモルテも天候をあっさりと変えてしまうとは、本当にすごい大賢者《だいけんじゃ》だったのだろう。

現在は箱庭産ダンジョンの魔石を使っているおかげで、ドモルテも魔力の制限がほぼない。

『ロック、だから言っただろ。加減は大事なんだよ』

「いやいや、魔法放ったのはラッキーだからな。さらっと俺だけのせいにするなよ」

ラッキーは、俺だけが怒《おこ》られたといった感じで言ってくるが、原因はラッキーにもある。

そんな感じなら俺にだって考えがある。思いっきりモフモフの刑《けい》だ。

「ほらラッキー、ここが気持ちいいんだろ。共犯だと白状しろ！」

ラッキーの首にダイブして思いっきりくすぐってやる。ラッキーは意外とくすぐりに弱いのだ。

『やめろ！　わかった。私が悪かった。ちゃんと加減する』

俺とラッキーがじゃれあっていると、聞きなれない声がまた聞こえる。

「いい、すごくいい。きっと地上はモフモフ天国になったのね」

人魚が今度は自分で丘を登ってきていた。

この子、どれだけ打たれ強いんだ。

「ラッキー」

「ちょっちょっと待って！　話せばわかる。さすがに次に同じ魔法を使われたら防ぎきれないから。泳ぐのも意外と大変なのよ」

人魚はかなり慌《あわ》てながら両手を前に出し、敵意がないことをあらわす。

「わかった。それでどうしたいの？」

「いや、海の中にモフモフっていないから、そちらのわんこちゃんを少し触《さわ》りたいだけなの。そうしたら大人しく帰るわ。ちょっとだけでいいから」

ラッキーが俺の横でプルプルと震《ふる》えだす。

『だれがわんこだー！　私は誇《ほこ》り高きフェンリルだ！　ワオォ――――ン』

ラッキーが吠《ほ》え、先ほどと同じ勢いで人魚を吹っ飛ばした。

さっきも大丈夫だったし、きっと今回も大丈夫だろう。

『ロック、どっからどう見てもフェンリルなのに失礼な奴だよね！』

とりあえず苦笑いしておく。

俺もたまに犬のような気がしていたことは、口にだすのは止めておいた。

あの勢いで飛ばされたら、俺だったら生きて戻れる気がしない。

「釣りもしようと思ったけど、今日は諦《あきら》めるか」

『そうだな。特大魔法3回使ったからな。地味に疲れた』

俺とラッキーがみんなのところへ戻ろうとしたところ、また懲《こ》りずに人魚が現れた。

「なんだ？　まだやるのか？」

「もういいの。私わかったから。人間は拳《こぶし》で語り合って仲間になっていくのよね。だから私も仲間を頼《たよ》るわ。出てきなさい！　リバイアサン！」

海中から大きな水龍《すいりゅう》が現れた。

ちょっと待て！　こんな理由で水龍と戦いたくなんてないんだけど。

あの人魚は疫病神《やくびょうがみ》かなにかなのか？


「あっどうも初めまして、リバイアサンのサンです。よろしくお願いします」

「ちょっと！　いいのよ！　挨拶《あいさつ》とか。私はあのワン……フェンリルをモフモフしたいの。だけど、邪魔《じゃま》をするから勝負で勝って服従させるのよ」

「メイ、いきなり攻撃《こうげき》とかダメだって。ちゃんと地上の人とも話せばわかるって」

どうやら、リバイアサンの名前がサンで、人魚の方がメイというらしい。

2人は俺たちの前で言い合いを始めてしまった。メイよりサンの方がまともで話が通じるようだ。

「サン！　そんなこと言わないの！　あなたのほら水龍の嵐《あらし》をちょっと見せてやれば、この人たちも戦意を喪失《そうしつ》して私たちの軍門に降《くだ》るに決まっているわ。だからね。ほら。一発だけ」

不吉《ふきつ》なワードが出てくる。なんだ水龍の嵐って。

リバイアサンが放つ魔法なんて安全なはずがない。

「じゃあ、あっちの海に向けてだよ。この人たちに向けたら大変なことになっちゃうから」

リバイアサンは海に向けて魔法を唱えると、海上で大きな竜巻《たつまき》ができ水を空へと吸い上げていく。

強い風が俺たちのところまで吹き、立っているのもやっとだ。

大きな竜巻は大量の水を空へ押し上げると、一気に落下し、大波となって浜辺に打ち付けた。

「どうよ！　私の相棒は強いのよ！　さぁ私の軍門に降りなさい」

人魚が絶壁《ぜっぺき》の胸を張って俺たちを指差してくる。

モフモフしたいだけと言っていたはずが、いつのまにか軍門に降ることになってる。

それにしても、さすがリバイアサンだ。魔法の威力《いりょく》が半端《はんぱ》ないことになっている。

「ロックさん！　大丈夫ですか⁉」

シャノンたちがサンの魔法に驚いて俺たちの方に走ってやってきた。

「ほう。なかなかいい趣味《しゅみ》じゃないか。こんな可愛い子ばかりを集めるなんて」

メイはシャノンとドモルテを下から上まで舐《な》めるように見ている。

別に顔で集めたわけではないし、ドモルテにあってはリッチだからな。

それにしてもメイの目つきがいやらしい親父《おやじ》のようで少し怖い。

「あらら、嬉しいこと言ってくれるじゃないの。これでも本当にそう思う？」

ドモルテは一瞬でリッチの姿に戻る。

「ギャ――――――！　お化け怖い」

なぜか、リバイアサンのサンが大きな声をあげて海中へと沈んでいった。

リバイアサンがお化けが怖いだなんて。まぁ海の中で見ることはあまりないかもしれない。

「くっ！　そんなリッチを仲間にしているなんて卑怯《ひきょう》だぞ！　さてはサンがお化けが怖いのを知っててわざとやったわね。間抜《まぬ》けそうな顔しているのに意外と智将《ちしょう》なのね。仕方がないわ。私が仲間になってあげるわ」

「謹《つつし》んでご遠慮致《えんりょいた》します」

本当にどうしよう。この残念人魚。

さらっと人のこと間抜けとか言ってくるし。

どんどん勝手に解釈《かいしゃく》して1人で話が進んでいっているんだけど。

「パパー倒《たお》す？」

「うーん。どうしようね」

パトラも敵かどうか悩んでいるようだ。

そうだよね。倒すかどうするか悩みどころだよね。

サンが水中から顔を出すが、ドモルテがまたリッチに戻ると水中に沈んでいく。

ドモルテもやめなさいよ。本当に。

サンが可哀想になってくるじゃないか。

「仕方がない。やっぱり拳で語り合うしかないのね。いつまで隠れているの！　サン、勝負よ」

サンが顔を出し、きょどっている。

「ロックさん、こちらも攻撃しますか？」

「はぁ、戦いたいなら仕方がないだろ。ただし、殺さない程度にやってくれ」

「ずいぶん上から目線なのね。さっきの魔法を見たでしょ？　それでもやるなんて度胸だけは認めてあげるわ」

「わかった。俺たちの力を見せないのも不公平だからな。みんな魔法を放ってくれ」

『あいよ』

「わかりました」

ラッキーがメイに放った風魔法を加減せずに本気で海に向かって放つ。サンの威力よりさらに大きな竜巻が海上で起こる。

砂浜にはドモルテが炎《ほのお》の家を建てた。リディアに使った時の魔法よりもかなり大きい。

俺も本気でやるのを見たことなかったけど、魔石があるとあんなにヤバイ魔法使えるんだな。

結構距離《きょり》があるのに、俺たちのところまで熱気が届く。

パトラたちオレンジアントはワイバーンを乗りこなし、ガーゴイルくんも空を飛びながら魔法を放っている。

シエルは俺の肩に止まり歌を歌いだす。

支援《しえん》効果なのか、みんなの魔法の威力が一気に高まった。

「なっ……なにしてくれてんの？」

メイが驚きながら口をパクパクさせ、従魔たちの魔法と俺たちを見比べている。

「おかしいでしょ！　うちのはリバイアサンよ！　海の王者よ！　それよりさらっと強い魔法とかってありえないでしょ？　なに今の！　しかも、小さいけどあの飛んでるの竜騎士《りゅうきし》でしょ？　それにガーゴイルとか。ありえないんだけど！」

ラッキーとドモルテは見るからにドヤ顔している。

「それでまだやるか？」

「やっ止《や》めておきます。それよりもここまで強いなら私たちに力を貸してくれませんか？　私たちの村を助けてください」

ただモフモフしたいだけではなく、途中で軍門とか言い出したのには何か理由があるようだ。

メイもサンもそれなりに力があるのに、力を貸して欲しいなんて危ないことに決まっている。

ただ、とりあえず話だけは聞いてみることにした。

◆　◆　◆

メイを中心に話を聞こうと思ったが、話が進まなかったのでラッキーを触らせる代わりに少し黙《だま》ってて欲しいと伝えたところ、涎《よだれ》をたらしながら喜んだのでラッキーには犠牲《ぎせい》になってもらった。

ごめんなラッキー。

初めてラッキーの顔があんなに引きつっているのを見たが、触られるだけなら大丈夫だろう。

もし少しでも嫌《いや》なことされたら、海へ向けて吹き飛ばしていいからと伝えておいた。

『ロックー、本当に吹き飛ばしていいんだな？』

「もちろんだ。ラッキーが一番だからな。ちょっと嫌だろうけど我慢《がまん》してくれ」

フェンリルをここまで恐怖《きょうふ》させるのは陸の上にはなかなかいない。

ある意味メイはかなりの強敵のようだ。

ラッキーにメイを任せて、俺たちはサンと話をする。

ダメ人魚とは違ってサンは非常に冷静で有能だった。

「この度《たび》は、私たちのような見ず知らずの者にお時間を作って頂きありがとうございます」

そう前置きをしたところで、次のような話を始めた。

最初の出来事はおよそ3日前に遡《さかのぼ》る。

海の中にも村や町があり、サンとメイたちはその中の1つで幸せに暮らしていたそうだ。

メイは非常に変わっている子で、小さな時に陸で見たモフモフに憧《あこが》れる、ちょっと行動がいきすぎる女の子なのだが、あれが人魚族を代表する姿ではないと力強く言われてしまった。

人魚の中でもメイは特別に変わっているらしい。

他の人魚はいたって落ち着いている種族だという。

人間と同じで変わった子もいれば、そうじゃない子もいるということだろう。

サンは人魚ではなかったが、その村に小さな頃《ころ》から縁《えん》があり、守り神的な立場だったらしい。

彼《かれ》のおかげで、ここ数百年人魚の村を襲《おそ》ってくる奴らはまったくいなかった。

だが、３日前にいきなり近隣《きんりん》に住んでいる半魚人の村の奴らが襲ってきたそうだ。

人魚と半魚人は姿こそ似ているが、全然違う種族だ。半魚人は全身を鱗に覆《おお》われており、人魚が人の姿に似ているとすれば、半魚人は魚やイカ、鮫《さめ》などの系統が強く出ているとのことだった。

それまで2つの村は敵対などしたこともなく、たまに物々交換《こうかん》をするくらいの交流はあったが、基本的には独立していたそうだ。

それがいきなり武器を持ち襲い掛《か》かってきたせいで、人魚たちも抵抗《ていこう》はしたがほぼ戦いにならず制圧されてしまったらしい。

サンももちろん戦いはしたが、ここ数十年戦闘とは無縁《むえん》だったこともあり、力及《およ》ばず人魚を守りきれなかったそうだ。

ただ、サンが言うにはその時の半魚人の動きから違和《いわ》感を感じたとのことだ。

半魚人はメイほどではなくても、フレンドリーで酒好きな者たちで悪い種族ではなかったらしい。

少しヤンチャなことをする奴らが多いが、いきなり問答無用で襲ってくるなんてことは今まで一度もなかった。それに、どちらかというと団体行動が得意な種族ではなかったが、今回は統率《とうそつ》のとれた動きをしてきたそうだ。

襲ってきた奴らは無言で村に忍《しの》び寄り、いきなり人魚たちを捕獲《ほかく》しだしたという。

最初は、善戦する人魚もいたが、半魚人の統率のとれた動きに屈《くつ》して結局逃げるしかなかった。

サンも次第《しだい》に追い詰められ、最後にメイの家族からメイを連れて逃げるようにと言われ、メイを引きずるようにして逃げだすことしかできなかった。

人魚たちも散り散りになって逃げたので、まだどこかに逃げた人魚もいるかもしれないが、今はわからないらしい。

メイはラッキーを見るまでずっとふさぎ込《こ》んでいたが、地上へ出たことと、小さい頃から憧れていたモフモフに会えたこと、それに仲間を捜《さが》して家族を奪還《だっかん》するといったストレスから少し、頭の中で何かが振りきれてしまったのではということだ。

もしかしたら素かもしれないとボソッと言っていたのは聞かなかったことにした。

「それで、その半魚人たちを退治するのを俺たちに手伝って欲しいってわけですね？」

「そうです。半魚人たちはそれほど強くないんですけど数が多くて。多勢に無勢で私だけでは勝ち目がありません。相手側のリーダーらしき男が赤黒い玉を持っていて、それが光るたびに半魚人の行動が変わっていたので、それを奪《うば》えればと思うんですが、私の身体だとそれも難しくて」

リバイアサンは蛇《へび》のような身体で水中を高速で泳いだりするのには向いていそうだが、手で何かを作業したりするのは無理だろう。髭《ひげ》のような触手《しょくしゅ》のようなものはあるが、近接で何かを奪うことや器用に戦うには向かなさそうだ。

「そうは言ってもな。うちで水中で戦えるのは？」

ドモルテとガーゴイルくんが手を挙げるが、それ以外に水中で戦える者はいない。

ちょっと戦力的に難しそうな感じだ。

「戦うにしても俺たちも水中では息ができないからな」

「それなら問題はありません。人間が水中でも戦うためのエア草は大量にありますので」

サンは自分の身体にくっついていた、透明《とうめい》な丸い草を触手で器用に外すと、俺の頭にかぶせてくる。

「これは？」

「エア草です。これがあれば水中で息ができるようになりますのでやってみてください」

俺は言われるがまま、海の中に顔を沈めると海の中でも呼吸ができた。

「すごいな。こんな草があるのか」

「はい。これは人魚の村で採れる特別な草なので、あまり人族には知られていないと思います。気が付いたら私の身体にも生えていたんですが、役に立って良かったです」

「これって余分にもらえたりするのか？」

「今は戦いに使いたいのであまり余分にはないですが、人魚の村を奪還できれば大丈夫かと……」

今まで見たことのない草なので、これがあれば色々なことができそうだ。

箱庭に植えて増やしてもいい。

「パパー！　可哀想だから助けてあげよー」

パトラは助けてあげるのに前向きのようだ。

他のメンバーも戦うことに反対するものはいなかった。

「パトラは優しいな」

「このエア草はどれくらいもつんだ？」

「普通に使えば余裕で1時間くらいは使えます。人魚の村へ行くにしても海上は私が運びますので、戦闘にはこの戦力ならそれほどかからないので大丈夫かと」

最悪、もしダメでも従魔たちには箱庭に入ってもらい、俺だけ逃げればいいだろう。

サンと俺たちが話していると、メイが海上にふっ飛ばされていった。

どうやらラッキーを怒らせたようだ。

いったいなにをやったんだか。

06　人魚の村、そこには幻想的《げんそう》な風景が広がっていたのだが……

『ロックー。私、あいつ魔物《まもの》以外で初めて苦手かもしれない』

ラッキーはメイが相当苦手らしい。

「ちょっと迎《むか》えに行ってきますね」

サンがメイを迎えに行っている間にみんなに確認《かくにん》をしておく。

「サンからの要請《ようせい》で、人魚の村を助けに行こうと思っているけど、無理だけはしないでくれよ。半魚人がどれだけ強いかわからないけど、水中戦になるからな」

「ラッキーは水中でも戦えるのか？」

『呼吸ができればなんとかなるかな。ただ、身体《からだ》の動かし方や抵抗《ていこう》はやってみないとわからない』

「パパー私も水中どんな感じになるか楽しみー」

「僕《ぼく》は、魔王城にいるときに水中でも戦ったことがありますので、お任せください」

「エルフは水中で戦うとかないので初めてです」

やっぱり、水中での戦いに一抹《いちまつ》の不安が残る。

俺《おれ》自身、水中で戦えるのかと聞かれると正直わからない。色々な経験はしてきてはいるが、半魚人という水中での戦いのエキスパート相手にどこまで戦えるのかは予測不可能だ。

せめて、水がなくなれば別だが。

「お待たせしました。メイはちょっと静かにしてもらいますので話を進めたいと思います」

メイはサンの触手《しょくしゅ》でグルグル巻きにされて丘《おか》の上に転がされていた。

ふざけるのもいいけどね。切り換《か》えって大事だからね。

「サン、一番の目標は半魚人からの人魚の奪還《だっかん》ということでいいんだよな？　半魚人を倒《たお》す必要はないんだろ？」

「もちろんです。できれば人魚の村も奪還したいところではありますが、贅沢《ぜいたく》は言っていられませんので。なんとか人魚たちを解放したら、あとはこちらでやってみます」

「わかった。それじゃあ人魚奪還まで手伝うよ。ただ、俺たちも水中戦は初めての奴《やつ》らが多いから危なければ撤退《てったい》させてもらうからな」

それから俺は箱庭のことをメイとサンに伝えておく。

もし、うちのメンバーが危なくなったときには逃《に》がす方法を知っておかないとまずいからだ。

「人間の魔法は便利なものですね。こんな魔法初めてみました。世界は広いですね。人魚の村もゆっくりとした時間が流れて楽しかったですけど、こうやって外を知るのもいいものですね」

サンはずっと俺の腕輪《うでわ》を見ながら感心していた。

全員にエア草を渡《わた》し、一度使えるかどうかを試《ため》してもらう。最初は慣れていなかったが徐々《じょじょ》に水の中でも動きが良くなっていく。

特にガーゴイルくんはすごかった。風魔法を上手《うま》く使い、水中でも高速移動を可能にしていた。

今回かなり活躍《かつやく》してくれそうだ。

ラッキーは……微妙《びみょう》な犬かきをしているが戦えるのかは微妙なところだ。

小竜騎士《しょうりゅうきし》たちは海上から水中に高速で突入《とつにゅう》していく。

海の中でも呼吸ができるワイバーンたちは上手く翼《つばさ》を使いながら泳いでいる。かなり器用だ。

それに武器を持ったまま振《ふ》り落とされないオレンジアントたちもすごい。

「みんなそれぞれ準備できたら行こうか」

それぞれが水中での動きを確認し、一度箱庭の中に入ってもらう。

俺はサンの上に乗り人魚の村を目指すことにした。

メイは……まだ縛《しば》られ転がされている。

サンのスピードは、ラッキーが陸上を走るのと同じくらい速かった。ラッキーで慣れていなかったら振り落とされていたかもしれない。

海の上を高速で移動するのは海の匂《にお》いや水しぶきがとても気持ちいい。

透《す》き通るような海のきれいさが余計に気持ちを高揚《こうよう》させる。これから戦いにいくとかじゃなければ、すごく楽しそうだ。今度はみんなで釣《つ》りにでも来たいものだ。

しばらく海上を進んでいくとサンがゆっくりと止まる。

海の中にはゴツゴツとした岩が転がっているだけで、特に村があるとは思えなかった。

「ここなのか？　村のようには見えないが」

「普通《ふつう》にはわからないようになっていますので。ここの下に人魚の村があります。みなさん準備してください」

「ふがっふがっふがっ」

メイはサンの上で縛られたまま転がりながら暴れていた。

口まで縛る必要はなかったか？

「外してもいいかな？」

「そうですね。メイ、静かにしてくださいね」

サンの触手が自然とメイから離《はな》れていく。

「わかってるわよ。さすがにここまで来てバカなことはしないわよ」

メイはそのまま海の中に飛び込《こ》みふわふわと浮《う》いている。

「全員出てこい！」

従魔たちが召喚《しょうかん》される。

シエルは戦闘《せんとう》に向かないが、歌を歌って全員に支援《しえん》魔法をかける。

俺もシエルに負けていられない。スピード、攻撃《こうげき》力、防御《ぼうぎょ》力、魔力増強……その他諸々《もろもろ》。

どれだけ強敵なのかわからないからな。少し過保護くらいでいいだろう。

「ちょっちょっと！　なんなのこの力！　すごい力が溢《あふ》れてくるわよ！」

「これは……もし単独で受けてたら最強になったと勘違《かんちが》いしてしまいますね。ラッキーさんやドモルテさんたちを見てしまうと、最強というのがどういうものかわかりますけど」

少し大げさにメイとサンが言っているが、今まで海の中だったから支援魔法とかあまりやってもらったことがないのだろう。

全員がエア草をつけ、シエルは俺たちに敬礼すると箱庭の中に戻《もど》っていく。

水の中ではシエルは戦えないから仕方がないな。

「よし！　それじゃあいくぞ！」

「おぉ――――！」

サンの背中に掴《つか》まり海底まで進んでいく。

海底には黒いゴツゴツした石が転がっているだけのように見えたが、よく見ると洞窟《どうくつ》のように穴が空いている。

「あそこから入ると人魚の村になります」

俺たちはいよいよ人魚の村へやってきた。

だけど、そこには驚《おどろ》くべき情景が広がっていた。

◆　◆　◆

洞窟をくぐると、そこには一面サンゴや色とりどりの石が置かれ、天井《てんじょう》部分には青い海がきれいに光っている。息を呑《の》んでしまう美しさだ。

人魚たちの家も石造りで一つ一つ丁寧《ていねい》に作られていた。

だが、当たり前だが村の中を泳いでいる人魚は1人もいない。

「すごくきれいでしょ。海の上からはわからないように特別な魔法がかけられているんです」

「本当だな。ここまできれいだとは思わなかったよ」

「洞窟から入れば誰《だれ》でも入れてしまうんですが、こんなところまでやってくる人間や魔物は、そうそういないですからね」

「ここの人魚の村に人間が入るなんて、数百年ぶりくらいなんだから光栄に思いなさい」

メイが胸を張りながらドヤ顔をしている。

『それで半魚人はどこにいるんだ？』

「ちょっと待ってください。私が逃げるときには一番奥《おく》の村長のところに集められていたんですが」

「大勢で行って見つかるとまずいからな。俺とラッキーとサンの3人で見に行ってくる。みんなは一度箱庭の中で待っててくれ」

ラッキーがサンから降り、海底を歩こうとするとフワフワしてしまって上手く進めない。

『前に進まないんだけど』

「わかった。じゃあラッキーは箱庭待機で代わりにガーゴイルくんを連れていこう」

『すまん』

海中をフワフワと泳ぐラッキーの姿に一瞬《いっしゅん》頬《ほお》が緩《ゆる》む。

「ラッキー可愛《かわい》いなー」

思わず抱《だ》きしめて、くちゃくちゃと撫《な》でてやる。

ラッキーや他のみんなは俺たちに声をかけてから箱庭の中に戻っていった。

ガーゴイルくんは今回水中での動きに慣れていたので、ラッキーよりも期待が持てそうだ。

「ラッキーさんの代わりなんて光栄です。精一杯頑張《せいいっぱいがんば》ります」

あとは……メイだけここに置いていくわけにもいかないので一緒《いっしょ》に行くことにする。

無言で見つめているとメイが胸を張っている。

「私に任せなさい」

「メイ、連れていくのはいいけど、本当に静かにしてるんだよ」

「任せなさい！」

サンが少しため息をついていたのは見なかったことにした。

2回も任せろと言っているが、本当はできれば何も任せたくない。

「それじゃあ気をつけて行こう」

俺はガーゴイルくんの背中に乗り、メイとサンは泳ぎながら村の中を進む。

村の中は一部壁《かべ》などが崩《くず》れているが、きれいに整理され水の中だというのを忘れてしまうほど、整えられている。何より、青い景色が幻想的でここに来れただけで報酬《ほうしゅう》のように思えてしまう。

ぜひ、何もない時に訪《おとず》れてみたい。

しばらく村の中を進んでいくと、村の中でもかなり大きな建物が見えてくる。

「ロックさん。止まってください。あそこに半魚人がいます」

ちょうど建物の陰《かげ》になったところから、サンが器用に触手で差した方向にはサメのような上半身をした半魚人2人が槍《やり》を持って入り口を見張っていた。

「あの中に人魚たちが囚《とら》われているのか？」

「わかりませんが、多分そうかと思います。もし違ったとしても半魚人たちを捕まえて吐《は》かせればいいだけなので」

「どうする？　このまま正面から行くか？」

「いや、裏口があるので裏口から入れるか確認してみましょう。正面から行かなくていいなら、それが一番なので」

俺とサンはアイコンタクトをして裏へまわろうとする。

「2人とも何言ってるの？　そんなことしなくてもここに誘《さそ》い出せばいいじゃない」

メイはいきなり建物から飛び出す。

そして大声をあげる！

「もう二度と私は逃げない！　最強の私にかかってきなさい」

サンが触手で頭を抱《かか》える。

俺も少し頭痛がしてきた。


サメ魚人はメイの方へ勢いよく泳いでくる。

だが、特に会話をしているような感じはない。本当に自分の意思がないように見える。

「それじゃあ、サンとロック、後よろしくね！」

メイはにこやかに手を振ってくる。

絶対に後でしばく。

「ロックさん、申し訳ないですが強行突破《とっぱ》しましょう。それと後でメイは好きなだけしばいてもらってかまいませんので」

「俺もそう思う。サン、しばく時は一緒だ」

サンとの間に何か友情のようなものが芽生えた。

「ガーゴイルくん悪いけど行くよ」

「任せてください」

ガーゴイルくんが両手で風魔法を放ち、高速でサメ魚人に突《つ》っ込んでいく。

できれば尋問《じんもん》したいから殺さないように気をつけないと。

でも、斬《き》り付けて血の臭《にお》いとかで他の半魚人が寄ってくるのも嫌《いや》だな……。よし、正攻法でグーで殴《なぐ》りつけよう。

ガーゴイルくんのスピードでサメ魚人を殴りつけようとするが、サメ魚人の動きは予想外に早い。

さすが水の中。こちらの動きが悪いのを差し引いても、かなりいい動きをする。

水中で交差し、もう一度接近する。

「ロックさん、掴まっててください」

ガーゴイルくんが風魔法でサメ魚人の動きを止める。

「よしっ！」

そのまま思いっきり殴りつける。かなりの勢いだったので強烈《きょうれつ》な一撃になったはずだ。

「やりましたかね？」

ガーゴイルくん、それ前も言ってたけどダメなやつ。

半魚人は俺とガーゴイルくんのコンビ攻撃を受けたのにもかかわらず、ピンピンしていた。

「異様に強くないか？」

「かなり、勢いよく入りましたけどね」

「やっぱり何かに操《あやつ》られているのか？」

サメ魚人は俺たちの方へ勢いよく噛《か》みつこうと攻撃をしてくる。

2回……3回……4回。

「ガーゴイルくん、次こっち側に避《よ》けてくれるか？」

「わかりました」

サメ魚人は先ほどから同じような動きしかしていない。

なるほど、つまり敵がきたら自動で攻撃するように操られているようだ。ただ、その動きはそれほど細かく設定されてはいないらしい。それなら対応の方法はいくらでもある。

「サン！　こいつら動きが毎回同じだ。俺たちが押《お》さえるから触手でグルグル巻きにできるか？」

「できます」

ガーゴイルくんと一緒にサメ魚人を捕まえ縛り上げる。

「ギャッーなんで私の方へずっと来るのよー！」

もう1匹《ぴき》は……メイになすりつけ引きつけさせた。

少しは役に立ってくれている。

よし、あのまましばらくおいかけっこしてもらおうか。

「サン、このサメ魚人全然話さないけどこれが普通なのか？」

「いや、そんなことないと思います。前は普通にコミュニケーションとれていましたので」

やはり何かに操られているのか。

でも、騎士団と違って今回のサメ魚人は殴っても正気に戻ることはなかった。

それに外でこれだけ騒《さわ》いでいるのに一向に増援がくることもなかった。

「もう1匹を捕まえたら中に入ってみるか。サンの触手は大丈夫《だいじょうぶ》か？」

「大丈夫ですよ。これは魔力でいくらでも伸《の》ばせますので」

俺とサンは、メイが追いかけられるのを見ながら雑談をしていた。

いやー頑張ってるな。

「ロックさん、そろそろ助けて次に行きませんか？」

「そうだな。危《あや》うくこのまま放置するところだったよ。罰《ばつ》はこれくらいでいいだろう」

さすが紳士《しんし》のガーゴイルくんは優《やさ》しいな。

さっきと同じ方法でもう1人を捕まえて家の中を確認することにした。

ようやく解放されたメイは俺たちに、

「あんたたち、私のこと無視してたでしょ！　絶対許さないんだから。ママに言いつけてやるから覚悟《かくご》しなさ……ふがっふがっ！」

そんなことを言って騒いでいたが、サンが途《と》中《ちゅう》でメイの口に触手を巻きつけ黙《だま》らせていた。

やっぱり残念な人魚だな。

建物には俺とガーゴイルくんの2人で入ることにする。

メイに騒がれるとまた面倒《めんどう》なのでサンには外で見張っていてもらうことにした。

中に入ってみると家の中も石造りで、家具などが地面にしっかりと固定されていた。椅子《いす》などはないが、机が置かれていたり台所のような場所がある。村長の家ということでリビングくらいまでであれば、サンも入ってこれそうなほど大きな造りになっていた。

俺とガーゴイルくんはハンドサインで、どちらに進むかを決めゆっくりと進んでいく。

半魚人に見つからずに進めるのであれば、それにこしたことはない。

建物自体は、かなり大きめの平屋といった感じだ。水中なので扉《とびら》などはないが、壁で仕切られているので隠《かく》れながら進むことができる。

手前から1つずつ見ていくが、特に人魚にも魚人にも出くわすことはなかった。

だが、油断はできない。

わざわざ見張りを立てているくらいだ。どこかには必ずいるはずだ。

さらに奥に進んでいくと左右に部屋が分かれている。

ハンドサインで右側の部屋から見ていく。

そこにはサンゴや金銀財宝などが無造作に置かれていた。村長はたんまり溜《た》め込んでいるようだ。

まぁこんな海の中なら泥棒《どろぼう》に見つかることもないので盗《ぬす》まれる心配もないのだろう。

財宝はそのままにして、来た道を戻る。

反対側へ行くとそこには縛られた人魚たちがいた。

全部で……10人くらいしかいない。

家の数からしたらもっと沢山《たくさん》いてもいいはずだが、他の部屋にいるのか？

人魚以外に、中にはサメのような魚人が槍を持ち見張りについている。

こちらの見張りも外と同じ2人なので、俺とガーゴイルくんは二手に分かれて一気に急襲《きゅうしゅう》する。

水の中では上手く動けないが、俺もガーゴイルくんと同じように風魔法を放ち速度を上げる。

幸運にも一発でサメ魚人を捕まえ、背中側に回り込むことに成功した。背びれがすごく邪魔《じゃま》だが、これで向こうからも攻撃はできない。

普通の攻撃は効果が薄《うす》いので、そのまま外まで連れ出しサンへ引き渡す。痛めつけるよりも縛って放置の方が効率がいい。

ガーゴイルくんの元へ戻ると、ガーゴイルくんはサメ魚人に噛みつかれていたが、ガーゴイルくんにはまったく効果がなかった。むしろ魚人の歯が一部欠けてしまって出血している。

ガーゴイルくんがサメ魚人を外に連れ出している間に人魚たちを解放する。

人魚たちは目のやり場に困るくらいきれいな子たちだった。

人魚たちの拘束《こうそく》とさるぐつわを外してあげる。

「ありがとうございます。えっと……人間がどうしてここへ来られたのですか？」

「リバイアサンのサンと人魚のメイに頼《たの》まれて助けにきました。この家にいるのはこれで全部ですか？」

「はい。多分そうだと思います。メイは逃げきれていたんですね。良かった」

「外でサンと一緒に待っていますよ」

人魚たち10人と外に出ると、メイは半魚人たちと同じように触手でグルグル巻きになったまま転がされていた。

外してやるのをすっかり忘れていた。

「これは……うるさかったからでしょうか？」

「そっそうですね。ちょっとサメの魚人と戦うのにじゃまー……安全なところにいてもらおうかと思いまして」

人魚たちも苦笑いしている。

「それで人魚はこれで全員ってわけではないよね？」

「元から村にいた人数は私たちの倍くらいいます。半魚人の村に連れていかれたみたいなんです。早くしないと他のみんながどうなってしまうのか」

人魚の目から大粒《おおつぶ》の涙《なみだ》がこぼれると、真珠《しんじゅ》となって砂の上に落ちた。

「人魚の涙って真珠になるのか」

「魔力が高い者の感情が高まった時だけですね。それにしてもこれほど大きな真珠は見たことがありません」

サンがそう俺に説明をしてくれる。

涙を流した人魚が真珠を拾いあげ、俺に手渡してくる。

「私の名前はマデリーンといいます。私にできることはなんでもしますので、どうか私たちにお力をお貸しください」

「いいよ。もとからそのつもりだったし。後でできれば美味《おい》しい魚介類《ぎょかいるい》を生きたまま捕まえるのを手伝ってくれて、それにエア草をもらえれば報酬はそれでいいよ。この涙は大切なものじゃないの？　大切なものなら受け取れないよ」

「人魚にとって涙を贈《おく》るというのは特別な覚悟を決めた時です。ぜひ、その涙は私の覚悟としてお受け取りください」

マデリーンは俺の手を取ると無理にでも渡してくる。

「わかった。とりあえず預かっておくよ」

「ありがとうございます」

サンが言っていたように人魚はおかしい者ばかりではないらしい。

少なくともマデリーンはまともそうだった。

それから、人魚たちは各家に戻るとトライデントを装備し、村長の家の前に集合した。

全員女性だが、普通に戦えばみんな半魚人よりも強いらしい。

「それじゃあ半魚人の村へ行くか。サン、よろしく頼むな」

「任せてください」

サンを先頭に半魚人の村を目指す。

途中で俺のエア草をとりかえたが、ほぼ休憩《きゅうけい》なしで向かった。

メイは他の人魚たちが面倒を見てくれるということなので、拘束を解き、サメ魚人たちは村長の家の中に縛ったまま放《ほう》り込んでおいた。

少し放置しておいたからって死にはしないだろう。


半魚人の村まではそれほど遠くなかった。

だが半魚人の村の海上には大きな商業用の帆船《はんせん》が浮いていて、商人のような男たちが嫌な笑いを浮かべているのが見える。

かなり怪《あや》しい奴らだ。

「サン、あの男たちに見覚えはあるのか？」

「いや、半魚人たちが人間と取引をしているなんていうのは聞いたことがありません」

俺たちは海中から遠目に帆船の方を確認するが、かなり大きな帆船のようで中で沢山の人が動いているのが見える。

「ここから陸地までは近いのか？」

「結構遠いですね。普通にしていたら半魚人の村も見つかるはずはないかと思いますが」

帆船から小型の船が降ろされ、そこに半魚人が顔をだす。

船員と何か会話のようなものをしたあと、水中に潜《もぐ》っていった。

「いったい何をしているんだ？」

「わかりませんが、半魚人と何か話をしているようですね。あの半魚人はコミュニケーションがとれるんですね」

「そうみたいだな。あの半魚人だけが話せるというのはかなり怪しいね」

半魚人が小船のところへ戻ってくると、そこには縛られた人魚がいた。

「あいつら、人魚を人間に売りやがった」

「私が行って止めてきます」

「いやちょっと待って。もし、他にも連れていかれているならここで捕まえてしまうよりも相手のアジトを見つけて潰《つぶ》した方がいい。シエル出ておいで」

一旦《いったん》海面まで浮上《ふじょう》して、シエルを喚《よ》び出す。

シエルはちょうどバナーナを食べていたのか、口にくわえている。

「食事中ごめんな。あの船を空から追ってどこに人魚が運ばれていくのか見つけて欲《ほ》しいんだけどできるかい？」

シエルはコクリと頷《うなず》き空に飛んでいく。

元々かなり高い場所を飛んでいる鳥なので相手からも見つかることはない。

「さて、向こうの追跡《ついせき》はシエルに任せるとして、俺たちは半魚人の村へ行くか」

「行きましょう。私は何度か物々交換《こうかん》しに行ったことがあるので、先導しますよ」

マデリーンがそう言ってくれるが、女性を先に行かせるのは気がひける。

「気持ちはありがたいけど、女性が一番前で危ないのは気がひけるから、俺たちの後ろから指示をしてくれればいいよ」

「ありがとうございます。でも私は海の戦士ですので、気になさらなくても大丈夫ですよ……えっと……」

「そう言えばまだ自己紹介《しょうかい》していなかったね。ロックだ。よろしく。時間がないから詳《くわ》しくは紹介できないけど、俺以外に従魔たちがいるから間違って攻撃しないように頼むよ」

「従魔ですか？　これが終わったらゆっくりと紹介してくださいね」

人魚たちに簡単な自己紹介をしたあと、半魚人の村について情報を共有する。

半魚人の村は人魚たちの村のように魔法がかけられているわけではなく、ゴツゴツした岩場に穴があいていて、そこに住んでいるということだった。

穴は二方向に空いているものもあれば、一方向にしか空いていないものもあるので、気をつけないと閉じ込められる場合もあるそうだ。

帆船が半魚人の村の上から陸へと向かうのを確認し、俺たちは村へと向かう。

「緊張《きんちょう》しますね」

「人魚たちは戦ったりしないのか？」

「海の中で魚を狩《か》ったりはしますが、半魚人相手に戦ったりすることはなかったので、実戦はかなり緊張します。もちろん、人魚たち同士での訓練はかなりやってはいるんですけどね」

「大丈夫。私に任せて、だって私は……ふがっふがっ」

メイが俺たちの会話に入ってきたが、サンが気を利《き》かせて口に触手を絡《から》める。

人魚たちも慣れているのか、みんな苦笑いしているだけで何も言わなかった。

半魚人の村は特に入り口などもないので、近くまで行き様子を確認する。

洞窟の入り口に見張りのような半魚人がいたりするが、あまり多くはない。

「どうする？」

俺が聞くと、サンがあらかじめメイをグルグル巻きにして動けないようにする。

「一番怪しいのは見張りのいるあの洞窟ですよね。裏から行くにしても難しいので、できる限り近づき正面突破しかないかと思います」

「あとはサンから聞いたけど、何か操っているような奴がいたんだろ？　それが一番怪しいからな。そいつは確保しなければいけない」

俺は従魔とシャノンを水の中に喚び出す。ララは危ないのでお留守番だ。

人魚たちはかなり驚いていた。

「ロックさん、すごい数の従魔を従えているんですね」

「そんなことないよ。それじゃあ行こうか」

『ロック、ドモルテと一緒に箱庭の中ですごくいいこと考えたから私たちが先に行ってもいいか？』

「えっ？　ラッキーとドモルテだけで先行するのか？」

「ええ。最初は私とラッキーに任せてもらえないかい？」

「ちょっと待ってください。さすがにロックさんを信じてはいますが、彼女《かのじょ》と可愛いわんちゃんに任せるというのはさすがに」

『ロック、可愛いって言われた』

おいっ。メイの時はワンちゃんって言われて怒《おこ》ってたのに可愛いがつけばいいのか。

ラッキーは意外とちょろいな。

「マデリーンさん、あの2人なら任せても大丈夫だと思います。実力的には私より強いので」

「えっ!? サンさんより強いなんて……そんなに……ですか？」

サンがマデリーンに説明しているが、イマイチ納得《なっとく》はしていないようだ。

「私たちも活躍しないといけないからさ。人魚さんたちはここで待ってて。ロックいいでしょ？」

「まぁうちの最強2人だから大丈夫だと思うけど」

「あの、人魚さんたちだけちょっと離れていた方がいいかもしれないです。さっき作戦聞いちゃったんですけど……」

シャノンが人魚たちに注意を促《うなが》す。

「それは私たちが足手まといってことですか！」

「いや、そういうわけでは……ないんですけど」

「わかった。ここでもめているのも時間がもったいないから、全員で近くまで行ってラッキーとドモルテに先行してもらおう」

人魚たちは若干腑《じゃっかんふ》に落ちないといった感じだが、ラッキーとドモルテが先行したいと言うからには何か作戦があるのだろう。

「人魚さんたち本当に気をつけてくださいね」

「まだ言うの？ 私たちだって戦士の端《はし》くれですからね。何があってもそう簡単には驚きませんよ」

「いいよ。今から一緒に戦うんだからもめずに行こう」

本当に、何をする気なのか……。

シャノンは本当に心配しているようだった。

俺たちは岩場に沿ってギリギリまで歩いていき、できる限り近づいたところでラッキーとドモルテが先行する。

半魚人がこちらに気が付いた途端《とたん》、ラッキーが吠《ほ》える！

『ワオ――――ン』

「私たちの力を見て驚きなさい」

2人が魔法を唱えると、彼《かれ》らを中心に風が巻き上がり徐々に海が割れていく。

オイオイ。風魔法で海を割るってどれだけ規格外なんだよ。

人魚たちは陸に打ち上げられた魚のようにぴちゃぴちゃと暴れている。

怪しいとは思っていたが、ここまでするとは……。

そりゃあ、シャノンも注意するよな。

『フハハハ！　私たちの合同魔法を見よ！』

「さぁロックよ！　今のうちに半魚人たちを蹂躙《じゅうりん》するのだ」

「おっおう」

ドモルテは女性バージョンからリッチへと姿を変え魔法を唱えていた。

別に今さらだけど、もし捕まってた人魚がこの景色を見たら、大人しく助けられてくれるのか不安になってくる。先頭切って助けに来たのがフェンリルとリッチだったら、助けてもらいたいかと言われると……なんとも微妙なところだ。

人魚たちは慌《あわ》てて何とか立て直そうとしているが、誰も戦える様子ではなかった。

「人魚たちは半魚人のように二足で歩けたりするのか？」

「ちょっとお待ちください。陸の上でも呼吸はできるんですが、陸地で魔法を使うのが初めてなので、少しお時間を頂ければと思います」

「海水に戻れば魔法を使いやすいってことか？」

「そうですね」

「じゃあガーゴイルくん、悪いけど人魚たちを全員海の中へ入れてあげて。歩けるようになった人魚から洞窟の方へ来てもらうってことで」

「わかりました。お任せください」

ガーゴイルくんは1人ずつお姫様抱《ひめさまだ》っこで運んでいく。その姿はどこかの騎士のように凛々《りり》しかった。

あとはガーゴイルくんにお任せして、俺たちは急いで洞窟の中を探索《たんさく》する。

もうすでにラッキーは半魚人を見つけると甘噛《あまが》みして捕まえ、サンのいる場所へ放り投げるという作業を始めていた。

サンはそれを丁寧に触手で縛り上げていく。

連係具合が半端《はんぱ》ない。

『ロック、私水の中でもやっぱり最強みたい』

「こらラッキー、私がいるのを忘れるなよ」

『もちろん』

水中での戦闘を想定していたが、陸地となった海底では半魚人も武器を持ったタダの一般兵《いっぱんへい》と同じで動きに精細さはない。むしろ泥《どろ》に足をとられて上手く走れてすらいなかった。

「パパー大量だよー」

小竜騎士組も穴から出てきた半魚人を捕まえてはサンの元へ投げ捨てていく。

空中からの攻撃は半魚人も予想していなかったのか、空に浮かび上がった瞬間にがくりと動かなくなる奴が多かった。

しばらく半魚人狩りをしていると親玉らしき半魚人が穴の中からはい出てきた。

手には噂《うわさ》の赤黒い玉を持っている。

「やれやれ、まさか人間に使われ、今度は人間に襲《おそ》われるとは思わなかったよ。だが、俺だってただやられるわけにはいかない。半魚人たちよ。持てるすべての力を解放し敵を殲滅《せんめつ》せよ！　もうやられるだけの人生とはおさらばだ！」

半魚人の目が赤く光り、一気に獰猛《どうもう》さが増す。

「みんなお遊びは終わりだ。死なないように気をつけて対応するんだぞ！」

「パパーわかったよー」

「わかりました」

「任せてください」

俺の掛《か》け声と同時に仲間たちの顔に真剣味《しんけんみ》が増す。

そして……洞窟の中から子供の半魚人たちが沢山出てきた。

手にはモリではなく、サンゴや小石が握《にぎ》られている。

「ん？」

子供たちが一生懸命《けんめい》小石やサンゴを投げてくる。

「おいっお前らの親はどこに行った」

子供たちが一斉《いっせい》にサンの方を指差す。

サンのまわりには目を赤くさせ暴れている親たちの姿がある。

だが、そう簡単にはサンの触手が切れそうにない。

「余裕《よゆう》ぶって遅《おそ》く出てきたら、他の仲間はみんな捕まってたみたいだな。人魚たちをどうした？

人魚を返せばこのまま見逃《みのが》してやらないこともないぞ」

「はんっ！　もう遅いわ！　人魚の半分以上は人間に売り払《はら》ってやったからな。だが俺だって何もせずに負けるわけにはいかないんだよ」

縛りつけていた半魚人たちの目から赤い光が消え、今度は赤黒い玉へと魔力が集まっていく。

「ハハハッ！　見ろ！　この玉の力さえあれば私は海の支配者になれるのだ」

赤黒い玉を持つ男へと魔力が集中した時、男の手から玉が奪《うば》われる。

「パパーとったよー」

パトラの竜騎士があっさりと奪っていた。

大事なものはちゃんと持ってないとな。

「良くやった！　そのままドモルテに渡してくれ」

「はいよーパパに褒《ほ》められたー！」

パトラの乗ったワイバーンはそのままドモルテに玉を渡そうとするが、上手く掴めていなかったのか、ドモルテの目の前に落下する。

玉はバリンという嫌な音がして岩場へと叩《たた》きつけられた。

遠目に見ても少しヒビが入っているように見える。

いや、そう見えるだけかもしれない。

見てはいけないやつだな。

辺りが一面静寂《せいじゃく》に包まれる。

きっとここは海底だから静かなんだな。

海のきれいさにみんな目を奪われているんだ。

誰一人何も言わない。

ドモルテに至っては一連のことを、私は水を抑《おさ》えるのに必死でわかりませんでしたと言わんばかりに空を見つめている。

『ぷっ』

1人……いや、1匹この静寂に耐《た》え切れずに噴《ふ》き出していたのがいる。

それも仕方がないよな。いやーだってさ。

親玉の半魚人は両手足を地面につき、ガクッと頭を垂らしている。

そこへ別のオレンジアントの竜騎士が飛んできて、そのまま半魚人の親玉をサンの前まで運んで行った。

えっこの空気どうしたらいいの？

◆
◆
◆

サンに縛られた半魚人は抵抗せずに大人しくなっている。

「さて、どうしてこんなことになったのか説明してもらおうか」

全員で赤黒い玉にヒビが入ったのは見なかったことにした後、尋問をすることになった。

ドモルテの海中を割る魔法は魔石の消耗《しょうもう》が激しいらしいので今はやめてもらっている。

「それでまず名前は？」

「ペドロだ」

ペドロは他の半魚人よりも身体が一回り小さい。

「どうしてこんなことを？」

「俺はこの半魚人の村で除《の》け者にされていたんだ。背中のひれがあるだろ？　半魚人はこの背びれが大きいほど魔力が強い。だから見た目で強い弱いがある程度わかってしまうんだ」

ペトロの背中のひれはほとんどないと言っても過言ではないくらい小さかった。

「村ではいじめられ、いつも除け者にされ、蔑《さげす》まれていた。道を歩けば後ろから水流っていう魔法を打ち込まれたりしていたんだ。狭《せま》い村だし娯楽《ごらく》がないからな。大人たちも含《ふく》めどこかその上下関係で村の中のバランスをとっていたんだと思う」

「それで、どうやってあの玉をお前は手に入れたんだ？」

「あれは、今から1週間くらい前だった。村が嫌で浜辺《はまべ》で月を眺《なが》めていると、変な女と商人がやってきたんだ。そこで人魚を連れて来てくれるなら、村人へ仕返しをする方法を教えてやろうって言ってきたんだ」

その2人がどうやら今回の事件の主犯格らしい。

きっと商人は船の上で笑っていたあの男だろう。

「その口車に乗ったんだな」

「あぁそうだ。人魚には可哀想《かわいそう》だと思ったがな。あの万能《ばんのう》感には勝てなかった。今まで俺のことを顎《あご》で使っていた奴らが魔力で言いなりにさせられるんだぜ」

「あの玉の使い方は？」

「理屈《りくつ》はよくわからないが、相手が眠《ねむ》っている時に玉を握らせ魔力を込めると、玉から相手の中に魔力が流れていくんだ。あとはもう言いなりになるから、簡単な指示には従ってくれる」

「難しい命令はできないのか？」

「何度か挑戦《ちょうせん》したけど固まって動かなくなってしまうことが多い。だからこの家に入ってくる者に噛みつけとか、押さえつけろとかくらいしかできない」

「人魚たちはどこへ運ばれたんだ？」

「詳しくは知らないが、人間たちが星降りの入り江《いりえ》と呼んでいる場所で声をかけられた。だからあの近くだと思う」

その後、人魚たちも半魚人を尋問していたが、俺のところにドモルテが玉を持ってやってきた。

「ロック、この玉なんだけど、どうも私の研究の一部が使われているようなんだ。魔力の波長がリディアの波長に似ている。どこかで情報が漏《も》れたのか盗まれたのかはわからないが、気をつけた方がいい。この玉を作った奴は私が生きていた頃《ころ》の10歳《さい》くらいの魔力はありそうだから」

「10歳？　それって強いのか？」

「失礼な。私のピークは50代だったが、10歳の頃でもうすでに街では敵がいなかったからな。それくらいの腕があるってことだ。世界レベルではないが、街の中では腕が立つって感じだな。半魚人たちのように甘くはないだろう」

なんとも微妙な感じであるが注意をしておこう。

「わかった。それで半魚人たちを元に戻す方法はわかったのか？」

「あぁわかったが……これが非常にやっかいなんだ」

「何が問題なんだ？」

「解除しようと思ったんだが、すぐには無理そうなんだ。かなり複雑な魔力式が組み込まれているうえに、なぜかヒビが入ってしまっていて一部壊《こわ》れてしまっているんだ。だからその空白をもう一度埋《う》め直さないといけないんだ」

ドモルテはなぜかの部分を強調してくる。

俺も別にツッコミはしない。

誰が悪いというわけではないのだ。

「それはすぐにできるのか？」

「すぐには無理だ。ただ私なら時間をかければできる」

「そうか、ならここからは別行動だな。ドモルテは解除ができ次第《しだい》、箱庭経由で戻って来てくれ。俺たちはこのまま人魚たちを奪還しに行くから」

「わかった。気をつけろよ」

「あぁドモルテもな。誰か補助で欲しい奴とかいるか？」

「いや大丈夫だ。ピンチになるってことはないと思うが、街の中ではどんな風になるかわからないからな、多い方がいい」

「任せておいて、ドモルテ様には私がついているから」

ドモルテはあまり心配していなさそうだったが、意外と気を使っていてくれるようだ。

ララは戦力にはならないが、ドモルテを精神面で支えてくれるだろう。

「魔石は多めに持っていけよ。箱庭に戻ったら次に出てくるのは俺の側になるからな」

「助かる」

半魚人たちはしばらくはそのままになってしまうということなので、縛ったまま座《すわ》らせておいた。

ペドロの処遇《しょぐう》については連れていくかどうかで意見が分かれたが、街の中では連れて歩けないので半魚人の村に置いていくことにする。

ペドロは自分で言っていた通り、玉がなければほぼ魔力もなく抵抗されることもなかった。他の半魚人たちが正気に戻ったら処遇を考えてもらえばいいだろう。

俺たちは連れ去られた人魚たちを追いかけることにした。

07　捕《と》らえられた人魚たちとそこにある危機

俺《おれ》たちは一旦《いったん》ドモルテを残して水上へ戻《もど》ることにした。

ドモルテは水中でも呼吸の必要がないので、そのまま水中で玉の解析《かいせき》をしてもらっている。

「星降りの入り江《いえ》って人魚の中でわかる人いるか？」

マデリーンが率先《そっせん》して手を挙げてくれる。

「私、何度か入り江に歌を歌いに行ったことがあります」

「そうか。じゃあ危険も少ないと思うからマデリーンが先頭で案内してくれ。今、捕《つか》まっている人魚たちをうちのシエルが追いかけているから、サンは俺を乗せたまま水上を走ってくれると助かる」

「もちろんです」

人魚たちの半分は一度人間の姿に変身したが、ほとんど活躍《かつやく》することもなく人魚の姿に戻った。

人魚の中でも人間に変身できる者と変身できない者がいるらしい。個性があるように、魔法《まほう》の得手不得手があるようだ。

入り江まではサンに乗って行けばそれほど遠くないようだ。

入り江に着いてから今度は商人たちがいる帆船《はんせん》を探す。

それまでにシエルと合流ができればシエルに案内してもらうつもりだが、シエルだけをあてにすることはできない。

「ロックさん、入り江まで行ったらどうするつもりですか？」

マデリーンが優雅《ゆうが》に泳ぎながら話しかけてくる。

「シエルが戻らなければ、まずは帆船を探すかな。帆船が見つかればその街の奴隷《どれい》商人を探して捕まえれば、どこに人魚がいるのかもわかるだろうからね」

亜人《あじん》を勝手に奴隷にして売り買いするのは、もちろん禁止されている。

犯人を見つけてできれば穏便《おんびん》に処理したいが、ダメなら力押《お》しでなんとかするしかない。

もちろん、今回の事件の裏に権力者などがいなければだが。

「帆船の停《と》められる大きな街となると、入り江から一番近いのはブランドンの街だったかと思います。商業都市として発展してきましたので、かなり沢山《たくさん》の奴隷商がいて探すのは大変だと思いますが」

「マデリーンは行ったことがあるのか？」

「はい。もちろんです。人魚も普通《ふつう》に陸に上がって買い物とかしますよ。ここの海って商人が多く渡《わた》るんですけど、その分海賊《かいぞく》も多くて商船が沈《しず》められていたりするんですよね。後は嵐《あらし》に巻き込《こ》まれたりで。だから沈没船《ちんぼつせん》から回収した人間のお金も結構あるんですよ」

人魚の家を探した時に宝の山があったのを思い出す。

どうやら、あれは沈んだ商船から拾ってきていたらしい。

「すごいな。どうやって商人が襲《おそ》われているのとかわかるんだ？」

「派手に戦っている時とかは、結構音が聞こえてきたりしていますからね。水中に魔法打ち込まれたりしますし」

マデリーンと会話をしていると、あっという間に入り江についた。

さすがに入り江には帆船が停まれるような場所はない。

「それじゃあ、ブランドンの街へ行ってみるか」

「そうですね」

俺たちがブランドンの街へ向かおうとすると、ちょうど箱庭経由でシエルが戻ってきた。

「おかえり。人魚たちがどこに捕まっているかわかったかい？」

シエルはコクリと頷《うなず》くと羽で向きを示し、道案内を始める。

どうやらブランドンの街で間違《まちが》いないようだ。

しばらく進んで行くと、遠くに帆船など沢山の船が見えてくる。

あと少しというところで、サンは徐々《じょじょ》にスピードを落とし海上で止まった。

「ロックさん、申し訳ありません。これ以上近づくと私の場合問題になりそうなので、海上で待たせて頂きます」

サンは少し申し訳なさそうに俺に切りだす。

確かに、サンの大きさでは街中を歩くことはできないし、注目を浴びていいことはない。

「わかった。サンありがとう。ここからは別行動だ」

「私は沖《おき》で待っていますが、何かあればいつでも助けにいきますので沖でもわかるくらいの魔法をお願いします」

「あぁでも何事もなく無事に終わることを祈《いの》っててくれ。ガーゴイルくん頼《たの》む」

ガーゴイルくんが箱庭から出てきてくれる。

「それじゃあ俺たちは街へ行くから、人魚たちで人間の姿に変化できない者、戦えない者はここでサンと一緒《いっしょ》に待っててくれ」

変化のできない人魚が一緒に行って、また捕まったりしたら本末転倒《ほんまつてんとう》になってしまう。

俺たちは帆船がなく人通りの少ないところから上陸する。

今までずっと海の上だったので、久しぶりの固い地面に少しホッとする。

人魚たちは上陸するとすぐに人の服を着た。速乾《そっかん》機能のついた服で、歩いているうちに身体《からだ》の濡《ぬ》れをとってくれる特別な生地《きじ》でできており、さらに魔法がかけられているそうだ。

「もしロックさんが欲《ほ》しいなら、ロックさんのために1着作りますよ」

「ちょっと興味はあるかな。まぁそれはこれが終わってからにしよう。それじゃあ急ぐか」

さすがに人魚は美女ばかりで、このままいくと別の注目を浴びてしまうので3～5人のグループに分かれてもらって少し距離《きょり》を置いて行くことにする。

シエルの案内で着いたのは、海沿いにある倉庫街の一角だった。

「シエルあそこか？」

シエルはコクリと頷く。

入り口には特に見張りも何もいない。

「あまり大人数で行っても目立つから俺が様子を見に行ってくる、みんなはここで待っていてくれ。

ラッキー」

『あいよ』

ラッキーを箱庭から出し、人魚たちの護衛を任せて俺は1人で倉庫へと向かう。

倉庫には大きな両開きのドアがついており、外からは閂《かんぬき》をかけているだけだった。

鍵《かぎ》もつけていないなんて不用心すぎるが、俺たちにとっては逆にありがたい。

ゆっくりと閂を外し扉《とびら》を開けると、もわっとした熱気と異臭《いしゅう》が漂《ただよ》ってくる。

中には大小様々な檻《おり》が置かれており、そこには沢山の生き物たちがいた。

この辺りでは見ない珍《めずら》しい動物から、目から生気を失った亜人。

なかには白骨化している死体もあった。

倉庫の下から上まで檻が積み重ねられており、手入れは行き届いていない。

「なんだ……この倉庫は……」

ポツリと呟《つぶや》き、ゆっくりと音を立てずに倉庫の中に入る。

辺りに見張りなどはいないようだが、気を抜《ぬ》くことはできない。

奥《おく》へ進んでいくと、徐々に魔物の様子が変わってくる。

珍しい魔物……なのか⁉

そこにはゴブリンのお尻《しり》からドラクスネイクが生えてきている見たことのない魔物がいた。

いったいここは……？

背中を冷たい汗《あせ》が流れ落ちていく。何か嫌《いや》な予感がする。

さらに倉庫の中を慎重《しんちょう》に進んでいく。

先ほどから、段々と気味のわるい魔物が増えていった。なかにはトカゲに翼《つばさ》を生えさせた小さいドラゴンのようなものまでいる。

「明らかに自然に発生したものではないな」

途中《とちゅう》で、絨毯《じゅうたん》に魔法陣《じん》が描《えが》かれていた。

まったく見たことのない魔法陣だ。最近使ったのか、あまり埃《ほこり》もついていない。

ドモルテがいれば何の魔法陣なのかわかるのだろうが、今ここではわからない。

ただ、まともな研究は行われていないようだ。バラバラになった魔物の手や身体が山積みになっている。変わった魔物がいることから、かなり研究が進んでいるようだ。

念のため魔法陣は回収しておく。

さらに奥へと行くと、そこには俺の身長の倍くらいの大きな水槽《すいそう》があった。

水槽の中には半魚人と人魚、それ以外にも海中の魔物たちが閉じ込められている。

「わかりますか？　助けにきました」

水槽の中で人魚は口をパクパクさせているが、声がまったく聞こえない。

かなり厚めのガラスで作られているようだ。

これだけの物を作るのにどれだけ金がかかっているのだろうか。

近くを見回すと大きな梯子《はしご》があったので、それを使って水槽の上まで上がる。

天井《てんじょう》には蓋《ふた》がされており、外側から鍵がかかっている。

「んっ！」

思いっきり引っ張ってみるが鍵が開くことはなかった。

今度は剣《けん》を差し込んでなんとか開けようと試みる。

「とぉう！」

剣がパリンッと大きな音を立てて先端《せんたん》部分が折れてしまった。

どうやら相当頑丈《がんじょう》な鍵が使われているらしい。ちゃんと補助魔法をかけておくべきだった。

このまま持って行こうにも、水槽は大きくて持ち運びできそうにない。

せめて何かないか？

辺りを見回すが、使えそうなものはなかった。

そこへ、檻の中に閉じ込められている者から声をかけられた。

「おい。そこの人間。俺をここから出してくれるなら、その水槽の鍵の開け方を教えてやるぞ」

そこにいたのは竜神《りゅうじん》族の男だった。

竜神族は確か東の方の山頂周辺に住んでいて滅多《めった》に人と交流を持たない種族だったはずだ。

人魚と同じように誘拐《ゆうかい》されたのだろうか。

「開け方を知っているのか？」

「鍵を使うんだ。俺はその鍵のありかを知っている」

「お前はどうしてここに閉じ込められているんだ？　さすがに犯罪奴隷なら助けるのは難しいぞ」

「犯罪奴隷になどなるか。俺の名前はドラクル。誇《ほこ》り高き竜神族にして竜神族長ドラドの孫だ。普段なら人間ごときに油断はしないいんだが、１人武者修行の旅に出たら寝込《ねこ》みを襲われて捕まったんだ。何も悪いことはしていない」

うーん。全部嘘《うそ》をつかれていたらどうしようもないが、竜神族はどちらかというと脳筋でまっすぐな性格だと聞いたことがある。基本怒《おこ》らせなければ酒好きのいい奴《やつ》だとも。

あまり時間もかけていられないし押し問答している暇《ひま》はない。

「わかった。ただ鍵の場所が先だ。それを教えてくれたら檻から出してやる」

「いいだろう。あそこの棚《たな》の中に鍵の束が入っている。さすがにどの鍵かはわからんが、試せばわかるだろう」

俺の立っていた場所の反対側に小汚《こぎたな》い棚があり、その中に鍵の束が無造作に置かれていた。

ここの檻の鍵がすべてあるのか、かなりの数がある。

「ドラクルはどれくらい閉じ込められているんだ？」

「もう結構長いな。どれくらい閉じ込められているのかは忘れた。奴らはここにたまにしか来ないし食事もろくに与《あた》えられない。ここにいるほとんどが飢《う》えと戦っている」

まわりにはかなり沢山の魔物や亜人がいるが、さすがにすべてを今助けるわけにはいかない。

あとでこの街の衛兵へ報告だけしておこう。

何十回か挑戦《ちょうせん》し心が折れそうになった時、やっと人魚の水槽の鍵を開けることができた。鍵はドラクルの方へ渡してやる。

「ドラクル助かった」

「なに、俺の方こそあんたが来なかったらここで飢え死にするところだったからな。お互《たが》い様だ」

「俺の名前はロックだ」

「ロックか、覚えておく。助かったよ。この恩はいずれ必ず返す」

ドラクルは檻を開けると、その鍵を自分で鍵が開けられる亜人に渡し、倉庫から出ていった。

俺もさっさと水槽を開けてしまおう。

蓋はかなり重かったが、なんとか自力で開けることができた。もう少し重かったら従魔全員喚《よ》び出してやってもらうところだった。

「大丈夫《だいじょうぶ》か？　サンとメイからの依頼《いらい》で助けにきた」

「ありがとうございます」

「ここに捕らわれているのは何人だ？」

「全部で10人です」

「他に捕まっている人魚は？」

「オークションにかけられると言われ1人先に……連れていかれました」

オークションか。

もし、すでにオークション会場へ入っていたら非常にまずい。力づくでの奪還《だっかん》は難しくなるし、もしそれが正規のオークションなら、何かしらの偽装《ぎそう》が行われているからだ。

ここにいる変な魔物からしてまともなことをしているようには思えない。

「よし、まずはここから脱出《だっしゅつ》するから人間に変身できる人魚は変身してくれ」

「申し訳ありません。私たち逃亡《とうぼう》できないように、変身できないメンバーが選ばれているんです」

どうりで封魔《ふうま》の魔道具などが使われていないと思ったら、元々選別してあったのか。

俺はガーゴイルくんを喚び出す。

「悪いが人魚たちを外まで運んで欲しいんだけど頼めるか？」

「お任せください。さぁ人魚さんたち行きますよ」

ガーゴイルくんはマジ紳士《しんし》だ。

「俺たちも助けてくれないか」

そこには半魚人が2人おり、俺に声をかけてくる。

「お前たちは？　なんで捕まっているんだ？　操《あやつ》られていないのか？」

「俺たちは魔力が強くて、ペドロの魔法にはかからなかったんだ」

確かによく見ると、この半魚人たちの背びれは村で見た半魚人たちよりもかなり大きい。

いくら操れるといっても限界はあるということなのだろう。

半魚人たちには人魚たちとは違い封魔の首輪がされていたので、ついでにそれも外してやる。

「いいけど、人魚たちと揉《も》めるなよ」

「もちろんだ。あんたの言うことに従うよ」

「人魚たちでこいつらに運んでもらってもいいって人は？」

俺が全員の顔を見るが、目線をさけられまさかの誰《だれ》も手を挙げなかった。

誰か1人くらいいると思ったが、まぁ半魚人のせいでこうなっている以上仲良くはできないか。

「わかった。半魚人たちは自力で歩けるだろうから、他に助けたい奴がいれば助けてくれ。人魚は俺とガーゴイルくんが運ぶ」

それから無事に人魚たちを海へと逃《に》がすことができた。

意思疎通《そつう》のできる亜人たちも何人か脱出させたが……今すぐに全員を出すことは難しい。

俺はラッキーの元へ行き、一緒に待っていた人魚たちに沖にいるサンの元へ案内してくれるように依頼し、今後のことを相談をする。

「今助けられる人魚はこれで全部らしい。後はオークションへ1人連れていかれたみたいだ。もしオークションの中なら助けるのはかなり困難な可能性が高い。どうする？　助けるなら手伝うが」

「ロックさんお願いします。できるなら何とか助けてください」

「わかった。やれるだけやってみよう」

そうなるとあれが必要になるな。

◆　◆　◆

まずは人魚がどこへ連れていかれたのかを確認《かくにん》する必要がある。

ここに連れてこられた人魚は人の姿になれない人魚だ。移動するにしてもかなりの大きさの水槽が必要になる。

俺は馬車の轍《わだち》を確認すると、沢山の轍の中から特に深いものを見つけた。

これが水槽の人魚を運んだ可能性が一番高い。

「マデリーン悪いんだけど、一度人魚の村に戻って財宝を持って来てもらいたい。人魚がオークションにかけられたら、最悪金で買い取る必要もあるからな」

「わかりました。どうやって待ち合わせしたらいいでしょう？」

「あぁそうだな。ガーゴイルくん何度も悪いが頼んでいいか？」

「もちろんですよ。お任せください」

こういう時のガーゴイルくんは本当に頼《たよ》りになる。

ガーゴイルくんにはマデリーンと一緒に財宝を運んでもらうのと、なにかあった時の俺との連絡《れんらく》係をお願いしておく。

俺たちの中では戦闘力《せんとう》は低いが、戦闘力以上に彼《かれ》のことを仲間として信頼《しんらい》している。

「俺は人魚を追うから。他の人魚はいったんこのままサンの場所で待機していてくれ。大人数での行動は目立って仕方がないからな」

「でも、探すなら人手が多い方がいいんじゃないですか？」

「それもそうなんだが、あそこの倉庫の中でかなり危険な研究がされていたんだ。正直バラバラにならたら守れる自信がない。ここは大人しくしておいてもらえると助かる」

「私は嫌よ。絶対に捜《さが》しにいく。その責任が私にはあるもの」

最近静かにしていたので存在を忘れかけていたが、メイが人魚たちの集団から前に出て直訴《じきそ》してくる。

「メイ様、ロックさんが困られていますのでおやめください」

「なによマデリーン。私にずいぶん生意気な口をきくようになったじゃない」

「いえ、そういうわけではありませんが」

マデリーンはメイに逆らえないのか一瞬《いっしゅん》で引いてしまう。

立場的にはメイの方が上ってことなのだろう。

「メイはどういう立場なんだ？」

「人間の世界でいうところのお姫様《ひめさま》といった感じです」

「こんなわがまま姫だと下の者は大変だな」

「なんですって！　私だって一生懸命《けんめい》やっているのよ！　ロックを連れてきたのだって私だし、戦闘にだって参加したし、囮《おとり》だってやったわ。私は絶対にお母様を助けにいくの」

メイは今までの感情を爆発《ばくはつ》させるかのように大声をあげる。

メイ自身、色々空回りはしていたが、まだまだ子供なのかもしれない。

その中で彼女《かのじょ》なりには頑張《がんば》ってきていたのだろう。

「今捕まっているのは……王妃《おうひ》ってことなのか？　王妃でも魔法が使えないのか？」

「王妃と言いますか、女王様です。女王様は私たちよりも美しく一番に奴隷商人の目に留まったんです。最初に売り出す人魚は価格を吊《つ》り上げるためにも美しくて強いのがいいと封魔の首輪をつけられて……」

自分の家族だけが助けられない。

その辛《つら》さはメイにしかわからないが……だからといってさっきみたいにメイが暴走することで仲間を危険にさらすことはできない。

メイの気持ちを大切にはしたいが、俺には仲間を守る責任がある。

「わかった。メイだけは連れていってやるが、前回のように俺の言うことが聞けないなら連れてはいけない。お前の気持ちはわかるが、仲間を無駄《むだ》に危険にさらす奴を俺は許さないし、その時点で救出は諦《あきら》める。その約束ができるか？」

「わかったわよ。今度はちゃんと言うことを聞くわよ。さっきはごめんなさい」

メイは少しは反省をしているのか、俺の方を見ながら頭を下げてきた。

とんでもない行動をするが、こう素直《すなお》に謝《あやま》られると俺もそれ以上追及《ついきゅう》ができなくなってしまう。

「よし、じゃあ俺とメイ、それにラッキーは一緒に行こう。後の者はガーゴイルくんの指示にしたがって財宝の回収とかできることをやってくれ。くれぐれも気をつけてくれよな」

俺たちは半魚人たちに陸まで運んでもらう。

「助かった。それでお前たちはどうするつもりだ？」

「俺たちは……あんた……ロックさんの手伝いがしたい」

「そうか、それなら人魚たちを追いかけてガーゴイルくんを手伝ってくれ。今は人魚たちから信頼を得られないだろうけど、今後のことを考えると半魚人と人魚の懸《か》け橋になってほしいと思っている」

「わかりました。俺たちの問題なのにありがとうございます」

「ふん。半魚人たちが全員悪いってわけじゃないことくらい人魚だってわかっているから大丈夫よ」

メイはそっぽを向きながら半魚人たちにフォローをいれる。

素直ではないが、それでもメイがそう言うことで半魚人たちとの未来は明るくなるだろう。

「それじゃあ、半魚人たちまたあとでな。ラッキー」

『あいよ』

ラッキーにメイと乗り、先ほどの倉庫の前の轍に残った匂《にお》いから馬車の行った先を探す。

メイの親が連れていかれたのはどうやら、街の中心部のようだ。

大きな広い通りをラッキーに乗り進んでいく。

この街は外国との取引が多いのか、露店《ろてん》には変わった野菜や珍しい調味料が沢山置いてあった。

事件が解決したらゆっくりと買い物でも楽しみたい。

露店を眺《なが》めていると、白くて可愛《かわい》いワンピースの服が並んでいるお店があった。シャノンが着たらすごく似合いそうだ。

そんなことを考えているが、別に遊んでいるわけではない。

本当はラッキーにもっと急いでもらいたいが、街の中心部に入ってからは人も多く、なかなか急いで進むのが難しいのだ。

『ロック、見つけたぞ。あそこに人魚が連れていかれたようだ』

ラッキーが見つけた場所は表通りから1本入った裏路地にあるお店だった。

特に看板などもないが、外から中をうかがうと動物の鳴き声のようなものが聞こえる。

どこか先ほどの倉庫を思い出させるような場所だった。

店の外からは中が見えないようになっているが、ここに何かしら手がかりはありそうだ。

「ちょっとここで待っていてくれ。俺が捜してくる」

「私も……はい。待ってます」

「偉《えら》いぞ、メイ。突撃《とつげき》するだけがいいわけじゃないからな。必要な時に役に立ってもらうから、ここでラッキーと待っててくれ。ラッキー頼んだぞ」

『あいよ』

俺は店の扉に手をかけ、軽く引いてみた。

鍵はかかっていないのか、すんなりと抵抗《ていこう》なく扉が開く。

扉が開かれた瞬間、むわっと鼻を刺《さ》す異臭がしてきた。

ここも倉庫と同じで手入れはあまりされていないようだ。

俺が入ろうとすると中から声が聞こえてくる。

「いらっしゃい。あれ？　お客さん初めての人だよね？　ここが何の店かわかっているの？」

男はかなり太り気味の体形で、髪《かみ》の毛がぼさぼさとしており、だぼついた服を着ている。

身体も洗っていないのか、酷《ひど》い臭《にお》いだ。

「ここで特別な魔物を買えると噂《うわさ》で聞いたんだけど、本当か？」

「あらーお兄さん運がいいよ。ここには変わった魔物沢山いるからね。だけど、店長から紹介《しょうかい》じゃないとダメって言われたんだけどいいかな？　お兄さん話わかる人？」

話？

いったい何を言っているのかわからない。

しばし無言の時間が流れる。どうしたらいいのだろうか。

男は指でさりげなく親指と人差し指をくっつけ丸を作ると俺にアピールしてくる。

なるほど、そういうことか。

俺は財布《さいふ》からお金を出し、男に渡す。

「俺は話のわかる男だよ」

「ありがとう。察しが良くて助かるよ。それじゃあ奥へ来て」

俺は男について行き奥の部屋へ入った。

そこには魔術師風の女が俺に背を向け座《すわ》っており、鳥の魔物の羽根をむしっていた。

「あら、臭《くさ》いわ。臭い。あの女の魔力をまとった人間がくるなんて。ちゃんと紹介は確認したの？」

振《ふ》り返り、俺の方を見た女の目は爬虫類《はちゆうるい》のように鋭《するど》く、そして暗闇《くらやみ》の中でやけに金色に目立っていた。

「もちろん、ちゃんと確認してありますよ。まさか僕《ぼく》を疑うんですか？　心外だな。ちゃんと仕事をしている人に向かって、信用をおけないような発言をするっていうのはよくないと思うんですよね。それに、そこで鳥の羽根をむしるのやめて下さいっていつも言ってますよね。そっちの方が僕は問題だと思うんですよね」

「相変わらずめんどくさいわね。まぁ私には関係ないから別にいいけど。それよりそこのあなた、リディアっていう自称《じしょう》大賢者《だいけんじゃ》ドモルテの弟子《でし》って人知ってる？」

男がまくしたてるように言ったことで、その女性はめんどくさそうに一度首を振る。

確かに、俺でもこんなのに付き合っていたくはない。

それにしても……こいつまさかリディアの関係者か。

確か、ドモルテが自分の研究と同じ魔法が使われていると言っていた。

ドモルテが死んでから数百年は経《た》っているはずだから、その間にリディアが弟子をとっていてもなんら不思議はない。

だが、ここで俺がリディアを知っていると言ってもいいことはなさそうだ。

「大賢者ドモルテの弟子？　あんた大丈夫か？　大賢者なんておとぎ話を信じているのはいいとしても、その弟子を名乗る奴とか詐欺《さぎ》かペテンしかないだろ。そんな奴と友達になんてなれるわけがない」

俺はあえて知らないフリをして、しらを切りとおすことにした。

「知らないか。リディアって名前は？」

「うーん。飲み屋でリ何とかって子はいたが……そんな名前だったかは覚えてないな。あとは、そうだな。俺の飲み仲間にはいなさそうだ。なんだ、その女の香水《こうすい》の匂いでもついていたのか？」

「いや、知らないならいいわ。あんたから知り合いと戦ったような魔力の残りを感じたから。どこにいるのか知っていたら聞こうかと思っただけよ」

「捜し人なのか？」

「いや、違うわよ。あいつの元で勉強していた時があったんだけど、研究盗《ぬす》んで飛び出してきたから追手かと思ったのよ。でも、あなたは違うわね。あんな女の下につくようなタイプじゃないし。かといってあれと戦って勝てそうって感じでもないからね」

ドモルテを裏切ったリディアは、自分自身も弟子から裏切られていたらしい。

どんな因果か。よくも悪くも自分がやったことは自分に返ってくるってことだろう。

「そうか。役に立てなさそうで悪かったな」

「いいのよ。それじゃあごゆっくり」

女は魔物を持ったまま奥の部屋へと消えていった。

「はぁお客さんやるね。あの女意外と手強《てごわ》いのにあっさり引いてくれるなんて」

「いや、あんたのおかげだよ。助かった。あっ！　それより、どんな珍しい商品があるのか見せてくれよ」

「いいよ。こっちへ来な」

先ほど女が入って行った場所とは違う部屋に案内される。

そこは日が差し込まない造りで中には大小様々な檻があり、珍しい魔物たちが沢山いた。

なかには普段この辺りでは見かけることのない亜人なども混ざっていた。

これが全部違法《いほう》奴隷なのだろうか？

「なかなかここまで集められる奴隷商人はいないぞ。驚《おどろ》いたか？」

「すごいな。これほどまでとは思っていなかったよ」

「だろ。うちの主人は海を渡り歩いて奴隷を売り買いしているから、珍しい魔物が多いんだよ。お客さんお眼《め》が高いから、最近入った特別な魔物を見せてやるよ」

あまりこの店に人が来ないからか、男は聞いてもいないことをどんどん話してくる。

「主人が今度オークションに出す奴隷なんだけど、これを見ろ！　すごく驚くぞ」

男が布の被《かぶ》った檻の前までやってくると、その布を勢いよくはぎとった。

そこには他の人魚よりも一回り小柄《こがら》な人魚の姿があった。

「これは……人魚か？」

「あぁそうだ。ここの海の奥に住んでいるんだが、今回うちのご主人があるつてで捕まえてきたんだ。今回の奴隷オークションの目玉商品にするんだってよ」

「これはいくらくらいするんだ？」

「なんだ欲しくなったのか？　そうだな。今回の奴隷市には商会のダメ息子《むすこ》のグリズが来るって話だからな。300万は準備しておくべきじゃないか？」

「はぁ？　そんなにか？　だって人魚はその辺りでとれるんだろ？」

「いや、人魚は戦闘種族だから普段は捕まえるのが難しいんだよ。まぁここだけの話、こいつの他にもまだ捕まえてはいるから、徐々に値段は下がっていくけどな。買うなら今回よりも3回目以降がいいぞ。ガクッと値段が下がるだろうからな」

どうやら、最初に人魚を1匹《ぴき》売りだして希少性を煽《あお》って高く売りつけるつもりらしい。

そのおかげで他の人魚たちがまとまっていたから楽に助けられたが。

人魚たちは全員美しかったが、女王は他の人魚が言っていた通りさらに美しかった。

これだけ美しければいったいいくらの値段がつくかわからない。

女王は囚《とら》われている身だというのに俺の方を見るとうっすらと笑《え》みを浮《う》かべている。

これが女王の余裕《よゆう》というやつなのだろうか。

「どうにかして安く買う方法はないのか？」

「ないな。グリズは狙《ねら》いをつけたものには基本的にいくらでも金を出す。非常に負けず嫌《ぎら》いな性格だからな。あいつは買うのが好きなだけなんだよ。どうせこの人魚も飽《あ》きてすぐに殺されちゃうけどな。あいつの性格最悪だから。まぁうちとしてはいいお客さんだけど」

財宝を売って資金にすればなんとかなるかと思ったが、単純にそういうわけにはいかないようだ。

「俺も奴隷市に参加したいんだけど、場所と時間と必要な物を教えてもらってもいいか？」

「あぁいいぞ。ここの裏手に大きな白い建物がある。そこが会場だ。時間は明後日《あさって》の18時から。必要なものは……」

男がまた親指と人差し指をあわせる。

またか。まぁこればかりは仕方がない。

俺は財布から金を取り出し握《にぎ》らせる。

「俺の紹介ってことにしてやるから、聞かれたらドブの紹介って言えばいい。そうすれば中に入れてもらえるからな。ただ、１つだけ気をつけろ。わかっているとは思うが非合法なものもあるからな。

もし、何かを買ったら背中には気をつけることだ。あんたお人よしだから忠告しておくが、ヤバイ奴らも出入りしているからな」

男が顔を近づけて小声で話しかけてきたが、身体以上に口の臭いがやばかった。

何を食べたらこんな臭いになるのか。

「わっわかった。助かるよ」

「いいってことよ。どれ、他にも変わったのがいるから見せてやるからな」

そう言って他の変わった魔物たちをしばらく見させられた。

さて、思った以上に時間がないが、どうするか考えないといけない。

金以外にも準備できるものは準備をしておこう。

◆　◆　◆

ドブからやっと解放されラッキーとメイの元へ戻ると、２人は地面に落書きをして仲良く遊んでいた。

子供か！　とツッコミをいれたくなったが、だいぶ時間がかかってしまったからな。

それにコミュニケーションがしっかりとれているのはいいことだ。

メイに問題を起こされているよりはいい。

「お母さん、中にいた？」

「あぁいたよ」

「よし。今から奪還しに行きましょ」

そうなるよな。ただここで暴れるのは考え物だ。

他にいた魔物もできれば助けてやりたい。

「ちょっと待ってくれ。できれば他の魔物も助けてやりたい。ただ闇雲《やみくも》に全部逃がせばいいってわけじゃないからな。メイのお母さんは次の市場の目玉みたいだから、悪い扱《あつか》いをされることはないだろうからもう少し待ってくれ」

「そんなこといいから早く助けに行こうよ」

『メイ、ちょっと待っていろ。ここで暴れてもいいが、いきなり襲い掛《か》かったらロックのせいになる。メイは海に逃げればいいが、ロックはそういうわけにはいかないんだ』

「うーん。わかった」

2人で待っている間にメイがラッキーの言うことを聞くようになっていた。

シャノンの時といい、ラッキーのコミュニケーション能力はすごいと思う。

俺相手の時はいつもふざけているのに。

「ラッキーいつもありがとうな。まずは場所を移動して今後の作戦を考えよう」

俺たちはこの街の公園まで移動し、周りに人がいないのを確認してどうするかを話し合う。

『ロックどうするんだ？　衛兵に報告するのか？』

「そうだな。衛兵に報告して解決できるなら、それが一番だな。ただ、今すぐ捕まえるだけの証拠《しょうこ》がない。相手はかなり大手の商人らしいからな。正規のオークションに偽装され、そう簡単には尻尾《しっぽ》は掴《つか》めないだろうしな」

「それでも、可能性があるならやろう。早くお母さんを助けたい」

「わかった。まずは衛兵に相談してみよう。それで解決すればいいし、解決しなければ最悪明後日のオークションで落札する。落札できなければ最終手段で襲撃《しゅうげき》をしよう。できれば襲撃はしたくないが。メイ、それでいいか？」

メイの表情は曇《くも》っているが、それ以外にできることがない。

それに表立って商人と争ってもデメリットばかりだ。

「わかった。助けてもらえるだけでもありがたいことだしね。ロック、よろしく」

そこで俺たちは衛兵を探して街の入り口の詰所《つめしょ》のところへ行くと、詰所から両手を後ろに縛《しば》られたドラクルがあらわれた。

俺がドラクルに声をかけようとすると、ドラクルはいきなり大声で騒《さわ》ぎだす。

「なんで、この街の兵士は港に違法な亜人の取引所があるっていうのに摘発《てきはつ》をしないんだ。俺は竜神族だぞ！　亜人だからって差別をするな！」

ドラクルはさらに叫《さけ》ぼうとするが、兵士に背中から殴《なぐ》られ黙《だま》らせられる。

「うるさい。亜人だからじゃない。商人のチャドさんがそんなことするわけないだろ！　この街にどれだけあの人が貢献《こうけん》してくれていると思っているんだ」

ドラクルと一瞬目が合う。

彼はわざと衛兵が奴隷たちの味方ではないと俺にわからせるために叫んだのだ。

ドラクルはそのまま立ち上がるとゆっくりと前を向き歩かされる。

俺とすれ違いざまにドラクルが小声で俺に囁《ささや》く。

「気にするな」

ドラクルは倉庫を出た後に衛兵の元へ助けを求めにいったのだろう。そして自分の身に起こったことを衛兵に説明したが、そこで逆に捕まってしまったようだ。

せっかく助けた彼はまた檻の中に戻されてしまう。

なんて説明をしたのかはわからないが、無理をしてしまった可能性が高い。ドラクルの身体には先ほど助けた時よりも傷が増えていた。

この街の衛兵はすでに商人によって取り込まれていたようだ。そうとう外面《そとづら》がいい奴なのだろう。

どうやら衛兵に助けを求める作戦はやめた方がいい。

それに襲撃もかなりリスクが高まった。

いったいこの街の兵士たちのどこまで商人の息がかかっているのか。

彼らの発言からかなり商人を信頼していることがわかる。

そうなると、一番確かなのは金で落札することだろう。

それか証拠を見つけて……突《つ》きだしてやるしかないが……この短時間であれだけの商人の悪さの証拠を見つけることができるか？

俺たちはそのまま街から出て海岸の方へ行く。

「ロックどうする？　あのさっきの人が言ってたのって倉庫のことだよね？」

「そうだね。どうやら商人はこの街でかなりの力を持っているらしい」

「助けられないの？」

「いや、お金で解決できる可能性も高いから、まずはそっちを考えよう。大丈夫。俺がなんとかするから、まずは一旦人魚たちと合流しよう」

「わかった」

メイの足取りは重いが、できることから1つずつやっていくしかない。

一旦他の人魚たちと相談して作戦を考えよう。

08　街に忍《しの》び寄る陰謀《いんぼう》と変な金髪《きんぱつ》のおっさん顔の男

俺《おれ》は一旦《いったん》他の人魚たちと合流し、女王を見つけたことを報告する。

人魚たちはみんなすぐに助けられないという話を聞いて落ち込《こ》んでいるが、人魚の家にあった財宝を換金《かんきん》することでなんとかなるかもしれないと告げると一様に顔が明るくなった。

もしダメでも違法《いほう》に取引されたものなのだから強引《ごういん》に奪《うば》ってしまうという手もあるが、それは最終手段なのでできればやらずにすませたい。

「ロックさん……お金で落札した場合、他の捕《つか》まっている亜人《あじん》や魔物《まもの》たちはどうなるのでしょうか？」

マデリーンは倉庫にいた他の亜人たちのことも心配しているらしい。

できれば他の者も助けてやりたい。俺たちに危険を教えてくれたドラクルも……。

だけど、金額的に余裕《よゆう》がなければ難しいだろう。

もちろん、できる限りのことはするつもりだが。

「他の亜人も魔物も、もちろんできる範囲《はんい》では助けるよ。ただ、商人の人気がこれだけある街で彼《かれ》の悪事を暴《あば》くにしても明後日《あさって》までにどれくらい調べられるかだな。マデリーンたちも色々と手伝ってくれるか？」

「もちろんです。動ける人魚は全員手伝わさせてもらいます」

目の前に困難が現れたとしても、問題を細分化してできることからやっていくしかない。

まずは商人の情報を収集するところから始めよう。

ただな……俺は人魚たちの顔を見渡《みわた》す。

人魚たちはどの子も美人で街で見かけたら男たちが振《ふ》り返るレベルだ。こんな美女ばかりが一斉《いっせい》に商人の情報を集め出したら間違《まちが》いなく商人に情報がいってしまう。それどころか、街で騒《さわ》ぎになって収拾がつかなくなる可能性だってある。

どうしたものか……。

「ロックさん、どうされました？」

「いや、人魚たちが全員美女ばかりだからどうしたものかと思ってさ。このまま調査にいったら間違いなく商人に調べているのを気付かれると思って」

「確かにそうですよね。それでは私とメイ以外は沈没船《ちんぼつせん》などから売れそうな貴金属を回収してもらうというのはいかがでしょうか？」

「他の人魚たちに異論はないのか？」

人魚たちの顔を見渡すが、マデリーンの提案に何も言えないのか俺たちに軽く別れを言うとそのまま海の中に消えていった。

結局残ったのはメイとマデリーンとラッキーだけだった。

「ロックさん、これで大丈夫《だいじょうぶ》ですよ。私たちだけで情報収集しに行きましょ」

「そうだな。じゃあここは二手に分かれよう。シャノン出られるか？」

俺の声に反応してシャノンが箱庭から出てきてくれる。

「もちろんです」

「シャノン、マデリーンと一緒《いっしょ》に街のお店で商人の情報を集めてくれ。俺とラッキー、メイは冒険《ぼうけん》者《しゃ》ギルドと酒場とかでちょっと調査してみる」

「わかりました。その……メイさんと一緒で大丈夫ですか？」

シャノンはメイのことを少し心配そうに見ている。

まぁさっきまでの暴走キャラを見ていると心配になってしまうのだろう。

「大丈夫だ。メイはラッキーの言うことなら聞いてくれるから」

「そうよ。私をいつまでも子供扱《あつか》いしないでくれる？　人魚は数時間会わないだけでもすぐに大人の女性へと変わるのよ」

メイはラッキーの首を撫《な》でながらできる女になったと言わんばかりだが、まだまだヒヤヒヤさせられそうで怖《こわ》い部分がある。

すっかりラッキーに懐《なつ》いたおかげか、ラッキーも特に嫌《いや》がりもせずメイに撫でさせている。

「シャノンとマデリーンは2人とも美人だから、変な男に絡《から》まれるかもしれないが気をつけてくれ。危なければすぐに逃《に》げてもらって構わない。まぁシャノンがいればどんな相手だろうとほとんど問題はないと思うが」

マデリーンがシャノンの顔と俺の顔を交互《こうご》に見比べる。

「シャノンさん、ロックさんって自然とこういうこと言えるの？」

「ええ、無自覚でこういうこと言ってきますから勘違《かんちが》いしないように気をつけてください。多分なにも思っていませんから」

2人がそろって俺に不満のようなことを言ってくるが、美人に美人だと言って何か悪いのだろうか。言わない方が失礼にあたると思うのだが。

なぜかラッキーは俺の頭に肉球を押《お》し付け、頭を縦に振ってくる。

ラッキーのわかっているよ、みたいなポーズも心外なんだが。

「とにかく時間がないからできる限りやってみてくれ」

「えっと待ち合わせは……ある程度情報を聞いたらラッキーさんを捜《さが》してそちらの方に合流しますね。大きいから聞けばすぐに見つかると思うので」

「あぁそれで頼《たの》む。それじゃあ行くぞ」

街の商店街までは全員で行き、そこからは別行動をすることになった。

シャノンとマデリーンの組み合わせはやはり目立つのか、男たちがみんなじろじろと2人を見ている。シャノンもマデリーンも特別気にもしていないが、かなり目立っている。

メイだけはそれに不満を抱《いだ》いて少し自分の胸を両手で上下させていたが、見なかったことにしてやった。

『ロック、まずは冒険者ギルドか？』

「そうだな。あとは酒場で何か聞けるか探《さぐ》ってくるよ」

俺たちがゆっくりと道を歩いていると、反対側からキャリッジと呼ばれる人を運ぶ大きな商会の馬車がやってきた。かなり大きな商会なのか、道行く人みんなが道を譲《ゆず》っている。

俺たちももめ事を起こすつもりはないのでラッキーと共に道をあけると、ラッキーの前で馬車が急に停《と》まった。俺たちはそのまま停まった馬車を避《さ》け、冒険者ギルドへ向かおうとする。

馬車からは金色の髪《かみ》がクルクルと巻かれ、太ったおっさんのような顔つきの男が降りて俺たちの方へやってくる。そしていきなり金貨を地面に投げ捨てた。

何がしたいのかわからずあっけにとられていると、

「そこの貧乏人《びんぼうにん》！　この犬をどこで捕まえたんだ？　私もぜひこのモフモフが欲《ほ》しい。だから私に譲れ」

いきなりめちゃくちゃなことを言い出した。

『ロックって変なのに絡まれるのが趣味《しゅみ》なのか？』

ラッキーが俺にそう言ってくるが、今回絡まれている原因は俺のせいではない。

それにしても……なんなんだこいつは？

「そこのモフモフ、私の飼い犬になれば毎日美味《おい》しいものを食べさせてやろう。俺が飼い主の方がいいだろ？　よし。それじゃあこの犬を連れて来い」

どうやら話を聞かないタイプなのだろうか？

その男に続き数人の男が馬車から降りてきてラッキーのまわりを取り囲む。

『ガルルル』

ラッキーは男たちに牙《きば》を見せ、唸《うな》り威嚇《いかく》する。

あっラッキーそんなことしたら……。

ラッキーは本気ではやっていないが、その威圧感で取り囲んだ部下たちの大半はへなへなと地面に座《すわ》り込んでしまった。

『お前を飼い主になんて絶対に選ばないわ。私の飼い主は生涯《しょうがい》ロックだけだ』

ラッキーは男たちから戦意を奪うと誇《ほこ》らしげに俺の横にお座りし、尻尾《しっぽ》をブンブンと振っている。

ラッキー……なんて可愛《かわい》いんだ。生涯俺だけだなんて。

「なんていう忠誠心だ！　よし気に入った。そこの貧乏人、これでいいだろう。相場の10倍だ」

この男も少しビビッてはいるようだが、諦《あきら》めてはいないのか金貨をさらに倍近く地面に投げる。

ただの変な奴《やつ》なのかと思ったが、本気じゃないとはいえラッキーの威圧に耐《た》えられるということは、それなりに修羅場《しゅらば》を乗り越《こ》えてきたらしい。

「悪いけど、ラッキーは俺の友達だからお金を積まれても渡すつもりはない。それにラッキー自身が行きたくないって言っているんだから諦めてくれないか？」

「何を言っているんだ？　俺が欲しいと言ったらすべて手に入るんだよ。なっ？」

男の横で待機をしていた執事《しつじ》のような恰好《かっこう》をした男が激しく同意する。こちらの男も従者の中で唯一《ゆいいつ》ラッキーの威圧に耐えていた。

「もちろんです。グリズ様に手に入らないものなんて何もありません。グリズ様が欲しがればそれは誰《だれ》であろうと手放し、誰であろうとグリズ様の前にひれ伏《ふ》すのです」

かなりやばい奴に絡まれた。

これが奴隷《どれい》たちがいた店のドブが言っていたグリズか。

道端《みちばた》で見つけたラッキーにこれだけ金を出すとか、どれだけ金持ちなのか。

こいつと人魚を競《せ》りで競《きそ》わなければいけないと考えるとかなりのお金を準備する必要がある。

「そうか……」

ここで揉《も》めるのは簡単だが……こういうタイプは根に持たれると何かとやっかいだ。

まずは妥協案《だきようあん》を提案して、それですむならそっちの方がいい。

「うちのラッキーを手放すことはできないが、ラッキーを捕まえた場所なら教えてやれるけどどうする？　俺は絶対に売るつもりもないし、ラッキーも行くつもりはないから、自分で探して捕まえた方がいいと思うぞ。それなりに腕《うで》は立つようだしな」

グリズは俺の方を見て意外そうな顔をする。

「なんだ、お前は俺のことを商人の2代目の馬鹿息子《ばかむすこ》だと侮《あなど》らないのか？　バカにしてもらった方が交渉《こうしよう》が楽なんだが」

「いや、あんたが誰なのかは知らないが、少なくともラッキーの威圧に耐えられるってことはそれだけ腕が立つってことだろ」

「そうか、俺のことを知らないか。俺の名前はグリズだ。このあたりの商人をまとめているザウル商会のボンボンのグリズといえば有名だぞ。みんなからはダメな2代目としてバカにされ侮られているんだ」

自己紹介《しようかい》でバカにされ侮られていると言えるのは自分を客観的に見れている証拠《しようこ》だ。

これが本当の馬鹿ならいいが……相手のペースに巻き込まれないようにしないといけない。

「あんたがダメなのかどうかは知らないが、少なくともそれなりの修羅場を経験しているのはわかるよ。俺の名前はロックだ。先ほどのように話がまったく通じないバカが演技だと助かるんだが、本当の馬鹿じゃないんだろ？」

俺が手を差しだすとグリズは俺の手を握《にぎ》り返し上下に激しく振る。

ニカッと笑った顔の目の奥《おく》ではまったく笑っていない。

どうやら話の通じないただの馬鹿ではないらしい。

「お前面白《おもしろ》いぞ。それでどこでそのモフモフを捕まえたんだ」

俺はグリズから手を離《はな》し、グリズが下に投げ捨てた金貨をすべて拾い上げる。

人魚を買うことを考えたら、少しでもお金は手に入れておいた方がいい。

俺はわざと金貨の数を確認《かくにん》もせずにそのままポケットに入れる。

「ラッキーの価値をわかる男だと思うから言うが、これっぽちでは到底《とうてい》教えることはできないな。グリズならどれだけの価値があるのかわからないわけではないだろ？」

「なんだ強欲《ごうよく》な奴だな。でもまたそれもいい。情報の価値をわからない奴が多すぎるからな。マーキス払《はら》ってやれ」

マーキスと呼ばれたのは先ほどグリズを褒《ほ》めたたえていた従者で、馬車の中から大量の金貨が入った大きな皮袋《かわぶくろ》を取り出してくる。あれだけでドブが言っていた300万はありそうだ。

簡単にあんな金額を出してくるとなると、グリズと競って人魚を買うのも相当大変かもしれない。元手は多い方がいいか。

マーキスはその袋からさらに数枚の金貨を出し俺に渡してくるので、ダメ元で俺はそのまま皮袋の方へ手を伸《の》ばす。

「お前ふざけているのか？」

マーキスが俺の方を睨《にら》みつけながら威圧してくる。

だが、俺はそんなのお構いなしといった感じでそのまま皮袋に手を伸ばそうとする。

「おいっ！　お前の従者の躾《しつけ》がなってないぞ。主人が欲しがっている情報を買うって言っているのに金をケチっているようだぞ。いいのか？　天下のグリズが情報を買うのにケチっているなんてこんな道路の真ん中で宣伝しちまって」

俺はわざと周りに聞こえるように大声で宣伝してやる。

この街ではそれなりに力があるようだからな。少しくらい煽《あお》っても大丈夫だろう。

「マーキス、そんなはした金渡してやれ。こいつは面白いからのちのち使える。報酬《ほうしゅう》の先払いだ」

「はっ、はいっ」

マーキスはしぶしぶ俺に金を渡してくる。

「おい、そこの強欲貧乏人、お前は非常に面白いな。それでどこで捕まえたんだ？」

「王都にある滅火《めっか》のダンジョンっていうのを知っているか？」

俺は皮袋を受け取ってグリズへダンジョンの情報を伝える。

「滅火のダンジョン？」

グリズには聞き覚えがないようだが、マーキスが説明する。

「王都クロントの近くにあるダンジョンで未《いま》だに未走破のダンジョンだったと記憶《きおく》しています。たしか……ちょっと前にS級パーティーが挑《いど》み失敗して解散したという話です。その時に勇者が同行しているのですが、その後勇者が逃げ出し現在懸賞金《けんしょうきん》がかけられています」

「まさか、そんな勇者が逃げ出す滅火のダンジョンだとかいうわけではないだろうな?」

「あぁそのまさかだ。俺はそのS級パーティーの元荷物持ちでラッキーとはそこの10階層で会った。まぁあんたが信じるか……」

「当然信じるぞ。よしマーキス、滅火のダンジョンへ潜《もぐ》るぞ。メンバーを集めろ」

グリズは直情的な男のようだ。

それを聞いたマーキスはうんざりしたような表情をして俺の方を睨みつけてきた。

あそこに潜るのはかなり大変だと思うが……まぁ頑張《がんば》ってもらおう。

「グリズ、そんな簡単に俺の言うことを信じるのか?」

「あぁ、お前が嘘《うそ》を言う理由がないからな。だてに俺は商人の道楽息子をやっているわけではない。それに嘘でも滅火のダンジョンへ潜る言い訳ができたじゃないか」

グリズは滅火のダンジョンへ潜りたいらしい。

好奇心《こうきしん》が旺盛《おうせい》なのか、それともただの馬鹿なのか。

「俺とラッキーは10階層で出会ったが、また同じようにいるとは限らないぞ」

「あぁ、それは問題ない。男はロマンのために生きるのだ。それに面白いじゃないか、誰もまだ走破していないダンジョンを金に物を言わせた俺が攻略《こうりゃく》するというのも」

まぁ風情《ふぜい》も何もあったもんじゃないと思ったが、口には出さないでおく。

金に任せて走破というのもできないことは……いや難しいだろうな。

高位のダンジョンを攻略しようとしたら、頭数を集めればいいというわけではない。それなりに腕の立つ人間を集めなければ結局あっという間に逃げ帰ってくるはめになってしまう。怪我人《けがにん》が増えれば増えるほど進む速度は遅《おそ》くなり、弱気な人間が増えれば士気が下がる。人はどうしても感情に流されやすいものなのだ。

士気が高いうちはいいだろうが、一度弱気になった人を立ち直らせるのはかなり難しくなる。逃げ腰《ごし》になった人間が増えるほど集団での強みはなくなり、やがて撤退《てったい》をよぎなくされる。

「グリズ様、ダンジョンもいいですが、明後日に例の魔物が出品されるという話ですが、そちらはどうされますか？　滅火のダンジョンへ行かれますとあちらが買えなくなってしまいます。ダンジョンはいつでも行くことができますが、あちらは二度と手に入らない可能性もあります」

「あぁそっちか。欲しいのは欲しいが……どうするか。滅火のダンジョンへも行ってみたいんだよな。だってあのモフモフ絶対触《さわ》り心地《ごこち》いいだろ」

グリズたちが言っている例の魔物というのは人魚のことだろう。

もし、明後日グリズたちがこないなら人魚を手に入れるのがかなり楽になる。

ここで購入《こうにゅう》しないように説得できれば……。

俺はあえて知らないフリをして聞いてみる。

「例の魔物っていうのはなんだ？」

「うるさい！　お前には関係ないから黙《だま》っていろ」

初対面だがマーキスに嫌《きら》われてしまったのか、かなり強めの言葉を俺に言ってきた。

反応からすると、どうやら滅火のダンジョンの危険性も十分わかっているようで行きたくないというのが本音のようだ。

だが、そんなマーキスのことを無視するかのようにグリズはあっさり教えてくれた。

「あぁ……例の魔物っていうのは人魚だよ。次の奴隷市で奴隷商人が出品するって話だ」

「グリズ様！　それは……こんなところで言ってはダメですよ」

マーキスが辺りをキョロキョロと見回し、誰かに聞かれていないか確認している。

幸いにも、俺たちには興味はないのか誰も足を止めている人はいなかった。

もしくはグリズに絡みたくないだけかもしれないが……。

俺はあえて大げさに笑いながら人魚に金を出すことを否定する。

「人魚？　ワッハハハ！　人魚なんて海に出れば大量にいる魔物を大金使ってまで買うなら、確かにラッキーを探しに行ったほうがいいな。ラッキーは世界でも見かけることの少ない魔物だからな」

「人魚は大量にいるのか？」

「あぁ、海を航海しているとかなりの頻度《ひんど》で見かけるぞ。なっメイ」

いきなり振られたメイは一瞬《いっしゅん》言葉に詰《つ》まるが、俺の意図をくんでくれたのか話を合わせてくれる。

「えっあっうん。そうね。海に人魚は沢山《たくさん》いるわね。人魚を実際に見たことあるけど、ラッキーちゃんの方が手触りも気持ちいいし、人魚なんて買ったら大変よ。ずっと水槽《すいそう》に閉じ込めておく必要もあるし。それにわがままでめんどくさくて、傲慢《ごうまん》よ。海水をそのまま放置したらドブよりもくさい臭《にお》いがたちこめて近隣《きんりん》住民から苦情が出るに違《ちが》いないわ。そんなことになったらあなたの信用にも傷がつくかもしれないしね」

メイはさらさらと人魚に対しての文句が出てきた。

もしかしたら本音も混ざっているのかもしれない。

なにか人魚仲間で嫌なことでもあったのだろうか？

「そうか。そんなめんどくさいのか。珍《めずら》しさから買おうと思ったが、それほど珍しくないなら高い金出してまで買う必要もないかな。それにそう言われれば、欲しいとは思ったが飼う環境《かんきょう》まで考えてなかったな。マーキス、そのあたりどう思う？」

「はっ！　グリズ様がいらないとお思いであれば買う必要はまったくないかと思います。ただ、グリズ様が言っていた水中での戦闘《せんとう》訓練ができなくなりますが、いかがなさいますか？」

マーキスとしては主人の意見に敵対はしたくないが、滅火のダンジョンへ行くのも避けたいというところなんだろう。

「あっそういえばそうだな。じゃあやっぱり滅火のダンジョンへ行く前に買うか」

「それがよろしいかと。それにダンジョンへ潜るとなればそれなりに準備も必要となりますので」

マーキスはグリズへ頭を下げているが口元が少し緩《ゆる》んでいた。

時間を稼《かせ》いで行かない方向へ持っていきたいのだろう。

人魚を使っての水中での戦闘訓練か……それなら俺の方でも役に立てそうだ。

この話を有利に進められれば人魚の落札も楽になるかもしれない。

「ちょっと待て、水中での戦闘訓練がやりたいのか？　それなら人魚よりもいいのを知ってるぞ」

水中での戦闘訓練をしたいだけなら半魚人でもサンでも派遣《はけん》することはできる。

「なんだと？　こんなモフモフを知っているくらいだから、人魚より面白い魔物か？」

「面白いかどうかわからないけど、1匹《ぴき》の人魚と戦うよりしっかりと訓練はできると思うぞ」

「それはいい提案だな。だけど、お前になんのメリットがあるんだ？　あいにく優《やさ》しいだけの奴ってのは信用できなくてな。何が狙《ねら》いだ？」

グリズの狙いが人魚よりも水中での訓練だというなら、俺が協力することで目的を達成させることができる。そうすれば人魚救出もだいぶ楽になる。

「まず、質問に質問を返して悪いんだが、なんで水中の戦闘訓練がしたいんだ？　水中での訓練ができれば人魚である必要はないのか？」

「あぁ、まぁ人魚が珍しいから欲しいっていうのはあるけどな。でも、絶対に人魚じゃなきゃダメかって言われればそういうわけじゃない。実はな……」

グリズが何かを言いかけたところでマーキスが止めに入る。

「グリズ様、その件はまだここでお話になられるのは」

先ほどグリズが口を滑《すべ》らせたことでマーキスも警戒《けいかい》をしているようだった。

グリズも辺りを見回し警戒しているようなそぶりをみせる。

あいかわらず住民たちは俺たちには興味がなさそうだが、どこで誰が聞いているかわからない。

マーキスの様子を見る限り先ほど口を滑らせたことよりまずい話のようだ。

「そうだな。ここでずっと立ち話もなんだからな。お前……ロック、このあと時間あるか？　せっかくだから家に招待してやろう」

「時間はあるが……」

俺はラッキーやメイの方を見る。

商人の家だから大きいとは思うが、ラッキーは箱庭に入っていてもらった方がいいだろうか。

俺の視線に気が付いたグリズが質問するより先に答える。

「大丈夫だ。俺の家の庭ならモフモフも入ることができる。そうと決まれば早速《さっそく》行くぞ。さすがにモフモフを馬車には乗せられないから俺たちの後ろからついて来てくれ」

「わかった」

◆　◆　◆

俺たちはラッキーに乗り、グリズの後ろからついて行く。

「ロック、あの人信用できるの？」

「信用はしてないよ。だけど、敵対しなければ明後日メイのお母さんをもっと簡単に落札することができるかもしれないからね」

「わかった。だけど、もし戦う時には私も戦うからね」

「彼らとは戦闘にはならないよ。ラッキーの威圧感であれだけやられたあとだからね」

マーキスは俺のことを嫌いなようだが、他の手下は少なくともラッキーと戦いたいとは思っていないはずだ。

グリズの馬車はそのまま街の中央へ向かっていき、その中で一番大きな家の前で一度停まった。

マーキスが馬車から降りてきて苦虫を噛《か》みつぶしたような顔で俺に話しかけてくる。

ここまで明らかな態度をしてこられると苦笑《くしょう》してしまう。

「そこの強欲貧乏人、モフモフはさすがに家の中には入れないから庭で待っていてもらうことになる。このまま玄関《げんかん》までモフモフに乗ってついて来てそこで降りろ」

「わかった」

俺たちは悪趣味な装飾《そうしょく》のほどこされた門をくぐり、庭の中を進む。

庭には色々な花や木、銅像、石像、とにかく趣味が悪いものが沢山並べられていて統一感がまったくなかった。

『人間の趣味はなかなか理解ができないな』

「ラッキー大丈夫だよ。この趣味は俺にも理解できない」

ラッキーに乗り進んでいくと、家の近くまで来たところでワンダーウルフ白狼《はくろう》と呼ばれる珍しい狼《おおかみ》が俺たちの前にやってきた。

「ラッキー攻撃《こうげき》するなよ」

『もちろん。わかっている。こんなところでもめ事はしない』

ワンダーウルフ白狼はかなり希少な魔物でそのきれいな毛皮から乱獲《らんかく》され個体数が減少し、今ではあまり森の中でも見かけることがなくなった魔物だったはずだ。

白狼は俺たちに興味があるのか一定の距離《きょり》をとりながら俺たちを先導するように歩いていく。

時折、こちらを振り返り俺たちを見てくる。

『何がしたいんだ？』

「さぁ？　ただ、ラッキーに敵対するつもりはないようだけどな」

それからしばらく歩き、やっと家の入り口についた。

街の中心にこれだけ大きな家を建てられるだけの財力がある人間にオークションで勝負を挑んで勝つのは難しかっただろう。

「ラッキーここで待っていてくれ」

『あいよ。気をつけてな。何かあれば家を壊《こわ》してでも助けに行くからな』

「あぁ大丈夫だ。メイ、行くぞ」

家の入り口までいくとフリフリのメイド服に身を包んだ可愛いメイドさんが出迎《でむか》えてくれた。

「いらっしゃいませ。どうぞこちらへ」

俺たちはグリズの家の中に入る。

家の中にも統一感のない装飾品が多数並べられていた。よくわからない民族の木の像もある。

入ってすぐに大きな広間があり、その奥の部屋へと案内された。グリズはそこにいるようだ。

「グリズ様、お客様をお連れいたしました」

「あぁ、中に通してくれ」

部屋の真ん中に大きな椅子《いす》と机があり、グリズはすでに座って待っていた。

「まぁ、適当に座ってくれ」

部屋の中にも外と同様に独特のセンスの物が沢山置かれていた。

その中でも特に目を引いたのが、壁一面《かべ》に悪魔のような恐《おそ》ろしい魔物の大きな絵が飾《かざ》られていた。

メイは珍しいのか、壁にかけられた悪魔のような魔物の絵を興味深そうに見ていた。

「それで……水中訓練の話だったな」

グリズの家の使用人が俺たちの前にお茶を置いていく。

匂《にお》いだけで高級なものだとわかるくらい、いい茶葉を使っていた。

俺は軽く頭を下げ、お茶を一口飲んで質問を始める。

「あぁ、なんで水中訓練をやりたいんだ？」

「俺が人魚を買いたいと言ったのはもうわかっていると思うが、今後この街を半魚人が襲《おそ》うという話があるんだ」

「半魚人が街を襲う？」

「あぁ、この街から沖合《おきあ》いに出たところに半魚人の集落があるらしいんだが、その半魚人がこの街を狙っているという情報がはいった。この情報は冒険者ギルドにもいってはいるはずだが、街の人が混乱しないようにあくまでも噂《うわさ》レベルとされているんだ」

俺とメイは顔を見合わせてしまう。

半魚人が街を襲う？　そんなことをするはずはない。

だが……奴隷商人が人魚を高く売るためにその情報を流したとすれば……ありえないことではない。

「俺はこの街で生まれ育ってそれなりに知り合いもいれば、好きな奴もいる。まぁ、情報を持って来た奴が奴隷商人だからな。それがどこまで本当なのかわかりはしないが、それでもまったく嘘だと決めつけることはできない。奴は過去にも災害を言い当てたことがあるからな」

「その半魚人の情報を持って来たのはどんな奴なんだ？」

「あぁそれはこの大陸全土を渡り歩いて奴隷商をやっているチャドという男だ」

チャド……たしかドラクルが捕まっていたのがそんな商人だったはずだ。

「この街に色々貢献《こうけん》しているという男か？」

「そうだ。俺のことは知らなくてもあいつのことは知っているんだな」

グリズは少し自嘲《じちょう》気味に笑い続ける。

「俺はすべてを手に入れたい。好きな女も、好きな魔物も、金も、地位も、名誉《めいよ》もだ。だけど、多くの奴が俺のことをただのボンボンの後継《あとつ》ぎとしてしか見ていない。それどころかバカにしている奴が沢山いる。でも正直それで構わない。ようは途中《とちゅう》経過じゃないんだ。未来に必要なことであれば馬鹿の演技もしてやる。大切なのは結果だからな。だけど、この街がなくなるというのはまた話が別だ。この街がなくなったらどんなものを手に入れたとしても無意味だ」

「なら、滅火のダンジョンへ行っている暇《ひま》はないいんじゃないのか？」

「あぁ、もちろんだ。だがチャドという男には疑わしい点が沢山ある。今まで人の街を襲ってこなかった半魚人がいきなり街を襲うなんて考えられるか？　何か裏があるはずなんだ。そのためにも……俺もできるだけ戦力を集めておくしかない。できれば、街に入る前に半魚人たちを撃退したいんだ」

俺は半魚人たちはすでに解散していることを言うかどうか迷った。

ここで伝えておけばグリズは心配する必要はない。

だが、それを説明するのには人魚たちの話をしなければいけない。

俺が一瞬悩《なや》んでいるとメイが口を開く。

「私は今度出品される人魚が欲しい。そのためにここにいるロックに手助けをお願いしたの。だからロックは必ずなんとかしてくれると思っている。そのことにあなたが協力してくれればより簡単になるわ」

「小娘《こむすめ》、何をほざいているんだ？　今は仕事の話をしているんだ。お前が出る時間ではない」

今まで黙って横に控《ひか》えていたマーキスがメイに対して不快そうに声を荒《あら》らげる。

俺たちを家に入れるだけでも、相当嫌そうだったからな。

「いいえ、私にはあなたが望んでいるものを与《あた》えることができるわ。もし協力してくれるなら必要になるかはわからないけど、水中での戦闘訓練やこの街に最大限の水の加護を与えてあげてもいい」

「何を馬鹿なことを……」

マーキスは相手にするのもバカバカしいと手を振り、話を終わらせようとする。

「私はたしかに小娘よ。でもそれなりに力だってあるのよ。ただのロックのお荷物じゃないわ」

メイは立ちあがるといきなり魔法を唱えだした。

「やめろメイ！」

「何をする！　グリズ様おさがりください。こんな怪《あや》しい奴らやっぱり屋敷《やしき》に入れるべきでは……」

「いや、面白いじゃないか」

メイは部屋の中に巨大《きょだい》な水のボールを作り上げると、それを小さな無数の球体にして部屋の装飾品などの隙間《すきま》へと傷一つつけずに操作をする。そして、また大きな球体にすると一瞬で消してしまった。

「わかる？　私は水に愛されているの。もちろん水中戦だって得意よ。半魚人にだろうと負けるつもりはない。だからその人魚を落札して私にくれない？　そうすれば恩を返すわよ」

「何をふざけている！　この部屋の中で魔法なんて使いやがって！　グリズ様、今すぐこいつらを兵士につきだしてしまいましょう！」

グリズが身体《からだ》を小刻みに震《ふる》わせ、無邪気《むじゃき》な子供が新しいおもちゃを手に入れた時のように目を輝《かがや》かせる。

「クッッッッッ！　面白いぞ！　やっぱりお前らは最高だった！　俺の直感は当たっていた。いいだろう。人魚なんてくれてやる。だけど、半魚人に勝てるのかどうかは試させてもらうぞ」

「いいわよ。ただ、私１人じゃなくて友達の力も借りるけどいいわよね？」

「好きにしろ。じゃあそうだな……。まずは水の上で俺の私兵相手に力を見せてみろ。それ次第《しだい》では人魚の購入資金も出してやる」

「ありがとう。それはありがたいわ」

「あぁ。マーキス、白狼とその他水中で戦える奴らを急いで選出しろ。そしてこの生意気な小娘に世間の厳しさを見せてやれ」

「わかりました。この非常識な奴らにグリズ様の力を見せてやりましょう。ただのメタボのダメな二代目じゃないってことを教えてやりますよ」

「マーキス……そんな風に思っていたのか。給料減額だな」

グリズが先ほどとは打って変わって死んだ魚のような目でマーキスを睨みつける。

「いえ、そんなつもりは……つい……普段《ふだん》思っていることが出てしまいまして」

「そのことについては後で詳《くわ》しく話そうか」

気まずい空気が流れるが、メイが話を続ける。

「あっでも、水中訓練の得意な友達も呼んでおくから人魚を落札してからよ。そしたらいくらでも戦ってあげるわ」

「なんだ怖気《おじけ》づいたのか?」

「私たちがあなたレベルで怖気づく必要があるわけないじゃない。私の力はさっき見せた通りよ。友達は私よりもさらに強いから安心して。しかも、水中での戦いにも慣れているわ。あなたたちもしっかり訓練したいんでしょ? 人魚を落札したあと海上で勝負よ。もし、私たちの実力が足りないっていう時にはロックさんがお金は支払うわ。それよりも、あの奴隷商人の売っている奴隷は違法に捕まえてきているのは知っているの？」

「なんだそれ。まぁうさんくさい奴ではあるがな。違法奴隷ってことか？」

「当たり前でしょ！　人魚なんて違法奴隷以外であるわけないじゃない。どうやったら人魚が人の奴隷になんてなるのよ」

「あっ？　人魚は分類が魔物だからな。違法奴隷にはならないぞ」

「はぁ？　それどういうことよ！」

メイがいきなり飛びかかろうとしたので一旦制止する。ここでの問題はそれではない。

「メイっ！　今大切なのはそこじゃないだろ」

「うっ……」

「人魚は亜人ではなく魔物って扱いなんだな。でも、竜神族《りゅうじん》とかはどうなるんだ？」

「竜神族は亜人扱いになっているからな。もし勝手に捕まえたなら完全に違法奴隷だが……それを証明するのは難しいだろうな」

チャドの違法性を証明するのはなかなか難しいようだ。

「グリズ様、それはそれで、滅火のダンジョンはいかがなさいますか？」

「今はいい。こっちの方が面白そうだろう。まずは明後日、この女が失敗するのを見届ける。その間に滅火のダンジョンに潜る準備と情報を仕入れておけ」

「わかりました。それでは早速私の方は手配をしに行ってまいります」

マーキスはそう言うと、いそいそと部屋から出ていった。

「それで、もし水中戦で俺を満足させられなかったらどうするんだ？」

「そしたら、ラッキーちゃんを触らせてあげるわ！」

「おぉそれはいいな。あのモフモフ触りたかったんだ」

メイは勝手にラッキーを触らせる権利を言い出した。

それに意外と乗り気なグリズも怖い。

「メイ、そんなことを言ってるとラッキーに怒《おこ》られるぞ」

「大丈夫よ。だって私とサンがこの人たちの部下に水中戦で負けるわけないもの」

「まぁ、メイはあとでラッキーを勝手に賭《か》けの対象としたということで怒ってもらえばいいとして、それで半魚人がこの街を襲うというのはどれだけ信憑性《しんぴょうせい》があるんだ？」

「個人的にはかなりの高いレベルだと思っている。俺は腐《くさ》っても商会の後継ぎだから色々な情報がまわってくるんだが、前にもチャドが予言した街でワンダーウルフに襲われるっていう事件が実際に起こっているんだ。しかもその原因がまったくわかっていない。ワンダーウルフは非常に頭がいい魔物だから人間をむやみに襲うなんてことは考えられないんだけどな」

「さっき庭にいたワンダーウルフは？」

「あれはその街の近くにいた生き残りだ。あのままだと殺されていただろうから俺が保護した。見てわかる通り、人を見て襲うなんてことは本来ないはずなんだ」

ドブはグリズのことを性格が最悪だと言っていたが、最初に聞いていたのとだいぶ感じが違う。

「グリズは今までも奴隷商人から亜人や魔物を買ったことがあるんだろ？　今までのはどうしたん

だ？」

「俺のこと知らないと言ったわりに良く知っているな。今までのはうちの兵士の訓練の相手をさせたり、個人的に作っている保護区に放したりしているぞ。もちろん訓練の相手をさせるっていっても怪我させないように気をつけているけどな」

「そんなのを作っているのか？」

「魔物を保護することは大事だからな。だからロックの灰色狼《グレイウルフ》も売ってくれ。あんなでかい灰色狼なんて見たことないからな」

「それ、ラッキーの前で言うなよ。ラッキーはフェンリルだからな」

どうやらグリズは勘違いしていたらしい。

だから会った時に相場の10倍なんて言っていたのか。

フェンリルに価値なんてそうそうつけられるわけはない。

「フェンリル……そんなわけないだろ。それこそ伝説級の魔獣《まじゅう》じゃないか。それが人に懐いているなんて……絶対に……俺も欲しい。なぁロック、譲ってくれ」

「絶対に譲らない。だからそれを捕まえに行くんだろ？」

「そうだった。フェンリルならロックがあれだけの金額を請求《せいきゅう》したのもわかる気がする。それに普通に考えて灰色狼は話すはずがないか」

いつのまにかグリズは俺の名前を呼ぶようになり、妙《みょう》に納得《なっとく》していた。

「話を戻《もど》すが、違法奴隷を扱っているということでチャドを捕まえることはできないんだな？」

「それは無理だな。あいつはなんだかんだ上手《うま》く民衆の心理を掴《つか》んでいる」

「もし半魚人が街を襲った場合、どれくらいの被害《ひがい》が出る予想だったんだ？」

「それはなんとも言えないが、魔物が襲って来ただけで街のイメージの低下は間違いなく起こるだろうな。それで撃退できればいいが、できなければこの街に悪評がたってしばらくは立て直すのに時間がかかる。もちろん、その半魚人がどれくらいの規模で襲撃《しゅうげき》してくるのかにもよるが」

「チャドはどうやってその情報を得たと言っているんだ？」

「チャドには個人で雇《やと》っている魔道具使いの女がいるんだ。その女が魔物の行動を予想する魔道具を作ったらしい。魔物波動数値が極端《きょくたん》に海で上がっているから、こっちにくるかはわからないが半魚人が暴走するっていう話だ。聞いても専門用語を並べたてられて詳しくはよくわからなかった」

なるほど、すべては自作自演でやるってことらしい。

そうなると……ドモルテのいる半魚人の村に指令がいくのか？

ドモルテの持っている玉にそんな機能があるのか？

一度ドモルテとも会って確認してみる必要がありそうだ。

「わかった。そしたら明後日の人魚の競《せ》りの時に人魚を落札してくれ。それができたら半魚人と戦うのも手伝ってやるし、海の中での戦闘訓練をつけて欲しいなら知り合いがいるから海の中での戦いも手伝ってやる」

「滅火のダンジョンにはついて来てくれないのか？」

「あそこには……いい思い出がないからな。特別な理由でもなければ潜るつもりはない。でも、少なくとも戦闘でラッキーの威圧に耐えられないようならやめておいた方がいいと思うぞ」

「そこまでか。街中では手加減をしたんだろ？」

「あぁ、俺たちが初めてくらった威圧はあんなものではなかった。本当に死んだと錯覚《さっかく》したくらいだったからな」

「そうか……かなり楽しくなりそうだな」

グリズはかなり前向きに受け取っていた。

それから俺たちはしばらく雑談をしたあと、グリズ邸《てい》を後にした。

ラッキーはワンダーウルフと仲良くなったと言っていた。

さすがに俺たちには何を会話していたのかはわからないが、少なくとも白狼はこの家でヒドイ扱いを受けてはいないということだ。

グリズ邸を後にしてから、俺たちはシャノンたちと合流した。

シャノンたちは特に新しい情報は得られなかったらしい。

あそこの屋台のお肉はめちゃくちゃ美味《おい》しかったですとか、あっちは少し味付けが濃《こ》ければとかグルメ評論家のようになっていた。

口の周りに魔物のタレがついていたので拭《ふ》いてやったら、子供じゃないですぅと軽く怒られてしまったが。

ただ、どの人たちもチャドはいい奴隷商人だと言っていたらしい。この街での彼の印象操作は完《かん》璧《ぺき》なようだ。

グリズの言う通り、今の情報だけで捕まえるのは難しいようだ。

俺たちは聖獣《せいじゅう》の箱庭に戻ることにした。

マデリーンとメイは一度海に戻るということなので、サンに今後街の人間と戦闘訓練をやることを伝えてもらうことにした。

グリズもリバイアサン相手なら満足のいく訓練ができるだろう。

とりあえず、グリズと奴隷市で競うことはなくなりそうなので一安心だ。

でも、人魚を取り返せたとしてもチャドの悪事を暴くか何か対策を考えないと結局意味がない。

ここで逃がしたらこの街以外でまた同じような事件が繰《く》り返されることになってしまう。

俺たちが箱庭に戻ると、パトラやガーゴイルくんたちが料理を作って待っていてくれた。

「パパーおかえり」

「ロックさん、おかえりなさい」

「ただいま。ドモルテは戻って来てるか？」

「まだ戻って来ていないですね」

もし明日になっても戻ってこないようであれば一度様子を見に行ってこよう。

半魚人たちの様子も気になるし。

「パパー人魚さんたち助けてあげられそう？」

「そうだな。多分大丈夫だと思うぞ。ただおおもとの奴隷商をなんとかしなくちゃいけないからね」

「そうなんだ。でもパパーならなんとかするよね？」

「できる範囲で頑張るよ」

パトラからの厚い信頼《しんらい》に応《こた》えたいが……。

「別に証拠がなくても奴隷商が悪い事できないようにしてしまえばいいいんじゃないんですか？」

ガーゴイルくんが料理を運びながらそう言ってくる。

それはルールを守らないのならできないことはない。

だけど、それをしてしまったら奴隷商と同じになってしまうからな。

まだまだやることは多そうだ。

09　パトラの大活躍《だいかつやく》と隠《かく》された危険

翌日、俺《おれ》は一旦《いったん》ドモルテのいる半魚人の村へ来た。

ドモルテはずっと水中で研究をしていたようだが、一度海上へ上がってきてもらう。

「ドモルテ、解析《かいせき》の方はどうだ？」

「うーん。解析自体は意外と余裕《よゆう》だったんだけど……これに使われている魔法《まほう》が人外の魔法に近いみたいなんだ」

「人外の魔法？」

「あぁ、昔封印《ふういん》したはずの魔人がこんな魔力を使っていたんだ。だけど、あれはそう簡単に外にはでてこられないはずなんだけど……」

「それって……もしかして……ちょっとその魔力を見させてもらってもいいか？」

ドモルテは赤黒い玉の中に魔力を込《こ》める。

「ここの部分よ」

ドモルテが俺の手をとり玉の上に載《の》せると、身体《からだ》の中に玉の魔力が流れ込んでくる。

やっぱり……この魔力はシャノンにとりついていた魔力と同じ感じがする。

「ありがとう。もう大丈夫《だいじょうぶ》だ。これは始祖の魔人の魔力だな」

「今は始祖の魔人っていうのか。あれはたしかに封印したはずなんだが……」

俺はシャノンについていた呪《のろ》いについて説明する。

シャノンがかかっていたこと、そして他の場所でも同じような症状《しょうじょう》があらわれているということ。

「この魔法を初見で解くのか。やっぱりロックは規格外だな」

「そんなことはない。ラッキーがいたからだよ。それでこれからどうするつもりなんだ？」

「この玉の解析は終わっている。これは人が使っていいものじゃないから、これを作った奴《やつ》のところへ行って研究資料を処分する必要がある」

「それほどなのか？」

「あぁ、シャノンがかかった呪いもそうだが、これは魔人を生き返らせるための下準備だ。あれが生き返ったらこの世界は大変なことになる。これを作った奴はあの街にいるんだよね？」

「あぁ、街の中にこれを研究していた女がいるから、今夜にでも街の外に呼び出そう。さすがに街中で暴れるわけにはいかないだろうから」

始祖の魔人が復活でもしたら王都で起こった混乱以上のことが起こってしまう。できることならずっと封印されていて欲《ほ》しい。

「そうだね。ところで捕《つか》まった人魚たちの方はどうなったの？」

「人魚の方は明後日《あさって》に奴隷《どれい》市がある。そこで上手《うま》く買い戻《もど》せそうだ」

「ならそのあとの方がいいわね。ロックが呼び出すんでしょ？　問題になって下手に警戒《けいかい》されるよりはいいでしょ」

「それもそうか。じゃあ人魚を救い出してからだな。それと奴隷商のチャドが街を襲《おそ》わせる計画があるみたいなんだ。その玉には何か通信装置のようなものはついているのか？」

「通信装置ではないな、一方的に向こうからこっちへ連絡《れんらく》をしてくるだけだけど、街を襲わせるにはこれで十分だ」

「それにしても、その小さな玉にそれだけの術式を込めるとはかなりの天才なんだな」

「あぁ、まわりの洗脳に加えて受信もだからな。これも魔人の魔力を使っているからできることだな」

通常、大きな媒体《ばいたい》に魔術を刻むことは簡単だが、小さなものには難しいとされている。

この大きさのものに刻むのは凡人《ぼんじん》では無理だろう。

天才か……もしくはダンジョン産の道具などでなければありえないレベルだ。

「ところで魔人の魔力と普通《ふつう》の魔力は何が違《ちが》うんだ？」

「魔人の魔力は……そうだな……かなり簡単に言うと普通の魔力をより凝縮《ぎょうしゅく》したものって感じだね。魔人は魔力の扱《あつか》いに長《た》けていたんだ。普通の魔力よりも凝縮してあるからこのような小さな玉にも強い魔力を込められる。だけど、その魔力を術式に流して使うにはかなりのセンスがいるはずなんだ。その女にはかなりセンスがあるみたいだな。もしかしたら私を継《つ》ぐすごい賢者《けんじゃ》になれるかもな」

「そういえば、リディアの弟子《でし》だったたって言っていたぞ」

「なるほど、だから私の魔力に似ていて……魔人の魔力も……そういうことか。やっぱり私が止めるしかないようだな」

「どういうことだ？」

「リディアが私の研究を盗《ぬす》んだ話はしただろ？　その時に盗んだ資料の中に魔人の魔力についての

研究もあったんだ」

そういえばあの女性もリディアから研究結果を盗んだという話をしていた。

まさかの元凶《げんきょう》がここにいた。

「私が盗まれたせいで、まさかこんなことになるなんてね。本当になんの因果か」

「過ぎたことは仕方がないよ。これからのことを話そう」

俺はドモルテにあるお願いをしておく。

向こうからどのような指令があるかわからないが、うまくいけば奴隷商の奴をはめることができるはずだ。

「一通り解析は終わったから後は箱庭の中でやるよ。特に爆発《ばくはつ》とかの危険もなさそうだしね」

「わかった。それと、これを倉庫で見つけたんだけど何かわかるか？」

俺は倉庫の中で見つけた絨毯《じゅうたん》に描《えが》かれた魔法陣《じん》を渡《わた》す。

「これは……。合成の魔法か……？　いや、まさか……そんなことが……」

「どうしたんだ？」

「あっ……あぁ、昔私が作った魔物と魔物を合成する魔法陣の写しのようなんだ。これは危険だから廃棄《はいき》するようにってリディアに言っておいたはずなのに……」

どうやらそれをリディアは捨てずに持っていたようだ。

それも結局弟子に持ち逃《に》げされたみたいだけど。

「今回の事件の発端《ほったん》って全部ドモルテの……」

「言うなロック……私もうすうす気が付いていた。私の甘《あま》さがこんな未来にまで影響《えいきょう》を与《あた》えることになるとは思わなかった。任せておけ、全部私が片付けてやるわよ」

「大丈夫だ。一人で抱《かか》える必要はないよ。俺も手伝うし、みんなも手伝ってくれる」

「あぁ……世界を良くしたいと思って研究していたはずなのに皮肉なものだな」

「そんなことはないさ。道具も知識も使い方次第だからな」

ドモルテは少し寂《さび》しそうな顔をしながら手に持っていた玉を転がす。

彼女《かのじょ》なりに生前は一生懸命《けんめい》やっていたことが、まさかこんな結果につながるとは夢にも思っていなかったのだろう。

ドモルテはそのまま箱庭の中に入り、俺は昨日できなかった街中での情報収集をすることにした。

◆◆◆

俺はラッキーと2人で街へ戻ってきた。

人魚たちには引き続き、近くの沈没船《ちんぼつせん》から財宝の回収などをお願いしてある。もし今回使わなくても、集めておけば今後彼女らの生活に役に立つからだ。

俺たちが情報収集のためギルドへ向かおうと広場の横を通りかかると、何かのイベントをやっているようで人だかりができていた。

『ロック、あれは何をしているんだ?』

「あれは……なんだろう？　炊《た》き出しかな？」

広場には大きな鍋《なべ》がいくつも並べられ、その前にはたくさんの人だかりができていた。

服が汚《よご》れている人が多く、路上で寝泊《ねと》まりしているような人も並んでいる。

「商人のチャド様が炊き出しをしてくださいますよ。タダで食事を振《ふ》る舞《ま》いますからどうぞ、みなさん来てください。食事は十分にありますから、慌《あわ》てないで大丈夫ですよ」

にこやかな顔をした大男が、金や銀で刺繍《ししゅう》が施《ほどこ》され大きく『チャド』と書かれた趣味《しゅみ》の悪そうな旗を振りながら呼びかけている。

「奴隷商にしておくのがもったいないほどいい人だよな」

「あぁやって行く街で色々と施しをしているみたいだぞ」

「本当にすごい人だ。あぁいう人が町長になればいいんだよ」

通り過ぎる街の人も口々にチャドのことを褒《ほ》めていた。本当に街での人望はあるみたいだ。

チャドは炊き出しだけではなく、無料で回復などもしているようだった。

「簡単な傷であれば無料で回復をしています。小さな怪我《けが》は放置しておくと万病の元ですからね。ぜひ無料ですので回復しにきてください」

白衣を着たおっさんたちが「無料回復所にもお立ち寄りください」と声をかけている。

「次の方どうぞ」

「ほら、行ってこいナユタ」

「うん。お兄ちゃん待っててね」

目の前で小さな兄妹の妹が回復所のテントへと入っていった。

妹の腕《うで》には包帯が巻かれており、血がにじんでいた。

血の広がり方的に、それほど大きな傷ではなさそうだ。

放っておいても治りそうだが、無料で治してもらえるならそれが一番だろう。

『あの商人、本当にいいことをしているみたいだな』

「あぁ、俺も驚《おどろ》いてる。グリズは前評判が悪かったが実は意外といい奴だったように、人の噂《うわさ》だけで信じるのは良くないからな。ただ……」

『人間というのは表の顔があれば裏の顔もあるからな』

勇者キッドの表の顔が良かったように誰《だれ》しも裏の顔というのはある。

特に気をつけなければいけないのが、騙《だま》すつもりでやってくる奴だ。

「ここで見ていても仕方がない。ギルドの方に情報収集をしに行ってこよう」

『あいよ』


ギルドに行くと、ギルドの掲示板《けいじばん》の一番目立つところに貼《は》り紙がしてあった。

『近く半魚人が街を襲う可能性あり。冒険者《ぼうけんしゃ》は緊急《きんきゅう》クエストに備えて準備を怠《おこた》らないように。報《ほう》酬《しゅう》：ギルド特別単価』

報酬がギルド特別単価になっていた。

特別単価とはその災害の規模に応じて料金が支払《しはら》われるもので、必要であれば国からの補助などもある。

冒険者の仕事は多岐《たき》にわたっているが、その中でもこの特別単価のクエストは報酬《ほうしゅう》がいい。その理由として、緊急時や今回のような怪《あや》しい情報でも冒険者を集めておく必要があるからだ。

情報を軽く見ていたがために大災害につながるってことはよくある。ある町で新人冒険者がリザードマンみたいなのが森にいたとギルドに報告を出した。リザードマンは珍《めずら》しいが危険度は少ないからとギルドが確認《かくにん》せずに後回しにしていたら、実はドラゴンだったなんてことがあった。

ドラゴンとリザードマンの見分けがつかない奴なんているわけないと誰もが思っていたが、実際にそんなことが起こったのだ。

だからギルドは怪しい噂でも念のため、この特別単価で対応をするようになった。

冒険者は特別単価の依頼《いらい》が貼られると、その戦いに備えて準備や心構えをしておく。

誤報の数もかなり多いが、もし事実だったときの報酬は普通に働く場合の1週間分くらいの額になるのだ。もちろんランクによって差は出るが、かなり美味《おい》しい依頼になることが多い。

災害が発生しなければそのままギルドは料金を支払わなくてすむが、冒険者が集まれば今までたまっていた依頼なども処理される可能性が上がるのでギルドとしてもありがたい。

今回みたいに魔物の暴走を事前に予想するなんてことはほとんどないが、たまに戦争や国同士の小競《こぜ》り合いなどが起こりそうな時にも発動されていた。

半魚人たちが来るのを半信半疑でもクエストとして貼り出しているということは、ギルドでもチャドの発言力は無視できないということだろう。

ついでに俺はギルドの受付のお姉さんに緊急クエストについて聞いてみる。

「あのーすみません。緊急クエストについて聞きたいんですけど」

「はい、はい、ちょっとお待ちくださいね」

彼女は机の横に置かれた沢山《たくさん》の紙の中から1枚とりだす。

「お待たせしました。緊急クエストについて何を知りたいんですか？」

「半魚人が街を襲う可能性があるって書いてあったんですけど、どれくらいの可能性なんですか？」

「可能性というとなんとも言いにくいんですが、情報源が奴隷商のチャドさんでして、チャドさんのお抱えの魔道具士が魔物の暴走を感知する魔道具を作ったというお話なんですよね。それで、近日中にも半魚人がこの街を襲ってくる可能性があるみたいなんです。他の街でもチャドさんが予言した数日後にワンダーウルフ白狼《はくろう》という魔物が集団で街を襲ったことがあるんです」

「それは聞いたことがあります。でも、行く先々で魔物の暴走が起こるってすごい偶然《ぐうぜん》ですね」

ワンダーウルフの暴走についてはグリズも言っていた。

確かグリズが保護をしたのは、その暴走の時だったはずだ。

自作自演で街を襲わせていったいチャドにどんなメリットがあるというのだろう。

俺が悩《なや》んでいると、彼女はさらに続ける。

「まぁ魔物の異常行動自体は結構ありますからね。先日も王都でアンデッド騒《さわ》ぎがありましたし」

「あははっ……確かにそうですね」

「でも、もし本当に今回半魚人の暴走があったら、この街の防衛のためにもチャドさんの魔道具を街が購入《こうにゅう》するみたいですよ。事前にわかるなら色々準備ができますからね。本当にチャドさんは人の役に立つことばかりをしていて尊敬できますよね」

俺は少し複雑な心境だった。

この街の人たちの多くはチャドを尊敬して、信頼《しんらい》している。俺はそのチャドの悪事を今から暴《あば》こうとしているのだ。

少なくとも、チャドはこの街に貢献《こうけん》をしている。弱者に施しを与え、無料で回復までしていた。

もし、俺たちがチャドの悪事を暴いたら、チャドによって助けられていた人たちには、今後手が差し伸《の》べられることは今よりも少なくなるだろう。

だからといって犯罪は許されないが。

ギルドはまだ半信半疑だが、すでに街の上層部では魔道具を購入するという話になりつつあるようだ。チャドは自分で魔物を暴走させることで、それを予知する魔道具を売りたいのだろう。

もし、本当に魔物の暴走を予想できるのであれば、その価値は見当もつかない。

欲しがるのはきっとこの街だけじゃなく世界中の街や国で欲しがるはずだ。

情報にはそれだけの価値がある。

チャドがそれをいくらで売りつけるのかはわからないが、街や国相手の商売ができる、またとないチャンスになる。奴隷商という職業はどうしても下に見られやすい職業だが、これをきっかけに成り上がりを目指しているに違いない。

なんとしても、今回襲撃《しゅうげき》を成功させたいはずだ。

ただ、俺たちが半魚人たちを倒《たお》したことでもうこの街が襲われることはない。

チャドが半魚人たちと連絡をとるためにはあの魔道具が必要なはずだ。

ということは……そこに俺たちがつけいる隙《すき》がありそうだ。

◆　◆　◆

俺たちが冒険者ギルドを出て街の中を歩いていると、1人の男の子が泣きながら歩いているのが目に入った。

「あれって……」

『さっきの男の子だな』

ラッキーがその男の子の前に行きお座《すわ》りをすると、男の子はビックリしたような顔でラッキーを見ている。

そりゃそうだ。知らない魔獣《まじゅう》に目の前でお座りされても困るだけだろう。

「ごめんよ。ラッキーは君が泣いていたから気になったみたいなんだ。どうかしたのかい？」

『泣いていても世界は変わらないからな』

「うん、あのね、あの……うわーん」

少年はそのまま大声で泣き始めてしまった。まわりからは俺とラッキーがいじめているように見られていてもおかしくない。

『なっ泣くな！　大丈夫だ。取って食いはしない』

「子供が泣いてる時ってどうすればいいんだ」

そこへ、箱庭からパトラが出てきてくれる。

「パパにも苦手なものあったんだねー」

「パトラ、助かる」

パトラは任せてと満面の笑《え》みを俺の方に一度向けると、そのまま振り返り、泣いている男の子の頭を優《やさ》しく撫《な》でてあげる。

「どうしたの？　大丈夫だよ。怖《こわ》くないよー」

「ひぇぐ、ふぇぐ……本当？」

「本当。ここにいるパパはめちゃくちゃ優しくて強いんだよ。だから、どうして泣いているのか話してー迷子《まいご》なのー？」

男の子は首を横に激しく振る。

「あっもしかしてお腹《なか》が空《す》いているのかなー？」

パトラはポケットからビスケットを出して男の子に渡してあげる。

「ありがと。でも、お腹は空いてるけど違うんだよ」

「どうしたの？」

「あのね、妹がどこかへ行っちゃったんだ」

確かこの子の妹はチャドがやっていた無料回復所で回復させてもらっていたはずだ。

「いつからいなくなったんだ？」

俺が話しかけると、男の子はまた目にいっぱいの涙《なみだ》を溜《た》めて一生懸命話そうとしてくれるが、今は大人と話すのは難しそうだった。

いきなり1人になって心細かったんだろう。

「パトラ悪い」

パトラはよしよしと頭を軽く撫でて落ち着かせてくれる。

「ゆっくりでいいよー。慌てないで、話せるようになったら教えてー」

男の子は頷《うなず》き、大きく一度息を吐《は》く。

「あのね、チャドさんの無料回復に妹を連れていったの。怪我しちゃったから。それで、僕《ぼく》は炊き出しで妹の分ももらいに行って回復所に戻ったら、妹がいなくて、聞いたら帰ったって言われたんだけど……どこにもいないの」

どうやらチャドの回復所を最後に妹がいなくなったらしい。妹の怪我は見たところ、それほどひどい怪我ではなかったはずだ。

「その妹さんは1人で家に帰ったりとかは？」

「ううん。僕と妹はどこでも2人で行動してるから、絶対に勝手に帰ったりはしないよ」

回復所に行ってからいきなりいなくなるなんて、どうもかなり怪しい。

「一度、さっきの広場まで行ってみよう」

『ボウズ、普通はロックしか乗せないんだけど、乗せてやってもいいぞ』

ラッキーが伏《ふ》せの姿勢になる。

「ラッキーちゃんが乗せてくれるみたいですよー。一緒《いっしょ》に乗りましょ」

「えっ……大丈夫？」

「ラッキーちゃんは優しいから遠慮《えんりょ》しなくて大丈夫よ」

男の子が恐《おそ》る恐るラッキーに乗ろうとしているので、先にパトラを乗せ、次に彼《かれ》を乗せてあげた。

最初は怖がっていたが、ラッキーに触《ふ》れると「おぉー」と歓喜《かんき》の声をあげていた。

そうだろ、ラッキーの手触《てざわ》りに勝てる人間はいないのだ。

「そういえば、まだ自己紹介《しょうかい》してなかったな。俺がロックで、こっちはラッキー、それにパトラだ」

「僕の名前は……リラン……ル……ゴホッ、です。お兄ちゃんありがとう」

また泣かれるかと思って少し警戒したが、ラッキーの上にも乗り少し落ち着いてきたのか、しっかりと返してくれた。俺たちは広場へ向かいながら少し話をすることにした。

「気にする必要はないよ。子供が泣いていたらできる限り手を差し伸べてあげたいと思っているからね」

「ありがとう。ロックさんは優しいんですね」

彼はラッキーに乗りながら手を出してくる。

困惑《こんわく》して泣いていた時よりもだいぶ落ち着いたようだ。

俺は出された手を優しく握《にぎ》り返す。

ん？　手は汚れているが割ときれいな手をしていた。

「いや……そんなことはないよ。ただのおせっかいなだけだよ。さっき妹と2人って言っていたけど両親は？」

「ちょっと前にワンダーウルフっていう魔物に街が襲われて……その時に街を守って……」

「結構離《はな》れてるんだろ？　よくあの街からここまでこれたな」

「うん、最近やっと着いたんだ。商人さんがたまたま乗せてくれて。王都には親戚《しんせき》がいるので、そこまでたどり着ければなんとかなると思うんだけど」

「そうか、大変だったな」

話をしているうちにあっという間に広場に着いた。

広場は先ほどまでの賑《にぎ》わいがなくなり、炊き出しも救護所もすでに撤収《てっしゅう》されていた。

俺たちは近くにいた兵士らしき人に聞いてみることにした。

「すみません。チャドさんの回復所とかってもう終わってしまったんですか？」

「あぁ、だいたい午前中で終わってしまうからね。今さっき引き上げていったところだよ」

「わかりました。ありがとうございます。ちなみになんですが、この辺りでこの子と同じくらいの背丈《せたけ》の女の子見ませんでした？」

俺はリランを指さしながら聞いてみる。

兵士は一度リランを見たあとに、目線を一瞬《いっしゅん》右上に上げる。

「君が言っている子かどうかはわからないけど、あそこの裏路地に入って行くのを見たな。止めようと思ったんだけど聞いてくれなくてね。人さらいとかもいるみたいだから、早めに見つけてあげるといいよ」

「人さらいですか⁉　それは危ないですね。急いで探してみますね！　ところで、女の子見つけたらこの辺りでご飯を食べたいんですけど近くに美味しくて安いお店ってありますか？」

兵士は視線を左上に上げながら、少し考える。

「うーんこの時間だと、ここからまっすぐ行って左手のオークの奥様亭《おくさまてい》か、そこからさらに進んで、スライム食堂がオススメかな」

「わかりました。色々ありがとうございます」

「いいよ。早く見つかるといいな」

兵士は僕たちににこやかに対応してくれているが、明らかに口角だけを上げたような笑みだった。

兵士も何か知っているが隠しているようだ。

これは、急がないとまずいかもしれない。

◆　◆　◆

兵士と別れてから俺たちは念のため裏路地を見に行く。

裏路地はさらに貧民街《ひんみんがい》へ続いているらしく、女の子が1人でこんな場所に入って行くとは思えない場所だった。

「ラッキー、こっちからこの子と同じような匂《にお》いはしてくるかい？」

『いや、まったくないな。少なくともここを通って行ったってことはない』

やっぱりか。人は嘘《うそ》をつく時に視線が右上に向くと言われている。思い出すときは左上だそうだ。だから、わざと食事処《どころ》を聞いてみたところ、さっきの兵士は左上に視線が動いていた。これだけでは確証としてかなり低いが、あの兵士は何かを知っている可能性が出てきた。

「広場から匂いは追えそうか？」

『なんともだな。もし箱とかに入れられていたらかなり難しい』

「よし、それじゃあ撤収《てつしゅう》したチャドの馬車を追いかけよう。ラッキー頼《たの》んだ」

『あいよ』

俺もラッキーにまたがり、街の中を急いでもらう。だが、人が多くてなかなか前に進めそうにない。

『ロック、ちょっと無理をするぞ』

そう言うとラッキーは家の屋根に飛び乗り、そのまま屋根の上を走り出す。

屋根が壊《こわ》れたりしないかと少し心配になったが、どうやら風魔法を使って自分の体重や動きまでコントロールしているようだった。

「パパーあれじゃないですか？」

パトラが指差した先には馬車の集団があり、その一番最後にはチャドの旗がささっている。かなり自己主張が激しいタイプで助かった。

「ラッキー目立たないところで降りてくれ」

『あいよ』

ラッキーが地面に降り、匂いを嗅《か》いでいく。

「どうだ？　わかりそうか？」

『あぁ、確実にこの子と同じ匂いがする』

俺たちが追いかけていた馬車はそのまま大きな屋敷《やしき》の中に入っていく。

きっとここがチャドの拠点《きよてん》だ。

俺たちが外から内部の様子を見ていると、見回りの兵士から声をかけられる。

「何かチャドさんの家に御用《ごよう》でしょうか？」

「いえ観光でこの街に来たんですけど、ここが有名なチャドさんの家なんですね」

「そうですよ。かなり大きいでしょ！」

兵士は自分の家を紹介するかのように嬉《うれ》しそうに答える。

「見たところ、街の兵士と同じ装備だと思うんですが、個人の家まで警備されるんですか？」

「えぇ、チャドさんはこの街になくてはならない方ですから、上の方の命令で警備対象になっているんですよ」

これはかなり異常なことだった。通常、貴族でもなければ街の兵士の警備なんて受けられるわけはない。それなりの数の兵士がチャドと深い関係を持っているらしい。

「色々ありがとうございました」

俺は兵士に言ってその場から離れる。

『これ以上の追跡《ついせき》は無理だな』

「あぁ、だけど、チャドは手広くやりすぎたよ」

「あの……妹は見つかりそうですか？」

それまで静かにしていたリランが質問をしてくる。

リランとしても心配で仕方がないのだろう。

「大丈夫だよ。ちゃんと助け出すから。それよりも……」

俺たちはそのままグリズの家に向かうことにした。

「リランはこの街に頼《たよ》る相手はいるのか？」

「ううん……。ここは通り道で王都まで行くつもりだったから」

「そうか、なら今から行くところでリランを面倒《めんどう》見てくれるか聞いてみるから、それでよければ妹が見つかるまで面倒を見てもらうといい」

「お兄ちゃん……ありがとう」

これでリランの方は一時的に安全になる。

あとはグリズに頼まなければいけないことが沢山あるが……。

そうこうしているうちにあっという間にグリズの家に着いた。相変わらず悪趣味な装飾品《そうしょくひん》が置かれている。

「グリズに会いたいんだけど」

そう門番に声をかけると、名前も聞かれずに扉《とびら》を開けてくれた。

やっぱりラッキーの印象が相当強かったせいだろう。

「お兄ちゃんたちって何者？　グリズさんってこの辺りの大商人さんの息子《むすこ》さんですよね？」

「あぁ、こないだたまたま知り合ったんだ。リランはよく知っていたな」

「この辺りでは知らない人はいないかと……。とてもお金持ちで有名ですから」

「……そうか。そうだよな」

俺たちはそのまま庭を進むと、ワンダーウルフが少し離れたところで俺たちの方を見ていたが、そのままどこかへ行ってしまった。

玄関《げんかん》前まで来たところで、家の中からメイドさんが現れる。

「ロック様いらっしゃいませ。どうぞこちらへ」

「ラッキー、また悪いけど庭で待っていてくれ。リランは一緒に来てくれ。パトラは……」

「行きます！」

パトラも一緒に行きたいらしい。まぁ別に増えたところで問題はないだろう。

『あいよ』といつもの返事をすると、ラッキーはそのまま庭に横になり、尻尾《しっぽ》を退屈《たいくつ》そうにパタパタと動かす。

可哀想《かわいそう》だがまた今度ゆっくり遊んでやろうと思う。

俺たちはメイドさんの案内でグリズの家の中を進んで行く。

初めて来た場所だというのにリランはだいぶ落ち着いている。

「おぉよく来たな。どうかしたのか？」

「悪いな。ちょっとお願いごとがあってやってきたんだ。その前にちょっと紹介をしておく。こっちが俺の従魔のパトラで、こっちがリランだ。リランは妹とはぐれたらしくてな。その妹がチャドに捕まった可能性が高いということで今連れてきたんだ」

「グリズ様、お初にお目にかかります。リランと申します。よろしくお願いします」

リランは俺たちと会った時に泣いていたのとは違い、しっかりと自分から挨拶《あいさつ》をした。

その立ち振る舞いはしっかりとしたものだった。

「あぁよろしく。グリズだ」

「パトラです。パパの娘《むすめ》です。よろしくお願いします」

パトラも挨拶をしてくれるが、相変わらず誤解を招くような言い方だったため、案の定グリズに
パトラが仲間になった時の話を説明することになった。

まぁこれは仕方がない。

「それで、グリズにちょっと頼みたいことがあるんだけどいいか？」

「あぁいいぞ。ロックの話はだいたい面白《おもしろ》い話だからな」

グリズにはなぜかだいぶ信用されたようだ。

でも、そのおかげで話が早く進む。

「これから俺たちはちょっと危険なことをする予定だ。だから、このリランを預かってくれないか」

「預かるのは別にいいが、その危険なことっていうのは？」

「それはグリズは知らない方がいいと思うぞ」

グリズは顎《あご》に指をあて一瞬考える。

「そうか。まぁとりあえず、この子は預かろう。ルル、ちょっと来てくれ」

グリズが呼ぶとメイド姿の女性が入り口から入ってくる。

「お呼びでしょうか？」

「あぁ、この子をうちで保護することになった。別室で着替《きが》えさせてやってくれ。お客様扱いで頼む」

「わかりました」

「リラン、また妹が見つかったら教えにくるからな」

「お兄ちゃん、色々ありがとう。グリズさんご迷惑《めいわく》をおかけします」

「あぁ、困った時はお互《たが》い様だ。俺はチャドのように無償《むしょう》で施しはしないんだけどな。だけど、今回はロックの紹介だから特別だ」

「あぁ助かるよ」

リランは俺たちに深々と頭を下げると、ルルと呼ばれたメイドと共に部屋の外へ出ていった。

「さて、それじゃあ一体何をやらかそうっていうのか詳《くわ》しく聞かせてもらおうか」

グリズはそんな楽しそうなことを1人で楽しむわけないよな、といった感じで俺の方を見てきた。

そうだった。グリズは滅火《めっか》のダンジョンに楽しんで潜《もぐ》りに行きたいと言い出すような奴だった。

危険だと言った方が燃えるようだ。

それから俺とグリズは色々な打ち合わせをした。

今まで俺が調べてきたことから、予想できることと、半魚人のことなども話した。

そしてリランの妹が奴隷として連れ去られた可能性があり、できるだけ早めに対応をしなければいけないということも……。

「つまり……あれだな……聞くんじゃなかったって久しぶりに思ったぞ」

「だから聞かない方がいいって言ったのに」

「だけど、まったく聞いていなくて蚊帳《かや》の外にされているよりは、実際に危険でも中心にいた方が楽しいに決まっている。お祭りは開催《かいさい》中よりも、開催前のドキドキの方が楽しいもんだ」

「それじゃあ今日の夜から早速《さっそく》作戦開始だな」

「あぁフォローは任せろ。商人のバカ息子としての力を最大限に発揮してやる。金と最低限の知名度はあるからな」

「それとリランのことなんだけど……」

俺はあくまでも予想の範疇《はんちゅう》を超《こ》えないがグリズから確かめて欲しいことがあると、ちょっとしたお願いをした。そしてその予想が正しかった場合には、その次の行動も。

あくまでも予想でしかないが、かなりの高確率で当たっていると思っている。

グリズに色々なことを頼んだが、そのすべてを実行してくれることになった。予想外にすんなりいき拍子抜《ひょうしぬ》けをしてしまったが、グリズは退屈をしのげるいいネタだと笑っていた。

なんとも豪快《ごうかい》な男だ。

「それから、できれば直接チャドを追い込みたいんだけど、明日直接会うことってできるのか？」

「できなくはないが……俺たち以外にもう一組金持ちが必要だ」

「というのは？」

「単品で500万を超えるとチャドが直接金を受け取りにくる。だから見せ金としても500万が必要になる。いや、正確には持っていそうな空気感だな」

「空気感だな。なんとかしよう」

人は見た目に騙される。こぎれいな恰好《かっこう》をしていれば信用度が簡単に上がる。逆にどんなに金持ちでも見た目が悪いと最初のスタートで出遅《でおく》れることがある。

それなら、それ相応の準備をすればいい。


俺たちはグリズの家から出ると、その足でドブがいた店に顔を出した。

扉を開けて中に声をかける。

「ドブ、いるか？」

相変わらず中には異様な空気が流れている。

しばらく反応がなかったが、店の奥《おく》から出てきたのはリディアの弟子だった女性だ。

「ドブなら今いないわよ。あいつたまにさぼっていなくなるのよ。あら？　あなたこないだの子じゃない。どうしたの？」

「ちょうど良かった。あなたに話があってドブに繋《つな》いでもらおうと思ったんだよ」

「私に？　なんの用かしら？　夜のお誘《さそ》いってわけじゃないわよね？」

彼女は腰《こし》をくねらせ妙《みょう》に色っぽい仕草でこちらを見てきた。

「あぁ、こないだリディアって女の話をしていなかったか？」

「ええ、それがなにか？」

リディアの名前を出した途端《とたん》、ゆっくりと腰に差してあった杖《つえ》へと手が伸びる。

リディアのことになると非常に警戒しているようだ。きっと警告的な意味もあるだろう。俺は両手を上げて戦う意思がないことを改めて伝える。

「いや、ちょっと待て。争う気はまったくない。王都の知り合いから聞いた話を思い出してな。あの時はピンとこなかったんだが、確かリディアっていう魔法使いが王都で撃退されたっていう噂があったんだ」

「あのリディアが？　そんなわけないでしょ。そこらにいるたかが兵士とかに負けるわけはないわ」

「下っぱの俺たちは詳しく知らないが、かなりの凄腕《すごうで》の魔法使いなんだろ？　王都に混乱を起こせるのは並みの魔法使いじゃないからな。それが失敗したって話だ。あれだけの騒ぎで何もしないで撤退するような女なのか？」

「それはないわね。あの女は私と違って絶対的有利な状況《じょうきょう》から襲い掛《か》かるタイプだからね」

彼女は本当にリディアのことを知っているようだ。リディアはそれのせいで現場を把握《はあく》できなくて失敗したんだけど。

「それなら、なおさらリディアが負傷していてもおかしくはないだろ？　それでもしかしたらリディアの魔力がわかるあんたなら、この近くにいるのがわかるんじゃないかと思ったけど……その様子じゃこの近辺にはいないようだな。悪かった。今のことは忘れてくれ」

「わざわざそんなことを言いにやってきたの？」

「あぁ、王都でも活動していた冒険者としてはかなりの脅威《きょうい》だからな。弱ってる今なら捕まえることもできるんじゃないかと思って。それにアンデッドって怖いじゃないか。考えてもみろ？　あの骸骨《がいこつ》が動くんだぞ。あんなのに何度も襲われてたまるか」

緊張《きんちょう》した空気感が一気に緩《ゆる》み、彼女から発せられていた警戒の空気も少し緩む。

「ふっ、あんた意外とバカだったのね」

「バカで悪かったな。あっでも、そもそも弱ってるとはいえリディアがいたら即行《そっこう》で逃げてるか」

「弱ってる相手に逃げるわけないでしょ。今後狙《ねら》われることを考えれば先に始末してやるわ」

「そうか。邪魔《じゃま》をしたな。忙《いそが》しいのに悪かった。まぁこの話は忘れてくれ」

俺はそのまま店を出てくる。これでできる種まきは終わった。

あとは向こうが餌《えさ》に食いついてきてくれることを祈《いの》るだけだ。

「ラッキー、一度サンたちのところへ戻るぞ」

『あいよ』

俺たちは海岸まで来るとラッキーには箱庭に戻ってもらい、今度はガーゴイルくんに出てきてもらって空から海上へと向かった。

「ロックさん、上手くいきそうですか？」

「特に問題ないと思うよ。あとはドモルテに上手くやってもらってだな」

「さすがですね。あっあそこですね」

ガーゴイルくんは海上にいるサンとメイをすぐに見つけてくれた。

「ガーゴイルくん、助かるよ」

「これくらいお安い御用です」

ガーゴイルくんはそのままサンの上に着陸する。

「ロック、明日は上手くいきそうなの？」

メイは不安そうに俺に聞いてきた。

正直、チャドもリディアの弟子もリランのことも……気づけば問題だらけだが、全《すべ》て一気に解決できるはずだ。メイのお母さんの奪還《だっかん》はほぼ問題なく終わると思っている。

「あぁ、準備はできた。メイのお母さんは問題ない」

「それならよかった」

「財宝とかはどうだ？　集められたか？」

「そっちはなかなか集まりましたよ。この辺りは昔、結構危険な海域だったので」

サンがそんなことを教えてくれるが、メイがそこにツッコミをいれる。

「こんなことを言ってるけど、人魚に言い伝えられている話では、サンのご先祖がそうとう海上で暴れまくっていたらしいわよ」

「メイ、それは言わない約束でしょう」

「へへッ」

相変わらずこの2人は仲がいい。別にサンのご先祖が暴れまわっていてもなんら不思議ではないが、サンからしたら自分のイメージを大事にしているのかもしれない。

「それで、こっちにはお願いしたいことがあるんだけど、半魚人たちはいるか？」

「今海底に潜ってますね」

「じゃあちょっと、そっちに行って話してくる」

「いや、水中だとロックが話しにくいから私があいつら連れてくるわよ」

そう言うと、メイはそのまま潜っていった。

半魚人との関係も少し良好になってきたらしい。

それから、俺たちは半魚人たちと打ち合わせをして、最後に箱庭の中でドモルテと話した。

箱庭の中ではみんなが料理を作っていてくれたりしたおかげで、ゆったりとした気持ちで話ができた。自分では気が付かなかったが、少し気負い過ぎていたらしい。

緊張したりすると人の脳は正常な判断を下せなくなる。油断するのはいけないが、根詰《こんつ》めすぎないように注意しないと。

肩《かた》の力を少し抜かなければ、いい仕事はできない。

食事をとってから、最後の仕事をしてこなければ。

チャドの家に忍《しの》び込んでリランの妹を救出してこよう。

◆　◆　◆

箱庭内でみんなが寝静まった頃《ころ》、俺は一人起き上がった。2時間くらいは寝ただろうか。

今からリランの妹を助けに行かなければいけない。

俺が箱庭から出ると、空には星が瞬《またた》いているが月は運よく隠れている。

明るすぎず暗すぎず、隠密《おんみつ》行動をするのにはちょうどいい天気だ。

「久しぶりの単独行動だな」

ダンジョンで置いて行かれてから1人で行動することがなかったので、なかなか新鮮《しんせん》な感じがする。

いざ、チャドの屋敷へと思ったところで箱庭からパトラが出てきた。

「パパー私も行くー！」

「パトラ、今から行くのは遊びじゃないんだよ」

「知ってるよーだけど、リランの妹を助けに行くんでしょ？　パパは子供の相手は苦手だからねー私がやってあげるー」

「それで心配で出てきてくれたのか？　でも大丈夫だぞ」

パトラは俺の口に人差し指を1本突《つ》き出す。

「パパは一人で頑張《がんば》りすぎですー。もっと周りに頼った方がいいってシャノンも言っていたですよー」

別に一人で頑張っているつもりはなかったが、どうやら仲間に心配をかけていたらしい。

「わかった。まぁパトラなら小柄《こがら》で目立つわけでもないし連れていっても問題ないか。そのかわり気をつけて行こうな」

「はーい」

なんとも気の抜けた返事だが、こう見えてパトラはかなりしっかりしている。

「それじゃあ行くか」

パトラは俺の身体をよじ登り、当たり前のように肩車をすることになった。

なんとも締《し》まらない。

俺たちはそのまま闇夜《やみよ》に紛《まぎ》れてチャドの家に向かった。

チャドの家のまわりでは数人の兵士がほぼ等間隔《とうかんかく》で見回りをしていた。昼間見た時と警備は変わっていないようだ。

「パパーここは任せてー」

パトラはそう言うと、闇夜に紛れたまま近くまで行き、一瞬のうちに兵士の１人を糸でグルグル巻きにして高い壁《かべ》の上に吊《つ》るしてしまう。

たしかに昼間ならバレる可能性があるが、夜ならあの高さは見つかることも少ないだろう。そして、そのまま周りにいた兵士５人をあっという間に吊るしあげた。

「パパー行こー」

そしてそのまま正面から乗り込んでいく。途中で番犬として飼われているのか、ホワイトコヨーテという獰猛《どうもう》な魔物がうなりながら近づいてきた。騒がれる前に眠《ねむ》らせるしかない。

俺がホワイトコヨーテを倒すために動き出そうとすると、

「お座り！」

パトラがそう小さく言うと、ホワイトコヨーテの群れは尻尾を隠しながらお座りしてしまった。

もはや生き物としての格が違うのだろう。

「わんちゃんたち、バイバイー」

パトラがそう言うと、そのまま庭のどこかへ消えていってしまった。

たしかに自分一人で来るよりも、かなり楽だった。

「パパーどこから入るの？」

「正面から入るよ」

俺はそのまま正面の扉の前に行き、剣《けん》で無理矢理《むりやり》開けようとすると、

「パパーちょっと待って」

パトラはそう言って俺の頭の上にのぼると、そのまま2階の窓の縁《へり》へ飛び乗り鍵《かぎ》の開いている窓から侵入《しんにゅう》してしまった。

なんでもできるんだな。子供の成長は早いというが。

先に1人で侵入はさすがに心配になってくる。信じて待つか、それとも、ここを先に開けるか？

そう考えているとすぐにパトラが内側から鍵を開けてくれた。

「どうぞー」

パトラが仰々《ぎょうぎょう》しく頭を下げながら室内へと案内してくれる。

外側の警備をしっかりしていたため正面から忍び込まれるとは思っていなかったようで、中の警備はかなり甘いようだ。

「パトラすごいな」

「子供は身軽なんですー」

昼間、この家の周りをぐるっと確認したところほとんどの部屋に窓があった。

わざわざ窓がある部屋に違法《いほう》奴隷をおいておくとは思えない。いるとしたら地下や隠し部屋とかだろう。もう運びだされていなければいいけど。

正面の扉を開け中に入ると、夜だがうっすらと灯《あか》りがついている。

完全に寝静まってはいるが、見回りの人がいるかもしれないため慎重《しんちょう》に進んで行く。

自分の呼吸の音がやけに大きく聞こえる。

魔物を発見するスキルを使って人がどのあたりにいるのかを確認しようとしたところ、どうやら壁に特別な魔法がかけられているようだった。

外から覗《のぞ》かれた時用の対策だろう。

ここからは内部の図面がわからない以上、１つずつ開けて確認していくしかない。

そう思い、扉を開けようとしたところで、パトラが俺の手を止める。

パトラはそのまま扉の正面に立ち目を瞑《つむ》る。パトラの頭の触角《しょっかく》のようなものが動き、何かを感じとっているようだ。

そのまま首を振ると、次の扉へと向かい、またそこでも首を振る。

それを何回か繰《く》り返してから、パトラが扉に手を伸ばす。そこは地下への入り口になっていた。

パトラ優秀《ゆうしゅう》すぎるだろ。なんていうスキルなのか教えて欲しい。

「パパーここすごく嫌《いや》な感じがする」

「パトラ、無理には来なくても大丈夫だぞ。箱庭に戻っていてもいいからね」

「ううん。一緒に行くよー」

パトラは俺の手を強く握ってくる。いよいよ救出だ。


俺たちは階段をゆっくりと下りていくと、地下には意外とこぎれいにされた部屋が見えてきた。

それとともに男たちの話し声も聞こえてくる。

「しかし、無料で回復なんて上手い手を考えたもんだよな」

「本当だよ。それで寄ってくる奴をさらってくれれば、回復させる以上の利益になるんだからな」

どうやら男たちが2人で話しているようだ。やっぱりやっていることはろくでもない。

パトラに手で合図をする。

3……2……1……GO!

2人で一斉《いっせい》に飛び出し、俺は向かって左側の男の顎に蹴《け》りを入れる。もう一人の男はパトラに一瞬で鼻以外をグルグルに縛《しば》られ、あっという間に転がされてしまった。

意識はあってもあれでは身動きがとれない。

隠密行動ではパトラの方が完全に上のような気がしてきた。

狭《せま》い部屋の中には20人くらいの人たちが鎖《くさり》で繋がれ横になっていた。

「おじさん、誰？」

その中で一番小さい子が俺に話しかけてきた。

「君たちを助けに来たんだよ」

「みんな起きて、助けにきてくれたみたいだよ」

「ナユタの言った通りだった。まさか本当に助けに来てくれる人がいるなんて」

その中の１人が今話かけてきた子を拝むようにつぶやく。

「どんな時でも諦《あきら》めたらダメですよ」

そう言うと自分の手につけられていた鎖をさらっと外す。

「えっ？　自分で外してたのか？」

「うちには泣き虫で何もできないお兄ちゃんがいるので、こんなところにいつまでもいるわけにはいかなかったので。タイミングを見て自分で逃げ出そうかと……。でも、助けに来ていただいてありがとうございます。私、ナユタと申します。さすがに一人でこの人数を助けるのは骨が折れそうだったもので」

「すごいな。もしかしてリランの妹か？」

「そうです。でも、あのお兄ちゃんが助けを呼んでくれたんですか……？」

ナユタは信じられないものを見るような顔で俺たちの顔を見る。

「あぁそうだよ。よく頑張ったな。俺はロックでこっちはパトラだ。ゆっくり自己紹介をしたいが、これだけの人数だと逃げている途中でいつバレるかわからないからな。鎖を外したら急いで外にでよう」

「わかりました。みなさん落ち着いて静かにいきますわよ」

そう言うとナユタはどこから取り出したのか針金1本でどんどん鎖を外していく。

俺も気絶した男から鍵をとって外そうとするが、パトラは彼女のマネをして近くにあった針金を使い鍵をガチャガチャと回し始めた。しかし、そう簡単には開かない。

それを見ていたナユタがパトラに声をかける。

「あなた鍵を開けた経験は？」

「ないよー」

「それならよく見ていてね」

見かねたナユタが、パトラの針金を借り、形を少し変えて開け方を教え始める。

「貸してみて。角度はこんな感じです。そしてこれを手前から上げていくイメージですわ。これくらいは女子のたしなみですから覚えておいて損はないですよ」

そう言ってパトラに教えていると、鍵はあっさりとカチャと音を立て開いてしまった。

「あとはあなたの練習次第よ。頑張って」

「ありがとー」

パトラに針金を返すと、パトラも何回か挑戦《ちょうせん》をした後すぐに開けてしまった。

「おっパパー私も開けることできたー」

「すごいな」

俺も針金で開けたいという好奇心《こうきしん》があったが、地道に鍵を探した。

パトラは1つ開けることができると、それからはどんどん開けていく。

俺が鍵を見つけていざ開けようと思った時には、結局ほとんど2人で開けてしまった。

俺……かっ……かっこ悪すぎる。

「パトラちゃん、女の子は強くなければいけませんよ」

「はいですー」

「それじゃあ行こうか。みなさん静かに移動お願いします」

俺はなかったことにして、その場を仕切る。

下りてきた階段をそのまま上がり、玄関から静かに出る。今のところとくに異常はない。

庭を突っ切る途中でナユタから話しかけられる。

「庭にいたホワイトコヨーテはどうしたんですか？」

「馬車の中にいて周りが見えていなかったはずなのにそんなこともわかったのか？」

「ええ、声が聞こえていましたから。抜け出すときここが最大の難関だと思っていたので」

ナユタはかなり警戒しているのか辺りを見渡して用心している。

「私が庭の奥へ行くように追い払っておきましたー。女性のたしなみです」

パトラが嬉しそうに言うと、

「パトラちゃん、それはすごいわ！　最高！」

そう言ってパトラを思いっきり抱《だ》きしめ、頭をいい子いい子している。

正面入り口から抜けると、まだ兵士たちも騒ぎに気が付いていないようだった。

俺たちはそのままグリズの屋敷まで向かい、彼らを安全に保護してもらうようにお願いした。

事前に話が通っていたこともあり、助け出された人たちはナユタを残して客室へ案内されていく。

「グリズ、夜更《よふ》けに助かったよ」

「気にするな。でも、まさか本当に忍び込んでバレずに帰ってくるとはな。ビックリだったぞ。あっそれと……あれはロックの予想通りだった」

「じゃあ……」

「あぁ、もうリランには王都に出発してもらった」

「兄はもうここにはいないのですか？」

ナユタはグリズから服を借り、今はさっぱりとした恰好をしていた。

「あぁ、君たちの親戚を頼りに王都へ向かってもらった」

「そうですか。兄は変なところで運がいいですからね。おかげで助かりました」

それから、グリズとナユタに明日のことをお願いしておく。

これで準備は万端《ばんたん》なはずだ。

軽い打ち合わせをしたあと、一旦《いったん》解散になった。

俺はグリズに一部屋借りて、そのままパトラと一緒に箱庭の中に入った。

静かに眠るラッキーを起こさないようにしながら、その横に寝転がる。

パトラは俺のお腹を枕《まくら》にして横になった。

あとは計画通りにいくことを祈るだけだ。

パトラは疲《つか》れたのかすぐに眠りについたようだが、俺はなかなか寝付けなかった。

色々なことを考えモヤモヤとしていると、ラッキーが尻尾を俺の胸の上に置いて優しくリズムを刻んでいく。それはまるで母親が子供をあやすように優しいリズムだった。

ラッキーの優しい尻尾が眠気を誘い、いつのまにか頭の中でグルグルと回っていた思考を手放した。

翌日は短い睡眠《すいみん》時間だったが、かなり目覚めが良かった。

いよいよチャドを追い詰めよう。

10　人魚の落札とチャドとの最終対決

「シャノン、それじゃここに残ってあとのことをよろしく頼《たの》むな」

「わかりました。お任せください」

シャノンにはナユタの面倒《めんどう》を見てくれるように頼んでおいた。

「それじゃロック、行こうか」

「あぁグリズ頼んだ」

俺《おれ》は朝からグリズの家で準備をし、夕方の奴隷《どれい》市に一緒《いっしょ》に参加することにした。

ドブの知り合いということで参加することもできるが、グリズと敵対はしなくなったのでグリズ一派として参加させてもらう方がメリットが多い。

「ロック、本当にやるんだな？」

「あぁグリズは怖気《おじけ》づいたのか？」

「そんなわけないだろ。楽しみで仕方がないんだよ」

「なら良かった」

夕方少し辺りが薄暗《うすぐら》くなって来た頃《ころ》、奴隷市は開始された。

奴隷市は合法なものから明らかに違法《いほう》なものまで様々なものが並んでいる。

「ロックなにか欲《ほ》しいものあるか？　ついでだから金出してやるぞ」

グリズが商品一覧を見ながら声をかけてくる。

「あっ……もしできるなら、この竜神族《りゅうじん》のドラクルっていう奴《やつ》を落札してくれるとありがたい」

「なんだ知り合いか？」

「まぁちょっと助けてもらったというか、損な役回りを引き受けてくれたんだ」

「わかった」

俺たちの目の前で色々な奴隷が売り買いされていく。ここにいる全員を助けてやりたいが、さすがにそういうわけにはいかないようだ。

競《せ》りの順番的にメイのお母さんは一番最後だった。

それから俺たちは競りが進んでいくのを見ていると、しばらくしてドラクルが競りにかけられる。

「あぁそれでは100から、はい200、300、他いないか、他いないか？」

「グリズ……」

「大丈夫《だいじょうぶ》だ。400」

グリズが声をかけると辺りが一瞬《いっしゅん》静かになる。いままで争っていた奴らも戦意をなくしたようだ。

「はい！　それでは400で落札になります」

どうやらグリズの悪評の効果らしい。グリズはしつこく競りで負けないという噂《うわさ》から他の奴らが競りから降りたのだ。まだまだ先もあるため、それほど欲しくないところでは争わないようだ。

場内からはドラクルに同情的な声が聞こえてくる。

「どうだロック、少しは尊敬したか？」

「いや、確かにビックリした。それにしても400って安くないのか？」

「あぁ、めちゃくちゃ破格だろうな。ただ扱《あつか》いにくい種族だから元々人気はないんだ。今回落札しようとしていた2グループも戦闘《せんとう》奴隷と鉱山奴隷の専門だからな。要は使い捨てってやつだ」

運よくドラクルは俺たちに落札してもらったが、残念ながら他の人間に落札されたのでは運命が変わってくるらしい。ただ、その2つのグループよりもグリズの方が評判は悪いというのはなんとも。

「落札した奴隷はどうすればいいんだ？」

「最後にまとめて引き取りにいく。俺たちはまだ本番があるからな」

「そうだな」

それから奴隷市はだんだんと盛り上がりを見せていく。高額の美しい女性の奴隷なども取引が行われ、そしていよいよ、メイのお母さんの番になった。

正面の台の上に水槽《すいそう》が運び込《こ》まれ、そこには封魔《ふうま》の首輪をされたメイのお母さんがいる。

「それでは最後の商品になりました。海上を泳ぐダイヤモンドと言っても過言ではありません。人魚です。それでは10万から」

「はい、20万、30万、50万に飛んだ。はい60万、他にはいないか？」

ドラクルが少し可哀想《かわいそう》になってくる。あまりにも落札価格に差がありすぎる。

グリズは100万と声をかける。

「はい、100万が出ました。他はいないか？　いなければ落札になります」

前の方に座《すわ》っていて今までまったく動かなかった男たちが動き始める。

黒いシックな服で身をまとい、顔は布で隠《かく》されている。

一見してどこかの貴族がお忍《しの》びでやってきたように見える。

男たちはぼそりと200万とだけつぶやく。

「に……200万？　200万が提示されました」

グリズは250万と言うと、男たちも負けじと260とつぶやく。

そこからはあっという間に400万を超《こ》え、最終的に500万でグリズが競り落とした。

「おぉー久しぶりに500万超えたな」

「別室会計とはさすがグリズさんだな」

500万という境界を越《こ》えたことで場内も少しざわついている。

「これでいいんだな」

「あぁ助かった」

俺たちの前にいた男たちはそのまま会場から出ていく。

この男たちは俺が手配をした半魚人たちだった。海から引き揚《あ》げた財宝の一部を売り払《はら》い身なりを整えてからドブの紹介《しょうかい》ということで入ってもらっていた。

これで予定の金額まで引き上げることができた。

さぁチャドとの対面だ。

「それでは本日もご来場ありがとうございました。以上で今回の市場は終了《しゅうりょう》となります。お会計は順番でお呼びしますので、今しばらくお待ちください」

全体でのアナウンスがあり、すぐに黒服に身体《からだ》を包んだ男たちがグリズのところへやってくる。

「グリズ様、別室をご用意させて頂いております。どうぞこちらへ」

「わかった。それじゃあ金を支払いに行くか」

「行こう」

俺とグリズはそのまま別室へ案内される。そこには両手を揉《も》みながら待ち構えているチャドの姿があった。やっと直接対面することができた。

「これは、これは、グリズ様。この度《たび》は人魚の落札ありがとうございました。本日も最高額での落札、もうこの街ではグリズ様以上のお方はいませんね」

「あぁそうだな。でも、今日の用は人魚の落札だけじゃないんだ」

「はい、なんでしょうか？」

「半魚人が襲《おそ》ってくるって話なんだが、あれは自作自演なんだってな？　俺は怒《おこ》っているんだよ。この街は俺が生まれ育った大事な街だからな」

グリズはチャドに直球で投げかけた。

「いったい何をおっしゃっているのか？」

いよいよ戦いの火蓋《ひぶた》が切られた。

チャドはしらを切って逃《に》げるつもりのようだが、そんなことはさせない。

グリズは早速《さっそく》チャドを追い詰《つ》めていく。

「出品している奴隷も実は半分以上違法奴隷らしいじゃないか」

「どこにそんな証拠《しょうこ》があるというんですか？　いくらグリズ様とはいえ、いちゃもんつけるつもりならこっちにも考えがありますよ」

チャドはあくまでも強気の姿勢は崩《くず》さないらしい。

まぁまだ何も証拠を出したわけではないからな。こういう奴らは正直に自分がやりましたとはなかなか言わないだろう。

「先に言っといてやるが、早めに自白した方がいいぞ」

グリズが余裕《よゆう》を見せながら自白を促《うなが》していく。

さすが商人の息子《むすこ》といった感じだ。意外にその風格というか発言には凄《すご》みがあった。

「はぁ、お前らちょっとそこの扉《とびら》を閉めろ」

俺たちを案内してきた男たちが部屋の扉を閉め、そのまま防音の魔法を部屋全体にかけはじめた。

まわりの人に聞かれたくない話をするようだ。

これでこの中で話した内容は外から盗《ぬす》み聞きしようとしても聞くことはできない。

「それで何を知ってるっていうんですか？　あんたはただのバカの2代目だと思って甘《あま》くみていましたが、どうやら違《ちが》うようだ。腹割って話しましょうか」

「残念だな。タダのバカじゃなくてあいにく大バカなんでな。まず、お前は行く先々で貧しい人たちを捕《つか》まえては奴隷にしているだろ。しかも、ワンダーウルフに襲わせた街の人間も捕まえたな？」

「ほう、そんな噂があるんですね。何か証拠でもあるんですか？」

チャドは自分から腹を割って話そうと言いつつ、こちらがどんな情報を握《にぎ》っているのかを上手《うま》く聞き出すつもりらしい。チャドもまったくと言っていいほど余裕の表情を崩さなかった。

グリズは懐《ふところ》から１枚の紙を取り出す。

そこにはグリズが調査した連れ去り被害者《ひがいしゃ》の情報が書かれていた。

それら貧しい人や孤児《こじ》たちは見過ごされることが多く正確な人数の把握《はあく》は難しいが、聞き取りの調査では目に見えて数が減っていると書かれていた。

「残念ながら正確な情報はなかったけどな、お前が街にやってきたときと時期が合ってるんだよ」

「いいことじゃないですか。私どもが運営する炊《た》き出しで元気になって働く方が増えたってことじゃないんですか？」

「大人はその可能性はあるが、孤児はそう簡単には減らないんだよ」

「そうですね。でも、それと私たちは何が関係あるんです？　憶測《おくそく》にすぎないですよね？」

「あぁ、残念ながらそれを調べることはできなかったよ」

まだこれは小手調べのようなやり取りだが、チャドは勝ち誇《ほこ》ったような笑《え》みを浮《う》かべる。

「残念でしたね。まさかそんな理由で足止めされると思っていませんでしたよ。さっさと今日のお金を支払ってお帰りになられた方がいいんじゃないですか？　これ以上いるとただ恥《はじ》をかくことになりそうですよ」

「あぁ……調べることはできなかったが、連れ去られたっていう証人は見つけることができたぞ。その扉を開けてくれ」

男たちからどよめきがあがりうろたえているが、チャドが頷《うなず》いたことで扉を開けた。

そこにいたのはシャノンに付き添《そ》われたリランの妹のナユタだった。

「お前らか、昨日の夜うちの家を襲ったのは！　俺の奴隷を返せ！」

ほぼ叫《さけ》び声にも聞こえるチャドの言葉を冷静に返したのはナユタだった。

「私はあなたの奴隷ではありません。あなたに捕まるいわれもありませんから」

彼女《かのじょ》は身体の小ささからは似つかわしくない、しっかりとした言葉でそうチャドに告げた。

「笑わせますね。そんな孤児の話と私の話のどちらを信じると思いますか？　この街の人間は全員、私の思うがままです。それだけの信用を積み重ねてきました。それはこの街だけじゃありません。私はもう一介《いっかい》の奴隷商ではありません。あなたたちみたいなゴミとは違うんですよ」

「そうか……やっぱりお前は気が付いてなかったんだな」

「はぁ？　何を言ってるんだ？」

「そこにいるナユタは公爵家《こうしゃくけ》の令嬢《れいじょう》だよ。あんたがワンダーウルフを使って街を襲わせ、失脚《しっきゃく》させたルイス家の正当な跡《あと》継《つ》ぎの1人だよ。後見人に言われるがまま襲わせたあんたは知らなかったらしいけどな」

一介の奴隷商人が公爵家の人間を奴隷にするなんて、どんな理由があろうとありえなかった。

貴族の中でも最上位の公爵家の権力というのは、簡単に人をいなかったことにさえできる。

チャドが手広くやってしまったがために、ドラゴンの尾《お》を踏《ふ》んでしまったのと変わりがない。

「なっ、なにを言ってるんだ？」

「安心していい。あんたはこれも嘘《うそ》だと言うんだろうけど、今こいつの兄貴がグリズの手配で王都の親類を頼《たよ》りに行っている。ルイス家は元々王族から分かれた血筋だからな、王都へ行けばリランを知っている人もいるだろう。それにしてもナユタは頭がいいよ。ワンダーウルフの狙《ねら》いがルイス家の転覆《てんぷく》と魔物の異常行動を予測する魔道具の売り込みだと理解した途端《とたん》、自分たちの身分を隠してみすぼらしい恰好《かっこう》になって逃げてくるんだからな」

「それで？　それをやったのが私だという証拠は？」

チャドはそれでも罪を認めようとはしなかった。

「それはもちろん、私が証言します。あなたに捕まり地下に閉じ込められたことも」

チャドは明らかに俺たちをなめている。

いまだに余裕の表情を崩そうとはしなかった。

「いや、まぁいいんだ。別にお前が罪を認めようが、認めまいが。罪を裁くのは王都からくる人たちだからな。俺たちはここでお前が逃げ出さないように見張っていればいい」

「ククッ……あなた交渉《こうしょう》下手糞《くそ》だって言われませんか？　おかしいと思ったんですよ。なぜ兵士を連れてやってこないのか。つまりあなたたちはまだ、私の兵士たちを掌握《しょうあく》するまでにはいたっていないってことですよね？」

「あなたの兵士……ですか？」

「ええこの街にいる兵士の多くは私からの賄賂《わいろ》を受け取っていますからね。それでは、私はこれで失礼しますよ。もう半魚人に襲われ壊滅《かいめつ》するこの街には用がありませんからね」

チャドはそのまま部屋から出ていこうとする。

「このまま逃がすとでも？」

「えぇ、あなたたちは追ってはこられませんよ」

開かれていた扉から、この街の兵士たちが入ってくる。

「時間稼《かせ》ぎをしていたのは、あなたたちだけではなかったんですよ。この部屋に防音魔法を使うと同時に彼《かれ》らには連絡《れんらく》がいくようになっていたんですよ。邪魔者《じゃまもの》は手の内にいるときに処分をするのが一番ですから。それではこれで失礼」

チャドはそのまま部屋から出ていく。残されたのは俺たちと兵士たちだった。

やってきた兵士には見覚えがある。ドラクルを捕まえていた男に、この間、ナユタが裏路地に行ったと言っていた男たちだった。

「お前らは……この街が半魚人に襲われてもいいっていうのか？　お前らが生まれ育った街だぞ」

グリズは兵士たちに話しかける。

「あぁ？　生まれ育った街が俺たちに何をしてくれたっていうんだ。俺たちはこんなところで終わるつまらない人生で満足するつもりはないんだよ。ここで手柄《てがら》を立ててチャドさんに正規兵として雇《やと》ってもらうんだ。さて、それじゃあ大人しく死んでもらおうか」

「ロック、どうするんだこいつら？」

「そうだな。捕まえてから追いかけても間に合うし相手してやるか」

絶対的に有利だと思っている奴というのは意外と自分がはめられていることに気付かないものだ。

このまま俺たちが無事に逃がすわけがない。

それにもう彼らがどこに逃げるかは予想ができている。

あとはゆっくり追いかけるだけでいい。

「シャノン、それじゃ兵士を殺さずに無力化してくれ」

「えっこの人数ですよ？　他に援軍《えんぐん》は？」

「大丈夫。援軍に頼らなくてもシャノンならやれる」

「えっ……もう、わかりました」

シャノンはしぶしぶといった感じで剣《けん》を抜《ぬ》く。

「人数が多くて、手加減が難しいかもしれませんが、早めにギブアップしてもらえると嬉《うれ》しいです」

「ずいぶん俺たちも馬鹿《ばか》にされたようだな。やっちまえ！」

ここにいる兵士たちは全部で10人以上いる。街の警備をしているはずなのに、ここに10人も来れるなんて職場の環境《かんきょう》としてだいぶゆるそうだ。

ただ、意外にも動きは統率《とうそつ》がとれている。性根《しょうね》が腐《くさ》っている割にはしっかりと訓練をしているようだ。

「おい、ロック大丈夫なのか？」

「何が？」

「女性1人にこの数はさすがに難しいんじゃないか？」

グリズは心からシャノンを心配しているようだった。

「シャノンならこれくらいは余裕だよ。可愛《かわい》いだけの女の子じゃないからな」

「ロックさん、今私のこと可愛いって言いました？　言いましたよね？」

シャノンは俺の声に反応し、俺の方を見てくる余裕がある。一応声はかけといてあげる。

「よそ見してると左から来てるぞ」

シャノンはこっちに話しかけてきたせいで一瞬反応が遅《おく》れているが、それでも相手の剣をかわし、余裕で斬《き》り返している。だいぶ成長してくれて嬉しい限りだ。

「ちょっと今大事なところなんですから邪魔をしないでください」

シャノンはそのまま、斬りかかってきた兵士の倍以上の手数で追い込んでいる。

「それより、チャドを追わなくていいのか？」

「追いかけるよ。だけどここの兵士も無力化しておかないと後で面倒なことになっても困るからな」

「もしかして、なにか他にもはめたのか？」

「はめるだなんて人聞きの悪い。自分で言ってただろ？　半魚人にこの街を襲わせるって説明した計画通りだよ」

「そうか」

グリズはそれ以上、特には聞いてこなかった。

まぁ一通りの打ち合わせは終わっているからな。

あれだけの数に囲まれても、シャノンはなんなく1人ずつ確実に数を減らしていく。

数が多く攻《せ》め手が多いはずの兵士の方の呼吸があがり、疲《つか》れが出始めているようだ。

その時、箱庭からパトラが出てきた。

「パパードモルテが準備完了したって」

「パトラありがとうな」

「パパー私も参加してもいい？」

「うーん、シャノンが遊んでいるから、シャノンがいいって言えばいいよ」

「パトラちゃんいいですよ。早く倒《たお》して追いかけましょ」

「わーい！　お兄さんたち私とも遊ぼう！」

兵士たちは子供が入ってきたことで自分たちに有利になると思ったのか、一瞬口元に笑みがこぼれた。だが、何かを言おうとした次の瞬間にはその表情が絶望へと変わっていった。

シャノンは強くなったが、パトラはもっと強い。オレンジアントたちを率いて戦うことが多いが、その小柄な体形からは想像できないスピードと力を備えている。

「シャノンに負けないぞー」

「ちょっとパトラちゃん、私の分も残しておいてくれないと嫌《いや》ですよ？」

彼らにとって今日は悪夢の1日となっただろう。

彼らが一生懸命鍛《けんめいきた》えてきた技《わざ》を使ってもかすりもしない者に2人も出会ったのだから。

ほどなくして兵士たちは全員無力化された。

なにか最後に負け犬の遠吠《とおぼ》えがあるかと思ったが、誰《だれ》もそんな余裕はないようだ。

時々、「殺してくれ」とつぶやく兵士がいるくらいだが、もちろんそんなことはしない。彼らは大事な証人なのだから。

「それじゃあ、これから海に行くけどその前にメイのお母さんを助けてからにしよう」

俺たちが奴隷のいる倉庫に行くと、そこではドブが売れた奴隷たちを引き渡《わた》していた。

「ドブ、俺たちが買った奴隷をもらいたいんだけど」

「あぁこないだの。そこにいるぞ」

ドブが指差した方に、ドラクルとメイのお母さんがいる。

「無事に助けられて良かったです」

「なぁ、なんで彼女が500万なのに俺は400なんだ？　俺ってそんなに価値がない男なのか？　もう一度ちゃんとやり直してもらえないか？　400ってことはないと思うんだよ。だってほら、この鱗《うろこ》だってかなりきれいだし、解体して売れば末端価格ではもっと値段がいくと思うんだ」

ドラクルに変なスイッチが入ってしまっていた。

末端価格とか言い出している。

まぁ自分の価値が400と言われれば、それはショックで仕方がないとは思う。

「悪いな。説明をしている暇《ひま》はないんだ。一緒に来てくれ。ドブ、奴隷の主人の書き換《か》えっていうのはここでできるのか？」

「あぁ？　できるぞ。ほれ」

ドブが腕《うで》を振《ふ》ると一瞬で奴隷契約《けいやく》を書き換えた。

「ドブ……お前って意外とすごい奴だったんだな」

「当たり前だ。ドブ様はしっかりと仕事はこなすことで有名なんだからな。ついでに封魔の首輪は解除しておいてやったぞ。ちなみに、チャドは隠蔽《いんぺい》と隠密《おんみつ》魔法を使った馬車で海へ向かったから急いだ方がいいぞ」

「お前は……一体何者なんだ？」

「余計な詮索《せんさく》はあと回しにしておきな。先にやることやった方がいいぞ」

「わかった。ありがとう」

ドブのことも気になるが、俺たちは結末を見届ける必要がある。

「ドラクルいきなりで悪いけど、シャノンと一緒にこの水槽を海まで運んできてもらえるか？　俺たちは先に行くから」

「えっ？　私を置いて行ってしまうなんて、そんなひどいことするんですか？　それならせめてお姫様《ひめさま》抱《だ》っこで運んでくれませんか？」

メイのお母さんは俺に懇願《こんがん》するような目で見て来た。

一瞬悩《なや》むが、こんなところでもめるのも時間の無駄《むだ》だ。

「わかった。いいよ」

「ちょっとロックさん！　そうやって美人だけお姫様抱っこはずるいです！」

「ん？　シャノンもガーゴイルくんにお姫様抱っこされたいのか？」

お姫様抱っこと言えば、ガーゴイルくんに決まっているだろ。

ガーゴイルくんが空気を読んで箱庭から出てくる。

「ロックさんお任せを」

出てきてそうそうガーゴイルくんは紳士《しんし》的に挨拶《あいさつ》をしてくれた。

やっぱり、ガーゴイルくんはいい奴だからな。

「あっごめんなさい。私、歩けるんで大丈夫です」

メイのお母さんは一瞬で人間の姿になる。

あれ？　でも、捕まった人魚は人型にはなれないと言っていたはずだったが……。

「それじゃあ行きましょうか？」

メイのお母さんは目の前でぐるりと回転すると一瞬で露出《ろしゅつ》の少ない服へ着替《きが》えていた。

どうやら、普通《ふつう》の人魚とは違うらしい。

俺たちは急いで海岸へと向かった。

気を使って出てきたガーゴイルくんが落ち込んで、そっと箱庭の中に戻《もど》っていったのはまた別のお話。頑張《がんば》れ！　ガーゴイルくん。

◆　◆　◆

俺たちが海岸に着くと、チャドの船はもうすでに沖《おき》へと出ていったところだった。

ちょうどいいころに海岸に着くことができた。

海岸からチャドがこっちを見ながら気持ち悪い笑みを浮かべて勝ち誇っているのが見える。

「そろそろだろうな」

ちょうどその時、街の方からチャドの声が聞こえてくる。

「半魚人どもよ！　時は来た！　今こそ街を襲うのだ！　この街を水の下に沈《しず》め、すべてを蹂躙《じゅうりん》してやれ。今まで蔑《さげす》まれてきた鬱憤《うっぷん》を晴らすのだ。今こそ人間どもに復讐《ふくしゅう》だ」

チャドの性格からして、俺たちが追いかけてきたところで半魚人に命令をして足止めをするだろうとなんとなく予想はしていた。

あの手のタイプは自分が圧倒《あっとう》的に有利な状況《じょうきょう》から相手が追い込まれるのを見るのが好きなものだ。

海へ逃げてしまえばもう追いつかれることはないと思っているのだろう。

だけど、彼の思い通りにはいかない。

半魚人が操《あやつ》られていた時に使っていた魔道具はドモルテに改良してもらって、街の中枢《ちゅうすう》に置いてもらった。ついでに拡声する機能もつけて。

これでチャドの悪事は全員が知ることになるだろう。

それと同時に、チャドを乗せた船に半魚人と人魚たちが一斉《いっせい》に放水を始める。

可哀想に……。

チャドの船は徐々《じょじょ》に海底へと沈んでいく。

「やめろ！　俺じゃなくて街を攻撃《こうげき》するんだ！　なんでわからないんだ。この化け物どもめ！」

先ほどまでの余裕の笑みはなく、遠目に慌《あわ》てふためく姿が見える。

まだ自分の状況を呑《の》み込めていないのか怒鳴《どな》り声が聞こえ、だいぶ混乱しているようだ。

「アハハッなんだあの姿。まるで踊《おど》っているみたいじゃないか。これでチャドも終わりだな」

「あぁ」

もはやチャドになすすべはない。

街の方からはチャドの悪態がずっと垂れ流しになっている。

「さてと、まだやり残したことがあるな。ドラクルとメイのお母さんを奴隷から解放しないといけないし、倉庫からはまだ助けられていない魔物も助け出さないといけないからな」

「えっ私はいいわよ？　このままで」

メイのお母さんはまるでなんでもないかのようにあっけらかんと、奴隷とかまったく気にしていないようだった。

「いいってことはないだろ？　メイだって心配していたわけだし。奴隷になるってわかってるのか？」

「別に……？　私、海の中飽《あ》きちゃったのよ。だからほら、ロック様が拘束《こうそく》してくれていれば理由になるし。それに……拘束されているのもなかなかいいものよ？　だから、一緒に連れていって」

「ちょっとよくわからないけど、えっとそういえば名前は……？」

助け出したのはいいが、まだ名前を聞いてなかったことを思い出した。

ずっとメイのお母さんってわけにはいかないだろう。

「メロウよ。よろしく、ロック様」

【海底の女王メロウが仲間になりたがっています。仲間にしますか？】

頭の中に例の声が響《ひび》く。どうやら本当に仲間になりたいらしい。

「仲間になってもいいが……いいのか？　メイはお前を助けるために色々頑張ったのに」

「いいのよ。そろそろ親離《おやばな》れしないといけないと思っていたし、それに……一生会えなくなるわけじゃないわ」

「わかった。よろしく」

「ロック様よろしくお願いします」

【海底の女王メロウが仲間になりました。場所、設備を１つまで選択《せんたく》することができます】
◆池（中）
◆川（中）
◆海（中）
◆小屋（拡大）
◆箱庭拡張
◆畑（拡大）
◆果樹（バナーナ）
◆果樹（リンゴ）
◆鉱山（中）

◆山
◆温泉

メロウを仲間にするのに、海が小さいままでは可哀想なので海を選択する。

中とはいってもかなり大きな広い海になるはずだ。

「ドラクルはあとで解放するからな」

「何回もその……俺みたいな奴を助けてもらって悪いな。ほんとすまない。俺みたいなゴミクズみたいな400を助ける価値なんてないのに。悪かったな」

「そんな気にするなよ。これからだからな」

ドラクルはいまだに自分の価値が400だったことにショックを受けているようだった。

「これがロック様の仲間になるってこと……すごい。力が湧《わ》いてくる。ちょっと箱庭の方に入ってもいいですか？」

「あぁ基本的に出入りは自由だよ。ただ箱庭の方がみんな気に入ってるみたいで出てこない奴は全然出てこないかな」

「ありがとうございます」

メロウはそのまま一度箱庭に入るとすぐに出てきた。

「すごくきれいな海ね！　人魚の私でも感動したわ。ちょっと人魚の村へ取りに行きたいものがあるから行ってきてもいいかしら？　戻る時には箱庭へって思えばいいのよね？」

「そうだよ。気をつけて行ってきてくれ」

メロウはまったくチャドに関心がないようだった。

俺たちがそんな話をしていると、ちょうどチャドの船が完全に沈んでいった。

今頃、あそこでは沈む船から救出された魔物やチャドたちが人魚たちに助けられているはずだ。

「それじゃロック様、またあとで」

メロウが投げキッスをしてそのまま海の中に入っていくが、またすぐに海面から顔を出して大声で叫ぶ！

「あっ！　ロック様、私メイは産んでいるけど今独身だから安心してくださいね」

「なんの心配だよ！」

メロウはそのまま海の中に潜《もぐ》るとそのまま高速で泳いでいった。

それからしばらくすると、拘束されたチャドたちが人魚に連れられて戻ってきた。

チャドは海の上を引きずられて、かなり海水を飲んだようで苦しそうにしている。

まぁ人魚たちにもだいぶひどいことをしたからな。あれくらいの復讐は仕方がないだろう。

チャドは俺たちの前に連れてこられるなり、喚《わめ》き散らし始めた。

「お前、こんな勝ち方して嬉しいのか！　絶対に訴《うった》えてやるからな」

「こんな勝ち方もなにもないだろ？」

「うるさい、うるさい、うるさーい！　うちの兵士を倒したとしてもまだこの街の人の心は俺の人心掌握術の中にはまっている！　お前らなんかがどんな手を使ったとしても勝てることはないんだ！

それよりも、俺の沈没《ちんぼつ》させた船を一生かけてでも返済してもらうからな」

「はぁ？　船は人魚が沈めたんだろ？　確か、人魚は亜人《あじん》じゃなくて魔物なんだろ？　魔物が沈めた船は自己責任だったたと思うけど」

「うるさい！」

そこにギルドの人間たちがやってきた。

ギルド長を始め、チャドを慕《した》っていたギルドの受付の人などもいる。

「これで形勢逆転だな。お前らよりも信用されているからな。この状況を見ればお前の行いも……」

「ずいぶん余裕ぶってるけど、まずは彼らの言い分を聞いてみたらどうだ？」

どうやら最後まで頭の中はお花畑で、ここまできても自分の思い通りになると思っていたらしい。

失敗をしたときにどこで自分が間違いを認められるのかが大切になってくるらしいが、どうやら最後まで間違いを認めることはできなかったようだ。

「奴隷商人チャド、奴隷法違反《いはん》、反乱罪、その他諸々《もろもろ》の容疑で逮捕《たいほ》する」

「なっお前ら、俺がどれだけこの街に貢献《こうけん》したと思っているんだ」

チャドを尊敬していると言っていた受付の女の子は顔が青ざめ、今でも信じられないといった顔をしているが、現実を受け入れるのも大切だ。

さて、あとはあっちの決着だけだな。

俺たちはもう一つの決着をつけにいく。

◆

◆

◆

俺とグリズたちはチャドを冒険者《ぼうけんしや》ギルドに引き渡してから近くの砂浜《すなはま》に来ていた。

そこではドモルテが魔法陣《じん》を描《えが》き、音を拡声する魔法を使っていた。

街の中心に置いてある魔道具はわざわざここから魔力を送っている。

なぜこんなめんどくさいことをしているのかというと……。

『来たな』

「あぁ、ラッキー少し様子を見よう」

そう言った直後にドモルテのいた場所へいきなり炎《ほのお》の球が撃《う》ち込まれ爆発《ばくはつ》が起こる。

１人の女性が砂浜に近づきながら連続して魔法を打ち込んでいく。

火力、発動までの時間からみても、それなりの魔法使いであることがわかる。

ドモルテが言っていた通り、かなり優秀《ゆうしゆう》なのだろう。

「よくも、よくも！　嫌がらせのように私の邪魔をしてくれたな！　弱っている今ならお前のことを倒すことができるわよ！　くらえ！」

その場に現れたのはリディアの元弟子だった。

ドモルテは彼女をおびき出すためにリディアの魔法に似せて拡声の魔法を使っていたのだ。

彼女が使っていた魔人の魔法は、さすがにこのまま使わせておくわけにはいかない。

俺が彼女の元へ行き、わざわざリディアの情報を流したのは、リディアの魔力を見極《みきわ》める力があることを見越してのことだった。

「あらら、ひどいわね。なんでこんなことをするのかしら？」

ドモルテはその爆発の中、何事もなかったかのように彼女の前に現れる。

「なんで……まったく効いてない？　そんなわけないわ！　ただのやせ我慢《がまん》よ。聞いたわよ！　王都で相当手痛い失敗をしたらしいじゃない。顔を変えたところであなたの魔力を忘れはしないわ」

さらに攻撃の手を増やし、物量での短期決戦を目指すかのように集中砲火《ほうか》がおこなわれる。だが、よく見てみるとドモルテには一発たりともかすってすらいなかった。

「あなたすごいわ。リディアよりも魔法の才能はあるみたいね。でもまだまだだったわ。道を踏み外さなければ違った可能性もあったのにもったいないわ。魔法というのはこういう風に使うのよ。メテオラッシュ」

ドモルテはリッチの姿に戻り、箱庭産の魔石を使って魔法を唱える。

彼女の周りに空から降る隕石《いんせき》のように魔法を打ち込んでいく。

そのスピードと破壊《はかい》力を見てしまうと、彼女の魔法がまだまだ稚拙《ちせつ》だったことがよくわかる。

しかも、彼女に怪我《けが》させないように計算しながら広範囲《こうはんい》にわたって撃ち込まれていた。

この攻撃は彼女を殺すというよりは心を折るための攻撃だった。

俺たちはそれを少し離れた高台から見ている。

何かあればすぐに助けに、なんて思っていたが、力量差は一目瞭然《りょうぜん》だった。

『かなり一方的だな』

「ドモルテは元々大賢者《だいけんじゃ》と呼ばれるくらいの人間だったからな。それに……」

『それに？』

「外で魔法が使えるのが嬉しいんだろ」

俺たちが見ているのをわかっていて、ドモルテは砂浜に隕石のクレーターを使ってニコニコとした顔を描いている。

もはや遊んでいるといっても過言ではない。

俺たちは少し高台から見ているからドモルテが遊んでいるのもわかるが、受けている本人からしたらきっと拷問《ごうもん》でしかないはずだ。

「さて、そろそろ行ってやるか」

『そうだな』

ドモルテの絵が完成したところで、俺たちもドモルテの方へむかう。

リディアの弟子《でし》はもうすでに立っていることさえできなかった。

圧倒的な差を嫌というほど見せられたのだから仕方がない。

「ドモルテ、ずいぶん派手にやったな」

「いやー久しぶりに大魔法を制限なしで打てる喜びを感じたわ」

「ドモルテ……？」

「はぁーやりすぎるなって言ったのにな。まぁいいや。これだけ見せれば逃げることもないだろ。

今さら歯向かうとは思えないけど、俺たちの質問に答えてくれるよな？」

「はい……あっお前は……私ははめられていたのか……」

どうやら俺の顔を見てすべてを悟《さと》ったようだ。ちゃんと受け答えできるようでひとまずは安心だ。

「そういえばまだ君の名前を聞いてなかったけど、名前は？」

「リザ」

「君が研究をしていた資料が欲しいんだけど、どこにあるかな？」

リザは腰《こし》につけていた小さな鞄《かばん》を無言で渡してくる。

「これに全部入っているってこと？」

「はい」

俺がそれをドモルテに渡すと、ドモルテはその鞄の中のものをすべて砂浜の上に出してしまう。

そして、今度はその中から食料品や着替えなどをすべて鞄の中に戻すと、それ以外の研究に使うようなものや魔法陣などはすべて回収してしまった。

「念のために聞いておくけど、あなたが開発した魔物の暴走を予言する魔道具っていうのは偽物《にせもの》だったのよね？」

「はい。そんなものできるわけありません。あなたは本当にあの大賢者様なのですか？」

「そうよ。私は弟子に恵《めぐ》まれなかったけど、弟子のリディアも弟子には恵まれなかったみたいね」

ドモルテは少し憐《あわ》れんだように彼女を見ている。

やはりチャドが売り出そうとしていた魔道具は自作自演のものだったらしい。

「あなたには申し訳ないけど、魔人の魔力を使ったものや、魔物を合成するような魔法というのは非常に危険なものなの。だから、それらは没収《ぼっしゅう》させてもらうわ。ただ、あなたがこれから自力で開発したいっていうならそれは止めない。だけど、できるならあなたの才能は素晴《すば》らしいものなのだからいい方へ伸《の》ばしてくれることを祈《いの》るわ」

「はい」

リザは完全にうなだれてしまい、もう反抗《はんこう》する気も起きないようだった。

「それじゃグリズ、あとはこの子を兵士に引き渡してこの件は終了だ。色々助かった」

「あぁこちらこそ、街の危機を救ってくれてありがとう」

俺とグリズはお互《たが》い手を出し合って力強く握手《あくしゅ》をする。

「ロック、最後に一つ聞いていいか？」

「なんだ？　一つと言わずいくつでも聞いていいぞ」

「よくリランが良いところの子供だってわかったな」

グリズは俺がそれを事前に予想して頼んでおいたことが不思議だったようだ。

俺がグリズの元に連れていった時のリランは、ただの孤児にしか見えない。

「あぁそれか……確信があったわけではなかったけど、最初に出会った時にグリズの名前を知っていたんだ。ワンダーウルフに襲われて少し前にこの街に来たっていう人間がグリズの名前を知っているのはおかしいだろ。グリズには悪いけど……どちらかというと悪評の方が強いしな。子供が聞く機会なんてないはずなんだ」

「まぁそれは否定はできないわな。俺の悪評は使い勝手もいいし。ドラクルを落札した時だって、俺の悪評があるから無駄な勝負を挑《いど》んでこなかったわけだしな。でもそれだけじゃないんだろ？」

「細かいことを言うなら、俺とグリズへの対応の違いとか、握手をした時の手がきれいすぎたのとか色々あるけどな」

「対応の違いか」

「最初、俺に会った時は本当の子供のように泣いていたんだ。それこそもう年相応にな。だけどグリズの前に行ったら急にしっかりしだしてただろ？　それはグリズがそれなりの権力がある人間だって知っていたからなんだよ。彼も公爵家の息子として対応してもらうにはそれなりの対応をするしかないと思ったんだろ」

「それはそうだな。あそこでもしずっと泣いていたら、いくらロックの頼みでも王都まで使いには出さなかっただろうし、あいつが公爵家の息子だと自分から言っても信じはしなかった」

人は見た目で判断しがちだが、意外とそれも当てにならないことの方が多い。詐欺師《さぎし》ほど立派な服に身を包み、財布《さいふ》の中身を狙ってくるものなのだ。

「これから俺たちはまた旅に出るからリランたちのことをよろしく頼むな」

「あぁそれは問題ない。俺の方の商売にも関《かか》わってくることだしな」

グリズはそう言って俺の背中を叩《たた》いてきた。

これでやっと解決と言っていいだろうと思っていた。

リザはあのあと街の兵士に連れていかれた。

ドモルテの魔法を見て、力量差を見せつけられたのが相当堪《こた》えたらしい。

今後どうなるかはわからないが、魔物を暴走させたりしていたのでかなり重い刑罰《けいばつ》になるだろうってことだ。

俺はこれですべて解決していたと思っていたんだが、メロウの件で最後にもう一揉めあった。

やれやれ、まさかメロウがあそこまでやるとは思っていなかった。

11　バーベキューとグリズとの約束

「ちょっと！　ロック、おかしいじゃない！　なんで一緒《いっしょ》に戦った戦友の私たちに何も言わないでうちのお母さんがあなたの仲間になっているのよ！」

　事件が解決してから俺《おれ》たちは海岸でバーベキューをしながら話をすることになった。半魚人やグリズなども参加してなかなか大掛《おおが》かりなバーベキューだ。

　そこで問題になったのがメロウを仲間にしたことだった。

　メイたちには早めにメロウの報告をした方がいいと思ったのだが、どうも理解を得ることができなかったらしい。

「メロウが俺たちの仲間になりたいって言うし、断る理由はないだろ？」

「じゃあ私もロックの仲間になる」

「私だってなりますよ！」

　メイとマデリーンが俺たちの仲間になりたいと言い出し、俺に詰《つ》め寄ってきていた。

　仲間になりたいならそれもいいかと思っていたが、予想外なところから反対の意見が上がった。

「何を言ってるのかしら、あなたたちはダメよ？」

　メロウは呟《つぶや》くようにさらっと拒否《きょひ》した。

「なんでよ？　ママを助けるためにこんなに頑張《がんば》ったのよ。私たちは半魚人とも戦って、慣れない人の街の中に行って聞き込《こ》み調査をしたり、ロックにあんなことやこんなことまでさせられたのよ」

だいぶ誤解を招きかねない言い方だが、ここでツッコミをいれる空気ではなかったので一旦《いったん》様子をみる。

巻き込み事故というのはどこでも起こるものだ。ツッコミをいれることがいつも正しいとは限らない。

「メイにはここでしっかりと学んで欲《ほ》しいの。私の後を継《つ》ぐのはあなたしかいないわ。今回の事件というのはあなたの成長に必要なことだと思うのよ。あなたは少し自由奔放《ほんぽう》に育ちすぎてしまったから、この辺りで仲間をまとめる大切さも感じて欲しいの。自分がすべてをやるんじゃなく、誰《だれ》かに頼《たよ》ることでできることは大きく変わるわ。それにマデリーンにもメイをしっかりと支えて欲しいって思っているの。わがままを言うメイを叱《しか》ったり、支えたりできるのは沢山《たくさん》の人魚がいる中でもあなたしかいないわ。あなたたち2人ならどんな困難も乗り越《こ》えられると思うの」

「ママ」

「女王様……」

その場にいた全員が感動的なシーンかと思ったが、マデリーンとメイが同時に声をはりあげた。

「「どうしても私たちをやっかい払《ばら》いしたいのね‼」」

「フフッ意外とカンが鋭《するど》くなったじゃない。もう女王飽《あ》きたし今回捕《つか》まって思ったのよ。人間の街とかの方が面白《おもしろ》いって」

「上等よ。そんな理由で女王を辞《や》められるわけがないでしょ。マデリーン、協力しなさい。お母様とはいえどもこんな勝手は絶対に許さない」

「いいわ！　私だって婚期《こんき》をこれ以上遅《おく》らせるわけにはいきません。人魚の旬《しゅん》は意外と短いんです。それをこんなわがまま姫《ひめ》の相手なんてしてられませんわ」

メロウ対メイ、マデリーンの戦いの火蓋《ひぶた》が今切られようとしていた。

そんな3人の争いにまったく興味がなさそうなメンバーはパトラを中心にバーベキューを進めていく。お子様たちにとっては大人の事情なんてどうでもいいのだろう。

「パパー、そこの貝食べたいですー」

「はいよ。いい感じに焼けてるぞ」

「ドモルテ様、このカニすごく甘《あま》みが強くておいしいですよ」

「どれどれ、うん。この歯ごたえ。ぷりぷりしていて最高じゃないか」

パトラとララたちはのんびり海の幸《さち》を堪能《たんのう》している。

この海の幸は人魚たちが海の中から捕まえてきてくれたものなので、めちゃくちゃ新鮮《しんせん》で活《い》きがいい。ガーゴイルくんは魚介《ぎょかい》の料理にも精通しているようで、みんなに感心されながらどんどんさばいていく。

俺もメロウを仲間にしたことから後継《あとつ》ぎ問題に話のネタがシフトしたので、魚介のバーベキューを頂くことにする。

久しぶりに外に出てきたオレンジアントたちも、わちゃわちゃと楽しそうにしていた。

人魚たちが後継ぎ問題で揉《も》めている間に、オレンジアントたちは魚が足りなくなるとワイバーンに乗ってそのまま自分たちで魚を捕まえに出ていった。

ワイバーンに乗って空から的確に魚を狙《ねら》っていく小竜騎士《しょうりゅうきし》たちは下から見ていてもカッコいい。戦闘《せんとう》技術向上も必要だと思うが、本当はこうのんびりと食料を手に入れるために力を使えるのが幸せだと思っている。

争いがない世界なんて絶対にありえないが、それでも戦うために使う力よりもみんなで食べる食料を狩《か》ってこれる能力の方が力の使い方としては何倍もいい。

強さがなければ生き残れないが、その強さを正しく使う方法も身につけてもらいたいとつくづく思う。まわりに悪い例がいすぎたせいかもしれないが。

小竜騎士たちは早速《さっそく》獲《と》ってきたものをガーゴイルくんのところへ持っていき、調理をお願いしている。これぞ産地直送だ。

「ロック……お前はいったいなんなんだ？」

グリズがなにかこの世のものじゃない者を見るような目で見てくるが、なんなんだと言われても困ってしまう。

なんと返答するべきか一瞬《いっしゅん》考えていると、シャノンがフォローしてくれた。

「ロックさんは……ただのお人よしです。まわりに被害《ひがい》が出ないように考えて、考えて常に助けようとしています。本当ならもっと力づくでどうにでもなるのにそれをしないんです。私のことだってもっと……ヒック……わたしゃのことだって……」

シャノンはいきなりコップを上に高々と上げたかと思うと、くるりと1回転して仰向《あおむ》けのまま砂浜《すなはま》の上に寝《ね》てしまった。

はぁ、誰だシャノンにお酒飲ませたのは？

まぁ、たまには羽目をはずすのもいいけど。

「ロック悪い、俺が酒もってきたからだな。でも、シャノンさんが言っていることは遠からずってところだろう。ロックがお人よしなのは間違《まちが》いない。これだけの戦力があればいくらでも、どんな方法でも取れるのにそれをしないいんだからな」

グリズは謝《あやま》りながら俺にも酒を渡《わた》してきた。

一応受け取り軽く口だけつける。

「ただのお人よしってわけじゃないんだけどな。でも、いい意味で関わる奴《やつ》らには幸せであって欲しいって思ってはいるよ。俺に悪意を向けてこない奴には特にね」

「変わった奴だな」

「グリズにだけは言われたくはないけどな」

俺とグリズはお互《たが》いのグラスを優《やさ》しくぶつけ合う。

俺たちがゆっくり話をしていると、３人の話し合いの決着がついたようだった。

最終的にはメロウが2人を地平線のかなたまで水魔法《まほう》で吹《ふ》っ飛ばしたから、妥協点《だきょうてん》は見つからなかったんだろうけど。

サンがメイの後を追いかけようとしていたが、メロウが手を振《ふ》って行かなくていいと合図をしたことで行くのを諦《あきら》めた。

メイにあってはラッキーの風魔法をくらっても元気でいたくらいだから、水魔法では死にはしないだろう。

親子の別れだというのにこんなのでいいのかと思ったが、メロウが「親離《おやばな》れする年を逃《のが》すと大変になるからね」と言うので納得《なっとく》しといた。

それにずっと会えないわけではないからな。

そんなことがありながらもバーベキューは楽しく進み、人魚や半魚人と人間たちの交流の場になった。翌日、さらなる交流のためにグリズ対人魚、半魚人の水上での訓練をすることも決まった。

正直グリズたちがどれくらいやるのか楽しみだ。

◆　◆　◆

バーベキューの後片付けをみんなで終らせ、それぞれが翌日に備えるため解散になった。

メイたちはバーベキューが終わるまで帰ってこなかったが、彼女《かのじょ》たちのフィールドだから特に心配はしていない。

俺たちも箱庭に戻《もど》ると、そこには海底に沈《しず》めたはずのチャドの大型船が海にぷかぷかと浮《う》いていた。マストの一部など折れていたりするが、船の底には穴などもなくまだまだ使えそうだ。それにしてもどうしてこれがここに？

「人魚たちが海底に沈めたんじゃないのか？」

「ロック様の指示で一度は沈没《ちんぼつ》させましたけど、もったいないからちゃんと拾ってきましたよ」

これをやったのはどうやらメロウだったらしい。

「拾ってきたって……」

「大丈夫《だいじょうぶ》ですよ。乗っていた船員とかは全部助け出しましたし、使わないのにあんなところに沈めておくのはもったいないでしょ？」

「まぁもったいないのはわかるけど」

「どうせあそこは海が深いから一度沈んだら人では絶対に回収できない場所よ。それに彼《かれ》らはもう戻ってこないでしょうし」

チャドたちの今後の処分は俺たちが関与《かんよ》するところではないが、少なくとも奴隷《どれい》商として復活することはできないだろう。

彼が積み上げてきた信用は奴隷商という職業とのギャップの中でこそ光り輝《かがや》いていた。

それが今回のことで奴隷商はやっぱり信用できないとなってしまった以上、それをひっくり返すだけの信頼《しんらい》を得るにはかなり時間がかかるはずだ。

「これは仲間になってすぐ取りに行きたいものがあるって言った時に取ってきたのか？」

「そうよ。人魚の村の中にも色々役に立つものがあったから、それらも全部あの船に積んであるわ。私も含《ふく》め……ロック様のものだから好きにしていいわよ」

「あぁ……ありがとう。色々考えておくよ」

「どういたしまして」

メロウが聖獣《せいじゅう》になってから一度いなくなったことがあったが、その時に沈められたチャドの帆船《はんせん》を回収してきていたらしい。聖獣の箱庭があるから、海を渡るにしてもこの大きさの船が必要になるとは思えないが、箱庭の中に浮かぶ船はなんとも立派で絵画の中に迷い込んだような不思議な気持ちになる。

「乗ってみても？」

「もうこれはあなたの船よ」

メロウが帆船の横にある小船を俺の近くまで持ってきてくれた。

それを使って近くまでいくと、かなりの大きさがあることがわかる。

俺が帆船に飛び乗ると、中は思った以上にきれいだった。下から見た時と同じで一度沈んだせいか少し壊《こわ》れている部分もあったが、直せば使えそうだ。

沈没する時に中に入った水なども全部きれいに抜《ぬ》かれていた。

「この中の水を抜いてくれたのもメロウが？」

「ええ、これくらいはたいしたことじゃないわ」

魔物に沈められた船は引きあげた人の物になるが……今回のはさすがにマッチポンプだと思ってしまう。だからといってもう一度沈めるかと言われれば……ありがたく使わせてもらうことにしよう。まぁ外で使うこともほとんどないだろうけど。

船の中に入って宝物庫を見るとかなりの金品があった。

チャドは奴隷商としてそうとうやり手だったからな。

絵画などの美術品は一度塩水に浸《つ》かっているので、少し剥《は》げてしまったりして価値がなくなってしまっているものが多いが、その中で一枚だけ心揺《ゆ》さぶられる絵があった。

その絵は水に沈んだのにまったく水に濡《ぬ》れた気配がない、そんな不思議な絵だった。

明るく美しい木々の真ん中に川が流れており、その横で1人の少女が満面の笑《え》みでこっちに手を振っている。

とても印象的な絵だった。

俺はそれを良く見える場所に置く。絵については詳《くわ》しくはないが、心奪《うば》われる何かがあった。

どうやったらこんなにきれいな色使いをすることができるのだろう。

「ロック様、その絵もっていかれますか？」

どうやら俺は絵を見ながらずっと固まってしまっていたらしい。思考が散らばっていたが、なんだろう……ずっと絵から目を離さなかったことを考えると相当気に入ったようだ。

「いや、やめておこう。この絵はここに置いていくよ」

別に嫌《いや》な気配や精神攻撃《こうげき》を受けた感じはしないので、何かフィーリングが合うのだろう。

俺たちは船から降り、砂浜まで戻ってきた。

空にはきれいな満月が浮かんでいる。

「ロック様、歌は好き？」

「あぁ好きだよ。それが？」

「では、船をも沈めるという人魚の歌をご披露《ひろう》させて頂ければと思います」

「今回は力技で沈めていたけどな」

メロウはにこりと微笑《ほほえ》むと岩の上に座《すわ》り、満月と帆船を背景にして歌いだした。

それはとても幻想《げんそう》的な風景だった。

メロウの歌は本当に心に響《ひび》く。今までも吟遊《ぎんゆう》詩人の歌などそれなりに歌は聴《き》いてきたが、そのどんな人の声よりも心に響く歌声だった。

これなら聴いているうちに船の操作を誤《あやま》ってしまうのもなんとなくわかる。

メロウの歌は優しく疲《つか》れた心を癒《い》やしてくれた。

◆◆◆

浜辺《はまべ》でのバーベキューの翌日、メイとマデリーンはまだ戻ってきていなかったが、グリズとの約束を守るため水上での訓練をすることになった。

当初グリズは無謀《むぼう》にも人魚たちを相手に水の中での戦闘訓練を希望してきた。だが、水中での勝負は人魚たちの圧勝で間違いないので、まずは水上での訓練にしてもらった。瞬殺されてしまってはあまりにグリズの部下たちが可哀想《かわいそう》だ。

半魚人が街を襲《おそ》うというのが未然に防がれた以上、もう訓練は必要ないのではないかとも思ったが、今回のイベントのメインは人魚たちと人の交流を目的とすることになった。

今まで人魚や半魚人は人間と交流をする時は隠《かく》れて行っていたが、今後は積極的に関わっていくことに決めたようだ。

人魚は同じように言葉を話すのにもかかわらず、亜人《あじん》ではなく魔物扱《あつか》いされていたということもある。人魚からしても、人間にどう思われていようがたいした問題ではないと思っていたが、今回のように無駄《むだ》なトラブルに巻き込まれないためにも、しっかりと交流することが大切だということになったのだ。

交流をして顔の見える関係を作っておけば、今回のような事件に巻き込まれた時に対策も取りやすくなる。

それに今回のことでグリズは、人魚が獲った魚をブランド魚として売り出すことを考えついたらしい。

「人魚印の新鮮魚なんていって売り出したら、絶対に売れると思わないか？　それに街で必要だと思った時にピンポイントで獲ってきてもらえるのも助かる。まぁ、沖《おき》では半魚人が魚を確保して港に運ぶのは人魚っていうのは秘密だけどな」

なんてことをグリズは話していたが、さすが商売人の息子《むすこ》ってところだろう。

今回のことで半魚人と人魚の関係は一時的には悪くなったものの、最終的には協力関係が築けたので今後は安全面でも協力できるはずだ。

訓練の言いだしっぺだったメイを午前中いっぱい待っていたが、帰ってくる様子はなかったので、きっとどこかで道草でもしているに違いない。

その面倒《めんどう》を見させられているマデリーンの気苦労はしばらく続きそうだ。さすがに自分たちのテリトリーの近海の海で迷子《まいご》ってことはないと思いたい。

グリズは、人魚たちとの交流を街の人たちにも宣伝してくれた。まだ人魚や半魚人に恐怖《きょうふ》を感じている人もいるが、仲良くやっていけることをアピールするらしい。

開催《かいさい》までの時間がそれほどなかったのに、浜辺に露店《ろてん》なども並べてちょっとしたお祭りのようにしてしまったのはさすが商売人だ。

訓練の仕方としては、海上で魔物に襲われたという設定になった。

船の上から攻撃をするグリズたちと、水中から攻撃をする人魚たちで、グリズたちは制限時間内に船から落とされたら負けというルールだ。

実際に訓練が始まり、木剣《ぼっけん》を持ったグリズの部下たちは人魚や半魚人を船の上に上がらせないようにと一生懸命《けんめい》剣を振るうが、水上から攻撃しているのにもかかわらず、かすることもできず次々と海の中へ落とされていった。

グリズの部下たちはなんの見せ場もなく、見るも無残な感じだった。しかも、半魚人と人魚たちは魔法すら使っていないので、力の差は歴然だった。

唯一《ゆいいつ》、ワンダーウルフだけは、半魚人といい勝負をしていたが、だからといって勝てる勝負ではなかった。途中《とちゅう》でまわりから人がいなくなり犬かきをして脱出《だっしゅつ》を試みたが、あっという間に半魚人に追い詰められ海岸へ打ち上げられていた。

「なぜだ……こんなにもうちの兵士たちは弱かったのか」

負けた直後グリズはかなり放心状態になっていたので、俺は一応フォローをしておく。

「まぁ、フィールドの相性《あいしょう》もあるからな。仕方がないよ」

「ロック……とは言っても俺もそれなりに訓練された兵士を雇《やと》っているつもりなんだぞ」

「訓練をされた兵士だからといって、足場の踏《ふ》ん張りがきかない水の上に慣れているかはまた別問題だからな。自分の得意なフィールドに持ち込むっていうのも大切だと思うぞ」

「そういうものか。いや……逆に考えればこれだけ優秀《ゆうしゅう》な奴らと組めるということは……海上は俺たちが支配できるってことなんじゃないか」

「まぁそれはそうだけど、人魚たちも最強ってわけじゃないからな」

「何を言ってるんだ？　これだけ強ければ……なぁ、お前たち半魚人なら海を制覇《せいは》できるんじゃないのか？」

「いや、俺たちよりもロックさんたちの方が強いですよ」

半魚人たちは普通《ふつう》に首を横に振り、そう答える。

「ロックたちは人外だとは思っているが、水中でもなのか？」

「人外とは失礼だな」

「ロックさんたちが海を割ったのは、あれは本当に笑えなかったわね」

「フィールドの相性とかってさっき言っていたけど、どの口が言うのよ！　って思いましたもの」

予想外に俺への風当たりが強くなっていた。

そんなことを言われても困る。しかもやったのはラッキーとドモルテであって俺ではない。

「まぁ今日はいい訓練になったってことでいいんじゃないのか？」

流れが悪くなったときはさっさと終わらせてしまうに限る。

「いや、このままロックの力を見ないで終わるわけにはいかないだろ。なぁ？　お前らもそう思うだろ？」

グリズに声をかけられた部下たちが、すごく嫌そうな顔をしながら獣《けもの》のような雄《お》たけびをあげている。シャノンとパトラが戦うのを見ていたはずだし、ドモルテの魔法も見たはずなんだけどな。

部下たちは上司の命令にイヤだなんて言えないんだろうな。可哀想に。

「グリズたちと勝負をするってことなのか？」

「もちろんだ。ただ……」

グリズはラッキーの方を見る。

「ラッキーは不参加にして欲しいってことだな。わかった。あとは？」

「あとは大丈夫だ」

「わかった。うちのメンバーでやりたい人」

そう声をかけてまっさきに手を上げたのはガーゴイルくんとオレンジアントEだった。やる気があるのはいいことだ。ただ、勝負になるのか？　とちょっと心配になってくる。

なんだかよくわからないが、流れで一緒に訓練をすることにはなったが……。

グリズの部下たちは最初、ガーゴイルくんとオレンジアントEの2人相手ということでかなり表情に余裕《よゆう》が戻ってきていた。だが、それもすぐに悲愴《ひそう》に変わった。

オレンジアントは元々滅火《めっか》のダンジョンにいる魔物のため、グリズが潜《もぐ》るならいい練習になるかとも思ったが、残念ながら訓練にすらならなかった。

グリズは途中から自分は訓練に交ざらずに、俺の横でずっと露店で買ってきたオーク肉を食べながら見ている。

「ロック……どうやら俺は少し勘違《かんちが》いしていたみたいだ」

「ん？　何をだ？」

「謙虚《けんきょ》さって大事なんだな」

「まぁ……商人だからな、駆《か》け引きは大事だろうけど、あって困るものでもないだろうな」

目の前では、ボコボコにされた部下たちが並べられ、ガーゴイルくんとオレンジアントＥのご指導の下、基礎《きそ》訓練が始まった。

まわりで見ていたシャノンたちも一緒に教え、そこに半魚人や街の人たちが参加したことで、全体的な指導会のような形になっていった。

「いいのか？　戦闘訓練じゃなくて普通の基礎訓練に変わってるけど」

「あぁいいだろ。街の人たちも人魚や半魚人と触《ふ》れ合うのはいいことだし、何より基礎の延長にある剣技《けんぎ》や魔法があるってことには間違いないだろうからな」

目の前の海では、人も亜人も魔物も関係なくみんなで楽しそうに、お互いがお互いに教えあっていた。

シャノンは人に教えるだけの強さもあるが、剣がまっすぐすぎるところもあるので、グリズの部下の泥臭《どろくさ》い方法も意外と勉強になるのか、教えたり、教わったりを繰《く》り返しているようだった。

剣の型を崩《くず》してしまうのはダメだが、知識として選択肢《せんたくし》が増えることはいいことだ。実戦では誰にも正解なんてわからないのだから。

「グリズ……ここ数日で性格が丸くなってないか？　最初の頃《ころ》とだいぶ違うぞ」

「あっ？　別に性格は体形ほど丸くはなってないけどな。でも、馬鹿《ばか》なフリをしているのはそれはそれで楽しいけど、ロックのように高みを目指すのも楽しそうだなって思ってな。少しまっとうに生きようかと思っただけだよ」

「なんだよ。それ」

俺たちが眺《なが》めている中で、結局その訓練はグリズの部下が全員砂浜で倒《たお》れるまで続けられた。

ガーゴイルくんやオレンジアントたちうちのメンバーは全然疲れておらず、楽しそうにしていたのがやけに対照的だった。

砂浜に転がる部下たちは芋虫《いもむし》のようにうごめいている。

「今日の訓練はこれで終わりですか？」

そう話しかけてきたのはリランの妹のナユタだった。

「あぁ、もう終わりだな。ナユタもそろそろ出発か？」

「はい。色々うちの方の片づけをしなければいけないので。お兄様がもう少し運以外も良ければいいんですけどね」

ナユタは大きくため息をつく。

「そんなことを言うなよ。そのおかげでロックと出会って助けに行けたんだから」

「それはそうなんですけどね」

「まぁ、ナユタもそんなに責めてやるな。上に立つ男としては運も必要な要素の一つだからな。それに公爵家《こうしゃくけ》の使いをちゃんと連れてきたわけだしな」

リランはグリズの手下と一緒にしっかりと王都まで行き、そして親族の公爵の使いを連れて帰ってきた。そのおかげでチャドの処分も円滑《えんかつ》に進んでいった。

それにしても、ナユタの頭の良さには驚《おどろ》きだった。

ワンダーウルフに襲われ逃《に》げ惑《まど》うなかで、公爵家の跡取《あとと》りだと公表するのは危険が及《およ》ぶと詳しくは身分を明かさないように考えたのは妹のナユタだったそうだ。

ナユタは怪我《けが》の怖《こわ》さを知っていたため無料で回復してもらうことを選んだが、そのまま眠《ねむ》らされてしまい、ほぼ無抵抗《むていこう》で屋敷《やしき》まで連れていかれたそうだ。

「あんな簡単な手に引っかかるとは、私も疲れていたにしろ一生の不覚でした」

そう話していた。

「ロックさん、色々ありがとうございました」

「いや気にするな。無事に公爵家の跡継ぎに戻れそうなのか？」

「そちらはまだまだ時間がかかりそうです。私たちが幼いというのもありますし、チャドが捕まったとはいえ、私たちの両親を殺したのを証明するのには時間がかかりますから」

「そうか。まぁ頑張れよ。何かあれば、すぐには無理かもしれないが冒険者《ぼうけんしゃ》ギルドに連絡《れんらく》をいれといてくれればカになるからな」

「ありがとうございます。落ち着いたら連絡させて頂きます。今回のことのお礼はまたいずれ」

「あぁまたな。でも、子供は大人を頼れるうちは頼っていいんだからお礼なんて気にするな」

「ロックさん、グリズさん、本当にありがとうございました」

ナユタたちはそのまま馬車に乗ると王都へ向かっていった。

2人にとってはチャドの件の直接の解決よりも、まずは自分の身の安全を確保する方が大切になる。権力争いというのはどこでも大変らしい。

あの後もちろんチャドの家の捜索《そうさく》も行われた。

チャドの家の地下のナユタたちが捕まっていた部屋の奥《おく》にはパトラが嫌に感じた原因があった。

俺たちは気が付かなかったが奥に大量の血痕《けっこん》があったらしい。チャドが何をしていたのかは……

俺たちはこれ以上知る必要がないだろう。あとは兵士たちやこの街の問題だ。

それと、奴隷の市で引き渡しをしていたドブのことだが、その後は消えてしまい発見されなかったらしい。

チャドが捕まったことで捜査《そうさ》がされたが、残っていた魔物の檻《おり》にはすべて鍵《かぎ》が差し込まれており、すべての奴隷が解放されていたようだ。ご丁寧《ていねい》に部屋の中は全部整えられていた。

チャドの聴取《ちょうしゅ》ついでに雇っていたドブについても話を聞いてみたが、どんな奴なのかもわかっていなかった。そんな奴を雇った覚えはあるが、なぜあいつにしたのか、どうしてあそこで雇ったのかはわからないということだった。

ドブに関してだけは少し謎《なぞ》が残ってしまったが、金に汚《きたな》いだけでそれほど悪い奴ではなかった。

まぁもう会うこともないだろうが。

ちなみに、助けられた違法《いほう》奴隷たちはドラクルがグリズに力を借りて、責任をもって元居た場所や家族の元へ返されることになった。


それから数日間はグリズの家でお世話になり、部下の基礎鍛錬《たんれん》に付き合ってやった。

グリズは滅火のダンジョンへ潜りたいと言っていたが、俺たちの実力を知って諦めたらしい。マーキスも行きたくないのか、上手《うま》く手のひらで転がしていたのには笑ってしまったが。

俺もせっかく仲良くなれたグリズが死にに行くのは悲しいので一応止めた。

「だったらロックが一緒に来てくれればいいだろ？」

そう誘《さそ》われたが、まだ潜る気にはなれないので丁重《ていちょう》にお断りをしておいた。

もう少し兵士の熟練度を上げてから挑戦《ちょうせん》はするらしく、完全に諦めはしないらしい。

それから、俺たちはまた新たな旅に出ることになった。

あとがき

この度《たび》はお手に取って頂き、ありがとうございます。『幼馴染《おさななじみ》のS級パーティーから追放された聖獣使《せいじゅう》い。万能支援魔法《ばんのうしえんまほう》と仲間を増やして最強へ！2』の著者、かなりつです。

おかげ様でなんと！　2巻を発売することができました。これもすべては、こうして本を手に取ってくださるあなたのおかげです。本当にありがとうございます。

今回は……可愛《かわい》い人魚と優《やさ》しい骸骨《がいこつ》が出てくるお話です。

骸骨……ホラーですか？　なんて声が聞こえてきそうですが、もちろんホラーではありません。見てください。表紙の人魚の可愛いこと。さすが転さんですね。ぜひ家に飾《かざ》って頂ければ幸いです。

さて、今回のあとがきはどうやって物語を書いているのかを聞かれることがあるので、それについて書いていこうかと思っています。何を書いていいかわからないから苦肉の策というわけではありません。もちろん違《ちが》います。はい。そういうことにしておいてください。

まず、大前提として読者の人が喜んでくれるにはどうするかを一番に考えています。

僕《ぼく》が作品を書く時、おもに2つのルートがあります。なにかメッセージ性を持たせて書くのか、それとも読者の方に見てもらいたい景色があって、それを共有するために書くのかです。

今回は頭の中に人魚と大きな船、それに主人公がいる図が頭の中にあり、それをゴールにしたいと思って書きました。物語をその画《え》に向かって話を進めていくような感じです。

みんなでいる楽しい景色や幻想的《げんそう》な景色、読んでくれる人が1人でも幸せな気分になってくれるにはどうしたらいいのかを常に考えています。

たまに挑戦《ちょうせん》して失敗するのが怖《こわ》いと言われる方がいますが、小説は何度書き直してもいいし、新しい作品を書いてもいいと思います。むしろ失敗したら自分を褒《ほ》めてあげてください。挑戦することができた自分偉《えら》いって。自分がやる気をなくさないように、他人を応援するように優しくしてあげてください。あなたはあなたの物語の主人公なんですから、どんなことでもできます。

あなたの夢はなんでしょうか？　僕の夢は小説家になって自分の作品を出版することでした。それを諦《あきら》めていた時期もありました。でも、人生は一度だけです。他人からもらった夢ではなく、あなたにも忘れていた夢があれば、ぜひチャレンジして欲《ほ》しいと思います。

次の僕の夢は、読んでくれる読者の人が1人でも多く幸せになれる文章を書くことです。

あなたにも必ずできます。あなたのことを僕は今日も陰《かげ》ながら応援しています。

最後になってしまいましたが、ドラゴンノベルスの担当K様、E様、この本を出版するにあたりまだまだ未熟な自分に色々ご指導頂きましてありがとうございます。イラストを担当してくださった転様、今回も最高に素敵《すてき》な絵をありがとうございます。そして、これをWEBから応援してくださっている方、本を手に取ってくださったあなた。それにいつも応援してくれている両親、兄弟、友人……かかわってくれているすべての人に感謝です。本当にありがとうございます。

あなたが今日も笑顔《えがお》になれるように作品の更新《こうしん》を頑張《がんば》ります。そして、あなたが笑顔になることであなたの周りも幸せになれますように。それではまた次巻でお会いできることを祈《いの》って。

DRAGON NOVELS
ドラゴンノベルス

幼馴染のS級パーティーから追放された聖獣使い。万能支援魔法と仲間を増やして最強へ！2

2021年7月5日　初版発行

著　　者　かなりつ

発行者　青柳昌行

発　　行　株式会社 KADOKAWA
〒102-8177　東京都千代田区富士見 2-13-3
電話 0570-002-301（ナビダイヤル）

編　　集　ゲーム・企画書籍編集部

装　　丁　杉本臣希

D T P　株式会社スタジオ205

印刷所　大日本印刷株式会社

製本所　大日本印刷株式会社

DRAGON NOVELS ロゴデザイン　久留一郎デザイン室+YAZIRI

●お問い合わせ
https://www.kadokawa.co.jp/（「お問い合わせ」へお進みください）
※内容によっては、お答えできない場合があります。
※サポートは日本国内のみとさせていただきます。
※ Japanese text only

定価（または価格）はカバーに表示してあります。

ISBN978-4-04-074163-5　C0093